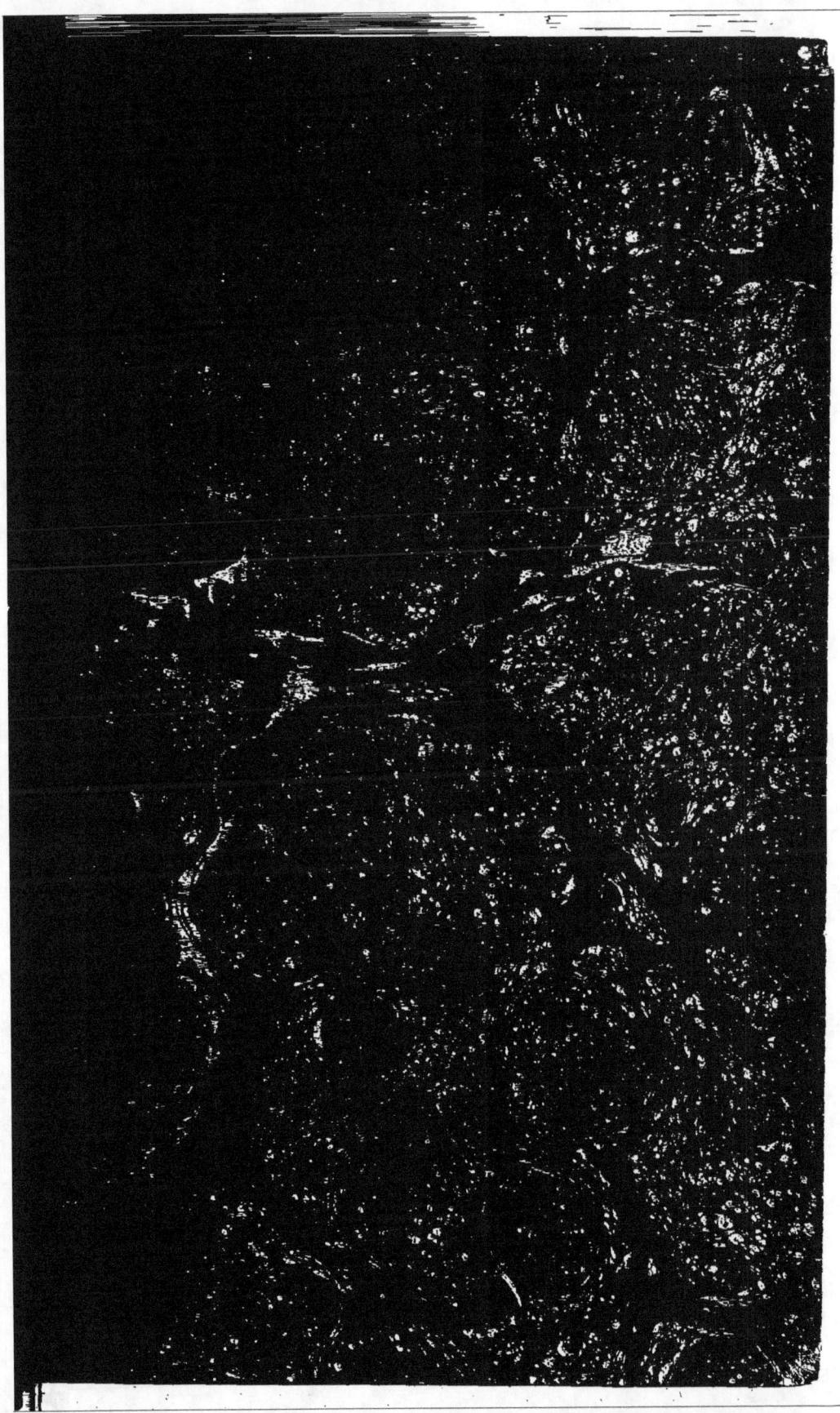

COURS

DE

LITTÉRATURE

FRANÇAISE.

TREIZIÈME LEÇON.

Limites de ces études sur la littérature italienne. — Réponse à une objection. — *Fra Jacopone.* — Princes protecteurs des lettres en Italie. — Rôle important des orateurs et des poètes. — Renaissance de la littérature latine. — Pétrarque; son couronnement au Capitole. — Rienzi. — Travaux et influence de Pétrarque. — Ses poésies en langue vulgaire.

MESSIEURS,

Dans nos recherches de littérature étrangère, nous ne devons nous attacher qu'aux noms célèbres et aux esprits originaux, dont l'influence s'est exercée sur l'Europe et sur la France. Nous nous sommes arrêtés devant le génie créateur du Dante. Mais je n'irai pas, plagiaire du savant historien de la littérature italienne, analyser, ou même nommer tous les ouvrages qu'elle produisit au xive siècle. Je ne dois montrer de cette langue et de cette poésie, que leur affinité avec le roman méridional, leur développement précoce et leur éclatante primauté.

Mais, tout en bornant ainsi mon sujet, il faut que je réponde à une objection qui m'a été faite, ou plutôt que je profite d'un avis qui m'a été donné par un des auditeurs de ce cours.

On me reproche, dans une lettre, d'avoir négligé la source principale où puisa le génie du Dante, et gardé le silence sur les poésies de Fra Jacopone. Je l'avoue, Messieurs, je n'en ai pas parlé, faute de les connaître. Cette omission n'a pas été un jugement, mais une ignorance, comme il arrive parfois aux personnes qui veulent instruire les autres. Depuis notre dernière séance, j'ai cherché les œuvres de Fra Jacopone, et je me suis mis à les lire. Je suis demeuré bien convaincu que le Dante les avait ignorés comme moi, ou du moins que son génie n'avait rien emprunté aux inventions du frère. Cependant ce personnage est, parmi les poètes contemporains du Dante, une des physionomies originales qui valent la peine d'être retracées. On sent chez lui cette mystique ferveur qui tourmentait alors les imaginations vives, et qui pouvait aisément devenir du génie poétique. Fra Jacopone, issu d'une famille noble, fut élevé avec soin ; dans sa jeunesse, il annonça beaucoup d'ardeur pour l'étude, et une éloquence naturelle. Il suivit à Rome la profession d'avocat. Il était marié, riche, célèbre : un événement funeste l'éloigna tout-à-coup du monde.

Dans une fête où il assistait, un plafond qui s'écroula fit périr sa jeune épouse. En la retrouvant morte au milieu des ruines, il s'aperçut qu'elle cachait un cilice sous ses robes de bal. Sa douleur, sa piété s'exaltent à cette vue. Il renonce à tout ; il devient fou et moine.

Ce rapprochement involontaire n'a rien d'ironique. Jacopone, après son malheur, avait erré, comme un insensé, couvert de haillons, mendiant, et parfois mêlant à sa folie apparente ou réelle d'amers sarcasmes, et de hardis apologues contre les puissans du monde.

Reçu dans l'ordre des frères mineurs, il garda la même hardiesse, et n'épargna pas surtout les vices des ecclésiastiques. Il les attaquait sans cesse dans des rimes en langue vulgaire, d'un style assez grossier. C'était une espèce de censeur privilégié qui couvrait sa témérité sous son capuchon et sous sa folie. C'était, si vous le voulez, le bouffon du genre, dont le Dante était le poète.

Errant et proscrit, le Dante flétrissait avec énergie les vices des papes et des princes, en mêlant cette âpre satire aux plus sublimes fictions de la poésie, aux plus graves enseignemens de la religion. Fra Jacopone, du fond de son couvent, attaquait le pape et les cardinaux en vers mystiques et bouffons. Protégé par son génie, et même par son malheur, le Dante acheva impunément son poème. Il n'en fut pas de même de Fra Jacopone. Le pape Boniface VIII le fit jeter dans un cachot, dont le pauvre moine a laissé la description la plus hideuse. Fra Jacopone y composa de nouvelles poésies, toujours animé d'un pieux enthousiasme. J'ai trouvé dans ses œuvres non la pièce qu'il avait composée contre le pape Boniface VIII, mais celle où il lui demande grâce.

« O pape Boniface, je subis ta sentence, et

la malédiction, et l'excommunication. Je garde la blessure que tu m'as faite avec ta langue fourchue ; touche-la de même avec ta langue, et guéris-la. Cette blessure ne peut être guérie sans absolution. Je te demande par grâce que tu me dises *absolvo te*, et que tu me laisses mes autres peines, jusqu'à ce que j'aie quitté ce monde. »

Ailleurs, il se compare au « Lazare enterré, cadavre infect de quatre jours, » et il supplie le pape de dire comme notre Seigneur : « Lève-» toi et sors. »

Cette résignation ne toucha point le pontife ; et Jacopone, comme il l'avait prédit au pape, ne fut délivré qu'à l'époque même de la captivité de Boniface VIII. Il continua ses prédications morales ou satiriques en rimes populaires. Mais ce recueil, que j'ai lu, que j'ai tâché d'entendre, n'a rien de commun avec le génie du Dante. Ce sont les bizarreries d'une verve grossière ; mais nulle trace de cette vivacité d'imagination, de cette hauteur de génie, de ces fictions plus poétiques encore que mystiques.

Ce qui a fait supposer l'analogie, l'imitation, c'est que plusieurs cantiques de ce Fra Jacopone ont la forme de visions. Par exemple, c'est un défunt qui ressuscite, s'entretient avec ses héritiers et leur reproche de ne pas payer les aumônes qu'ils ont promises pour le repos de son âme. Les parens lui répondent avec dureté. Il y a sans doute çà et là quelque force dans la peinture des misères humaines; mais rien qui ait mérité d'inspirer le Dante. Vous le voyez seulement, cet exemple atteste que la poésie circulait partout dans l'Italie. Elle était accueillie dans les cours des princes; elle enchantait les cercles des femmes; elle sortait du cachot d'un couvent; elle était mystique et populaire.

Un semblable mouvement ne pouvait être isolé. Les grammairiens, les scolastiques, les philosophes, les jurisconsultes, s'élèvent de toutes parts en Italie. C'est alors aussi que les hommes puissans commencent à ménager les lettrés. L'Italie républicaine avait tourné vite au despotisme. Beaucoup de ces petites villes qui d'abord avaient un sénat, une assemblée populaire, étaient asservies, dès la fin du xiiie siècle. Il y avait à Vérone, à Padoue, à Ravennes, à Milan, des hommes qui, chefs militaires d'abord, nobles de naissance, ou aventuriers parvenus, avaient saisi le pouvoir. Ces hommes cherchaient à gagner les

gens d'église et les poètes. Il y avait encore une
autre classe de savans, dont le crédit paraissait
chaque jour s'établir : c'étaient les jurisconsultes,
les hommes qui avaient retrouvé et savaient in-
terpréter quelques lambeaux des lois romaines.
Ils étaient Gibelins, attachés à César, et oppo-
sés au droit canonique. Plusieurs d'entre eux
cultivaient la poésie : tel fut Cino de Pistoïa,
célèbre professeur de droit romain, et auteur
de sonnets amoureux.

Prêtres, poètes et jurisconsultes, ces trois
puissances étaient fort respectées. Dans les divisions de l'Italie les lettres naissantes trouvaient
partout de zélés protecteurs. Au premier rang
était la maison de Naples. Il n'y avait pas cinquante ans qu'un prince farouche, quoique
frère de saint Louis, avait envahi le trône des
Deux-Siciles. C'était une invasion du nord, pour
ainsi dire, que ces Français arrivés à Naples.
Les vengeances de Charles d'Anjou avaient été
cruelles; son gouvernement avare et dur. A la
troisième génération, vous trouvez sur ce trône
de Naples un roi Robert, savant, poli, généreux. Jamais on n'a imaginé une attention plus
ingénieuse et une admiration plus naïve pour
tout ce qui tient aux lettres. Il s'était occupé
d'abord d'un tombeau de Virgile que l'on dit

près de Naples, sur le mont Pausilippe ; puis il favorisait tous les poètes du temps et les comblait d'honneurs. Son palais, construit avec élégance, renfermait de nombreux appartemens destinés aux hommes célèbres par leur savoir. La bienveillance du roi avait voulu établir un rapport entre la décoration de ces appartemens et les études des hommes qu'il y recevait. L'appartement des prédicateurs et des théologiens était orné de peintures du paradis ; les poètes avaient dans leurs chambres des tableaux qui représentaient Apollon, le Pinde et le Permesse, etc., etc.

A l'autre extrémité de l'Italie, sans doute dominaient des hommes qui ressemblaient peu au roi Robert ; c'était un Barnabé Visconti, guerrier féroce, qui partageait le pouvoir avec son frère Galéas, plus habile et non moins despote. Mais, voyez quelle était alors la puissance des lettres ! les Visconti veulent-ils avoir la paix avec les Vénitiens, ils cherchent l'homme le plus savant, qui parle la langue latine avec le plus d'élégance, et l'envoient au sénat de Venise. Dans l'éblouissement où la renaissance des lettres jetait tout-à-coup l'Italie moderne, il semble que les orateurs, les poètes étaient des messagers de

paix, des médiateurs naturels, au milieu des
nations divisées, au milieu de ces villes qui
se disputaient le pouvoir; c'est un état singulier du monde, qui ne ressemble en rien à
ce qui se passait en France, où la théologie
avait plus de crédit que les lettres, où la force
matérielle était domptée par la puissance ecclésiastique, non pas comme savante, mais comme
autorisée de Dieu. En Italie, indépendamment
de la pieuse illusion que faisait l'Eglise, vous
voyez le talent de penser, l'art de la parole
exercer par lui-même un grand empire.

Mais dans ce tableau général, il faut s'attacher, comme nous l'avons dit, à quelques-uns
de ces noms célèbres qui sortent d'un pays, et
appartiennent à tous les autres. Étudiant surtout les littératures étrangères dans leurs rapports avec la France, nous devons rappeler
le nom moderne qui, dans le xve et le xvie siècle,
a exercé le plus d'empire sur le goût poétique
de notre nation : c'est Pétrarque.

Mais comment parler encore de Pétrarque?
comment reproduire l'impression indéfinissable
qui tient au charme de ses vers? comment traduire la mélodie? comment faire sentir une
forme d'imagination si étrangère à notre temps,
à nos mœurs, et peut-être trop délicate pour

nous, quoiqu'elle date du moyen âge? Evitons
d'abord cette difficulté, au risque de paraître
sévère et technique, en parlant d'un poète
si gracieux. Que Pétrarque nous rappelle un
savant, un érudit profond, un chercheur
d'antiquités, et en même temps une sorte
de puissance politique soutenue par les lettres : vous n'ignorez pas que c'est sous ce
point de vue qu'il parut aux yeux de ses contemporains. S'il a été couronné au Capitole, ne
croyez pas que ce soit pour avoir fait des vers
à Laure, ou, ce qui serait plus vraisemblable,
pour avoir mêlé aux émotions de son amour
ces magnifiques *Canzoni*, pleines de patriotisme
et de grandeur? Non; c'était pour avoir entrepris son *Africa*, si peu lue par la postérité, et où
manque la moitié d'un livre, sans qu'on
s'en soit jamais aperçu. Tâchons aujourd'hui,
Messieurs, de nous représenter Pétrarque tel
que l'ont vu ses contemporains, tel qu'il parut
au roi Jean, lorsqu'il vint en ambassade à la
cour de France. Orateur, philosophe, mora-
liste, par ses écrits latins, par sa vaste corres-
pondance avec tous les hommes instruits, par
sa faveur auprès des princes, Pétrarque a
presque été, dans son temps, ce que Voltaire
fut dans le xviiie siècle; il avait autant de re-

nommée, et nul rival. Comme Voltaire, il entretenait son crédit auprès des hommes puissans,
par quelques complaisances; mais il leur donnait en général des conseils de justice et d'humanité.

Pétrarque était né Gibelin ; son père avait
été chassé de Florence, quelque temps après les
troubles qui en avaient banni le Dante. Alors
s'était accompli un des plus singuliers événemens
du moyen âge, la translation de la cour pontificale dans le comtat d'Avignon. Notre imagination, qui toujours reporte sur le passé les systèmes de notre temps, et s'efforce de le voir,
comme la théorie prendrait plaisir à le faire, attache au pontificat, dans le moyen âge, la toute-
puissance et l'inviolabilité. Cependant, à cette
époque, la papauté est tout-à-coup enlevée de
Rome, telle qu'une tente déployée pour une
nuit, selon la comparaison de l'Écriture ; et
elle est retenue soixante ans sur une terre
étrangère. Avignon étant devenue par la présence de Clément V, qu'on appela le pape
gascon, le séjour de l'Église romaine, le père
de Pétrarque y vint chercher asile. Fils d'un
proscrit Gibelin réfugié près de la cour d'un
pape, le jeune Pétrarque ne pouvait se distinguer que par l'étude. Il étudia d'abord la gram-

maire à Carpentras, puis le droit à l'université
de Montpellier. Mais la passion des lettres antiques le préoccupait seule. Son père, qui, suivant
l'usage des pères, contrariait cette vocation
peu lucrative du talent, vint un jour le surprendre à Montpellier, et jeta au feu ses livres chéris, qui le détournaient des *Pan-
dectes*. Le jeune homme sauva du feu Virgile et
quelques traités de Cicéron. Envoyé par son
père à Bologne, où florissaient les études de
droit, il y connut Cino de Pistoie, jurisconsulte
célèbre, dont les sonnets pleins de grâce et de
douceur sont une innovation heureuse dans la
langue italienne, que le Dante avait laissée si
âpre et si fière. Sous ce maître, Pétrarque apprit plus de poésie que de jurisprudence. « La
science des lois, dit-il, ne lui déplaisait pas ;
mais il méprisait l'application frauduleuse et in-
téressée qu'en faisaient les hommes de son
temps. » A vingt-deux ans, il revint dans Avignon, à cette cour ecclésiastique et galante,
dont il a tracé dans ses ouvrages de si libres
peintures, et qu'il a tant de fois nommée la *Ba-
bylone d'occident*. Son érudition et les agré-
mens de son esprit lui valurent de puissantes
protections, et surtout l'amitié des *Colonne*. Il
devint à la fois poète en titre de la célèbre

Laure, et prêtre de l'Église romaine. Cela pouvait s'accorder dans les mœurs naïves du temps. Nous avons raison de dire que toutes les parties du moyen âge se tiennent et s'expliquent. Il arrivait alors, dans le monde même ecclésiastique, ce que l'on voit dans les romans de chevalerie. Pétrarque prit une dame de poésie, comme les chevaliers avaient une dame de leurs pensées. Mais je passe rapidement ; et je continue la vie de Pétrarque.

Le voilà prêtre et poète ; le voilà tour à tour consulté par les cardinaux graves ou profanes d'Avignon, et faisant des vers en langue vulgaire sur les incidens de sa passion idéale. Mais cette curiosité savante qui l'obsédait ne le laissa pas long-temps dans la mollesse d'Avignon. Il parcourut l'Allemagne et la France ; il y cherchait des manuscrits et des hommes qui valussent des livres. De là, il visita Rome. Revenu dans Avignon, et las du spectacle de la cour pontificale, il se retira près de Vaucluse, dans une agréable retraite ; il y composa un *Traité sur la vie solitaire*, et commença son poème de l'*Afrique*, à l'imitation de Virgile, qu'il contrefaisait en latin, et qu'il égalait, sans le savoir, en langue vulgaire. La réputation de son éloquence était dès lors

si grande qu'il put espérer la couronne de laurier, que, disait-on, Virgile avait reçue jadis au
Capitole. Il avait plusieurs raisons pour le désirer : d'abord une grande analogie entre le
mot *laurier* et le nom de *Laure*, puis la gloire
d'un tel triomphe.

Il est à croire que cet honneur fut long-temps
sollicité par les amis de Pétrarque. Enfin, un
jour, il reçut une lettre du sénateur de Rome
qui l'invitait à venir au Capitole recevoir la
couronne du poète; le même jour, il était appelé par le chef de l'université de Paris. Dans
une de ses lettres, il peint son embarras entre
ces deux triomphes qui l'attendent.

Je suis fort incertain entre deux routes à prendre. L'histoire est courte et merveilleuse. Aujourd'hui, vers six
heures du matin, on m'a remis des lettres du sénat, qui
m'invitent avec beaucoup d'instances à venir à Rome
prendre le laurier poétique. Ce même jour, vers dix heures,
il m'est arrivé, avec des offres semblables, un message de Robert, chancelier de l'Université de Paris, mon concitoyen
et mon ami zélé. Il me presse, par les meilleurs raisonnemens, d'aller à Paris. Comme la chose est presque in-
croyable, je t'envoie les deux lettres, avec les cachets. L'une
m'appelle à l'orient, l'autre à l'occident. Tu verras quelle
est la force des raisons de part et d'autre. Je sais qu'il n'y
a presque rien de solide en ce monde. Dans la plus grande
partie de nos souhaits et de nos efforts, nous sommes trom-

pés par les autres. Cependant comme l'esprit de la jeunesse est plus ambitieux de gloire que de vertu, ne pourrai-je trouver cette concurrence aussi glorieuse pour moi, que le fut pour Syphax, roi puissant de l'Afrique, l'empressement des deux plus grandes villes du monde à rechercher son amitié? Cet honneur s'adressait à son trône et à ses richesses; celui-ci ne s'adresse qu'à moi. Ses solliciteurs le trouvèrent au milieu de l'or et des pierreries, entouré de gardes. Les miens m'ont trouvé, promeneur solitaire, errant le matin dans la forêt, le soir dans les prés, sur les bords de ma fontaine.

Il n'hésita pas cependant. Rome à cette époque valait mieux que Paris. Il partit pour Rome, en passant par la cour de Naples. Là il fut reçu avec de grands honneurs, par le roi Robert, qui entendit la lecture de son poème de l'Afrique, et lui donna audience solennelle pour une autre épreuve. C'était un examen que le roi fit subir au poète, pendant trois jours, en présence de toute sa cour. Le bon roi, émerveillé, voulait lui décerner, à Naples, le laurier poétique. Mais Pétrarque ne pouvait renoncer à son laurier du Capitole. Il reçut seulement des lettres du roi pour le sénat romain, et un diplôme qui lui conférait le droit d'enseigner, discuter, haranguer en tout lieu, et de porter une robe de poète. C'était un vé-

tement particulier, qui empêchait de se mé-
prendre, comme on le peut aujourd'hui. L'examen terminé, au milieu des applaudissemens
d'un immense auditoire, le bon roi Robert se
levant de son trône, ôta sa robe de pourpre
et en fit don à Pétrarque, pour qu'il s'en re-
vêtît le jour de son triomphe.

Pétrarque se hâta d'arriver à la ville impériale,
à la ville éternelle, à la ville pontificale, comme
il le répétait dans ses lettres ; car jamais la langue latine ne lui donne d'expressions assez emphatiques pour rendre l'idée attachée à cette
ombre de Rome. Le voilà dans Rome. Voulez-
vous connaître la cérémonie de son couronnement? Nous avons le récit d'un contemporain, habitant de la ville.

Au temps que Etienne Colonne fut légat du pape, le
cardinal Orsini vint couronner messire François Pétrarque,
poète illustre et savant. Cela fut fait au Capitole de cette
manière. Douze jeunes gens de quinze ans se vêtirent de
rouge ; tous fils de gentilhommes et citoyens de Rome,
un de la maison de Fornoue, un de la maison Tencia, un
de la maison Capizucchi, un de la maison Cafarelli, un de
la maison Canciclleri, un de la maison Coccini, un de la
maison Rossi, un de la maison Papazucchi, un de la maison
Paparèse, un de la maison Altieri, un de la maison Lénie,
un de la maison Astalli ; et puis ces jeunes gens dirent beaucoup de vers faits en l'honneur du peuple par ce Pétrar-

que. Puis venaient six principaux citoyens, vêtus de drap
vert; ce furent un Savelli, un Conti, un Orsini, un Anni-
bali, un Paparèse, un Montanaro; ils portaient une couronne de diverses fleurs; puis paraissait le sénateur, au
milieu de beaucoup de citoyens; et il portait une couronne
de laurier, et il s'assit sur le siége d'honneur; et le
susdit messire François Pétrarque fut appelé à son de
trompes; et il se présenta vêtu d'une robe longue, et
il dit trois fois : « Vive le peuple romain! vivent les séna-
teurs! et que Dieu les maintienne avec la liberté. » Puis
il s'agenouilla devant le sénateur, lequel dit : « Je couronne
la première vertu. » Et il ôta sa guirlande, et la posa sur la
tête de messire François; et celui-ci dit un beau sonnet à
l'honneur des anciens Romains. Et cela finit avec beaucoup
de gloire pour le poète; car tout le peuple criait : « Vive
le Capitole et le poète. » (*Murat.*, t. xii, p. 540.)

Déjà les Italiens de Rome avaient transporté
le mot *virtus* de l'idée de force à celle de talent, ce qui les a conduits à dire un *virtuose*.

Ce procès-verbal de la cérémonie ne rend pas
sans doute l'enthousiasme dont furent saisis les
spectateurs. C'est un des phénomènes curieux
de l'histoire des nations, que ces réminiscences
toutes littéraires qui les font quelquefois remonter vers un passé qui ne peut renaître, et
les trompent sur leur faiblesse présente.

Nous avons vu près de nous un exemple de
ces illusions, malgré tout ce qui s'y mêlait de
véritable courage. De nos jours, la Grèce crut

retrouver sa grandeur antique; et, dans cette
espérance si vivement saisie et poursuivie à travers tant de maux, il entrait une sorte d'enthousiasme studieux, que partageait même le peuple
ignorant. Vous avez peut-être lu cette anecdote
rapportée par un Anglais qui voyageait en Grèce,
plusieurs années avant l'insurrection. Comme il
était monté, près de Salamine, dans la barque
d'un pauvre pêcheur, cet homme, tout en ra-
mant, lui dit d'un air d'orgueil : « C'est pourtant là
qu'était notre flotte, du temps de Xercès. » Par un
reste de tradition nationale, par la curiosité des
étrangers, par le reflet des études de quelques
jeunes Grecs modernes, il s'entretenait ainsi
dans le pauvre peuple de l'Attique ou de la Morée un souvenir de l'ancienne Grèce, un héroïsme d'imagination, quelquefois puéril, mais
qui servit à la liberté.

De même, dans l'Italie du XIVᵉ siècle, tandis que
les lettrés cherchaient les vieux manuscrits, van-
taient le génie des anciens Romains, répétaient
les noms de Cicéron et de Brutus, quelque
chose de cet enthousiasme arrivait au peuple. Il rêvait de retrouver la puissance de ses
ancêtres, et d'égaler leurs grandes actions. Ce
mouvement d'imitation était surtout naturel à
Rome, où les ruines étaient si éloquentes, et

en disaient encore plus que les savans. Mais il
en était de ce plagiat d'héroïsme, comme des
plagiats de style que faisaient les écrivains du
temps, qui tâchaient d'imiter Tite-Live ou Cicéron. La forme était copiée, et le génie manquait.
Il aurait fallu, au lieu de ressusciter les anciens
souvenirs du *tribunat*, créer sur place un nouveau patriotisme qui convînt aux Italiens de
Rome. Il n'en fut pas ainsi.

A peine Pétrarque, avec sa robe triomphale
et sa couronne de laurier, avait-il quitté le Capitole, qu'il fermenta dans Rome un esprit singulier de liberté savante. On vit s'élever un chef
nouveau, que l'on pourrait nommer un tribun
antiquaire.

Rienzi, d'une obscure naissance, fils d'un
aubergiste de Rome, avait long-temps étudié la
grammaire et la rhétorique avec cette ferveur
qui passionnait alors quelques esprits. Il se fit
connaître du peuple par son amour des vieux
monumens ; il errait dans Rome, lisant les
inscriptions, les commentant à sa manière. Tite-
Live, Cicéron, César, étaient ses auteurs favoris; leurs paroles étaient sans cesse dans sa
bouche ; souvent il s'écriait : « O quels hommes
que ces Romains! que j'aurais voulu vivre de
leur temps ! »

2.

Cet enthousiasme était resté d'abord stérile ; mais la longue absence des papes, les désordres et l'oppression que les grandes familles exerçaient dans Rome, favorisaient l'ambition de Rienzi. Il en cacha le but ; il proposa même une ambassade, pour supplier le pape de revenir à Rome ; il fut choisi pour cette mission, ainsi que Pétrarque. Arrivés à Avignon, ils adressèrent au pape de magnifiques harangues, pour le presser de rendre à Rome sa sainte présence et la liberté. Mais le pape hésitait beaucoup à quitter la tranquille paix d'Avignon ; et les cardinaux, disent les auteurs contemporains, ne voulaient pas renoncer aux bons vins de France.

Excusez mon exactitude. Rome en fut donc pour ses frais d'ambassade et d'éloquence ; mais Rienzi revint avec le titre de *Notaire apostolique*, qui lui fut accordé par le crédit de Pétrarque. Cette dignité, tout obscure qu'elle était, lui permit de tenter plus facilement, au milieu du peuple de Rome, ce rôle de tribun qu'il avait lu dans l'histoire romaine, et qui lui paraissait si beau.

L'occasion était favorable : il n'y avait pas plus à Rome de pouvoir impérial que de pape. L'Empire n'était pas alors ce que l'imagination le suppose aujourd'hui. Retenus par les divisions de

l'Allemagne, les empereurs ne pouvaient rien
sur l'Italie; leur faiblesse contrastait avec la magnificence de leur titre. L'empereur Charles IV,
sortant de la ville de Worms, était arrêté par le
boucher qui avait défrayé sa table, et n'obtenait
libre passage que sur la caution de l'évêque. Ce
saint empire romain, qui n'était qu'une parodie
de l'empire des Césars, était représenté à Rome
par un magistrat sans pouvoir. Figurez-vous,
dans cette anarchie, les plus puissantes familles
se faisant la guerre au milieu de la ville; puis
le peuple; puis Rienzi.

Rienzi était sans cesse au milieu du peuple,
lui parlant de Brutus et d'Horatius Coclès, lui
montrant des ruines, inventant l'histoire, quand
il ne la savait pas. Quelques-unes de ses plus in-
spirantes allusions portaient sur des erreurs de
latiniste. Il se conservait dans l'église de Saint-
Jean-de-Latran une table d'airain immense, où
était inscrit un décret par lequel le sénat re-
connaissait à Vespasien différens priviléges, et,
entre autres, le droit d'étendre le *pomœrim*.
Rienzi interprétait ce mot comme celui de *po-
marium*, verger; et, il en concluait que l'Italie
tout entière, jardin de Rome, devait lui être
soumise. Il agitait avec ce contre-sens le peuple
savant et déguenillé de Rome.

Il est nommé tribun par acclamation, et s'établit au Capitole. Alors il s'occupa de remettre l'ordre dans la ville; il réprima le brigandage des barons romains; il en exila plusieurs; et fit de bonnes lois sévèrement exécutées. Quelque chose de fastueux et de théâtral se mêlait à ces actes utiles; il prit les titres d'*ami du genre humain*, de *défenseur de la liberté*, de *zélateur de l'Italie*, de *tribun auguste*.

Mais ce Rienzi, quel rapport a-t-il avec Pétrarque, érudit et poète? Pétrarque était la puissance morale qui soutenait cette entreprise; il écrivait à Rienzi et au peuple de grandes lettres latines, pour les féliciter de leur courage; il nommait Rienzi un homme *envoyé du ciel*, et évoquait à son aide tous les souvenirs de l'antiquité classique.

Cette révolution de collége, étant devenue sanglante, ne se prolongea point. Rienzi, par la folie qui se mêlait à son audace, tomba du pouvoir. Pétrarque le protége, l'arrache à la vengeance même du pape. Rienzi le tribun a été livré au pape; il est dans les prisons d'Avignon. Pétrarque le déclare poète. Rienzi, délivré, repart pour l'Italie; et il ne tarde pas à rentrer dans Rome, comme tribun. Dans ces événemens du moyen âge, particuliers à l'Ita-

lie, on ne peut méconnaître le prestige que
l'enthousiasme de l'antiquité littéraire exerçait
sur les esprits.

Tandis que le tribun Rienzi essayait de ré-
susciter la république romaine, Pétrarque, en
partageant son illusion, s'occupait surtout de
ranimer le goût des lettres antiques, et d'en retrouver les monumens. Nous avons indiqué déjà
ses efforts pour la découverte des manuscrits;
mais il faut l'écouter lui-même. C'est là qu'on
aperçoit pour la première fois l'influence de
cette espèce de république littéraire qui se forma
vers la fin du moyen âge, pouvoir distinct de
l'Église et de l'Etat, et dont la trace se retrouve
plus tard dans les immortels écrits du prési-
dent de Thou. Le lien d'unité de l'Europe avait
d'abord été seulement théologique ; c'était la
religion parlant latin : il devint, au xive siècle., philosophique et littéraire. D'Allemagne,
d'Italie, d'Espagne, de France, on se commu-
niquait, on s'entendait pour la recherche des
manuscrits. Ce fut une première confédéra-
tion des esprits éclairés, au milieu de cette
Europe asservie de tous côtés par la puissance
ecclésiastique et la domination féodale. Don-
nons d'abord quelque idée des recherches de
Pétrarque, et de la manière dont l'antiquité

se révélait alors aux hommes studieux. Il écrivait à son frère :

« Les *Académiques* de Cicéron m'ont fait connaître et aimer Varron. J'ai trouvé, dans les *Offices*, pour la première fois, le nom d'Ennius. J'ai pris goût à Térence par la lecture des *Tusculanes*. J'ai connu par le traité *de la vieillesse*, les *origines* de Caton et l'*économique* de Xénophon. Augustin m'a donné avis de rechercher le livre de Sénèque *contre les superstitions*. Servius m'a fait connaître les *Argonautiques* d'Apollonius. Lactance, parmi beaucoup d'autres, m'a fait désirer les livres de Cicéron *sur la république*. Si je te suis cher, impose à quelques hommes fidèles et lettrés le soin de parcourir la Toscane, de fouiller les armoires des religieux et des autres hommes instruits, dans l'espoir qu'il en sortira quelque chose pour calmer ou irriter ma soif. Bien que tu n'ignores pas que c'est là depuis long-temps ma pêche et ma chasse, j'ai voulu te le dire particulièrement dans cette lettre, pour que tu redoubles de zèle. J'adresse la même prière à mes amis en Bretagne, en Gaule, en Espagne. Tâche de ne le céder à personne en zèle et en persévérance. »

Ce zèle actif était mêlé de cruels mécomptes, et de grandes douleurs. Quelquefois ces manuscrits, rassemblés avec tant de peine, se perdaient. Pétrarque avait le traité de Cicéron, *de Gloriâ*. Il le confia à un de ses anciens maîtres. Celui-ci, pauvre et peu fidèle, mit le manuscrit en gage, et négligea de le retirer. Pétrarque déplora long-temps ce malheur, qui ne fut pas réparé. Cicéron était le premier objet de son culte. Il avait transcrit toutes les lettres de ce grand homme, et il s'occupait sans cesse de recueillir ses autres ouvrages.

« Au départ de mes amis, dit-il quelque part, et quand ils me demandaient, selon l'usage, si je voulais quelque chose de chez eux, je leur répondais : Rien que des ouvrages de Cicéron. Je donnais des notes à ce sujet; je sollicitais de vive voix et par lettres; et que de fois, vous pouvez le croire, j'ai envoyé des demandes et de l'argent, non-seulement en Italie, où j'étais le plus connu, mais dans les Gaules, en Germanie, mais jusqu'en Espagne et en Angleterre! J'en envoyai même en Grèce, et d'où j'attendais Cicéron, je reçus Homère qui par mes soins a été traduit en latin. »

Cette étude perpétuelle des anciens l'avait presque rendu leur contemporain. Dans le recueil de ses écrits on trouve des lettres adressées à Cicéron, à Sénèque, à Tite-Live; et cette forme singulière n'est pas un jeu d'école. Il semble leur correspondant naturel; tant il les connaît, tant il les aime, tant il est pénétré de leur esprit!

On dirait, Messieurs, que je vous raconte

la vie d'un érudit d'Allemagne. Je ne parle que
de manuscrits d'auteurs latins retrouvés; et il
s'agit du plus élégant et du plus tendre des
élégiaques modernes. C'est la singularité du
siècle et de la renommée de Pétrarque. Il devait à son éloquence latine une gloire plus populaire que celle même du Dante; et il en ti-
rait un crédit politique accordé rarement aux
lettres.

Milan était gouvernée par un archevêque,
Jean Visconti. Cet archevêque, souverain ecclésiastique et civil, avait excité par cette double puissance la jalousie de l'empereur et du
pape. On avait envoyé d'Avignon un légat,
pour prescrire à l'archevêque d'opter entre
le spirituel et le temporel. Visconti reçut ce
message à une messe solennelle dans la cathédrale de Milan; et la cérémonie achevée,
s'étant approché du légat, la croix dans une
main, et dans l'autre une épée : « Voilà, lui avait-
il dit, mon spirituel; et voici mon temporel; avec
l'un je défendrai l'autre. » Je regrette que Pétrarque se soit fait le conseiller de cet archevêque, rebelle à son Église et oppresseur de
ses peuples. Nous le voyons là comme Platon
à la cour de Denis le Tyran; mais, il faut le
dire, mieux traité que Platon. A la mort de

Visconti, son pouvoir se partagea entre ses trois neveux. Pétrarque garda près d'eux toute sa faveur, et remplit plusieurs ambassades, en leur nom. Mais il ne restait pas attaché uniquement à ces princes; il allait promenant, non sa servilité, mais sa puissance littéraire au milieu de toutes les cours. Venise même, la fière Venise, qui résiste à la fois au pape et à l'empereur, l'appelle. Il s'agissait d'obtenir qu'un général célèbre de Lombardie consentît à porter les armes pour les Vénitiens, et à les aider dans la conquête de l'île de Chypre. Pétrarque le détermine par son éloquence. Le général soumet l'île de Chypre, et revient à Venise, où il présida des jeux équestres, donnés en l'honneur de sa victoire. On aurait cru voir un triomphe antique. Pétrarque assistait à ces fêtes dans une place d'honneur, à côté du Doge.

Eh bien! tous ces titres de célébrité, cette influence politique, tout cela n'aurait rien fait pour la gloire de Pétrarque. Ces événemens ne sont aujourd'hui qu'une anecdote peu connue, curieuse seulement parce qu'elle indique le développement d'une puissance nouvelle dans le moyen âge, l'action du talent littéraire.

Mais, c'est ailleurs que sa gloire est durable. C'est l'accident le plus frivole de sa vie qui en est devenu le grand événement. Cet homme qui écrivait sans cesse en latin, ce curieux investigateur de tous les monumens de l'antiquité, avait lu aussi des poètes provençaux ; pendant son séjour à la cour d'Avignon, le 6 avril de l'an 1327, il avait aperçu dans l'église de Sainte-Claire d'Avignon, la femme à laquelle il doit son immortalité. Depuis ce jour, au milieu de ses recherches d'érudition, dans les intervalles de ses ambassades, de ses voyages, une pensée poétique l'occupa sans cesse ; et par elle, il polit la langue italienne. Le Dante avait beaucoup fait pour cette belle langue ; mais il lui restait à gagner en perfection. Pour cela une émotion vive, et un long travail sont également nécessaires. La vérité des impressions ne suffirait pas, si quelque chose de trop rapide, de trop précipité égarait le talent du poète. Ainsi, Messieurs, ce que le goût reproche à Pétrarque l'a servi, cette forme régulière, étroite du sonnet. Boileau a dit :

Un sonnet sans défaut vaut seul un long poème.

On rit maintenant de cette prétention ; mais pour une littérature naissante, le sonnet avait l'avantage inestimable de forcer le talent à beau-

coup de soins et de pureté. Pétrarque a dit quelque part : « Si j'avais su que mes vers en langue
vulgaire seraient tellement chéris du peuple,
je ne les aurais pas laissés si négligés ; j'aurais
serré mon mètre, et rendu mon style plus rare. »
Hypocrisie de poète ! Messieurs ; sans cesse il
retouchait le style de ses sonnets. La religion
des Italiens pour la gloire de Pétrarque, a retrouvé de nombreux manuscrits, dans lesquels
tel sonnet où il n'est question que des yeux de
Laure, a peut-être été retravaillé vingt fois, pour
arriver au dernier degré de l'élégance poétique.

C'est par là que Pétrarque, avec bien moins
de génie que le Dante, fut comme lui un des
créateurs de la langue italienne. Si vous cher-
chiez les causes qui ont pu rendre le développement de la langue latine si précoce et si brillant à la fois, peut-être les trouveriez-vous dans
cette analogie heureuse de deux génies : l'un
fécond, hardi, osant tout, forçant et créant à la
fois tous les ressorts de sa langue, et dans un
vaste poème, qui admet tous les tons, réunis-
sant tout ce que l'imagination peut offrir de
plus hardi, de plus singulier et de plus sublime ;
l'autre, aussi modeste, aussi pur dans son art,
que son rival est illimité dans son audace, et
s'attachant à de petites compositions, inspi-

rées d'enthousiasme, et retouchées sans cesse.
Aucune des autres littératures de l'Europe n'é-
prouva cette rencontre, cette jonction de deux
planètes poétiques si heureusement opposées
l'une à l'autre.

Cependant cet événement littéraire devait
avoir une haute importance. L'histoire de la langue est tellement liée à la pensée de tout un
peuple ; cette pensée dans les choses littéraires, est tellement liée à toute son histoire, que
vous ne pouvez supposer, dès le xive siècle, un
si grand progrès d'art et de poésie, sans admettre
toute une civilisation hâtive au milieu de l'Italie.

Mais comment apprécier et sentir, comment
rattacher à notre idiôme ces beautés particulières
de Pétrarque ? Faut-il se moquer d'une admiration nationale, et juger Pétrarque avec sévérité,
comme l'a fait un homme de talent, M. de Sismondi ? Non, Messieurs ; rien n'est plus vrai,
plus juste que la gloire de Pétrarque. C'est un
poète admirable ; il n'a qu'un seul défaut,
qui tient à son génie, c'est de ne pouvoir être
tout-à-fait compris que par sa nation. Il est tellement Italien qu'on ne peut le dépayser, sans
le détruire. Lisez-le dans sa langue ; si vous es-
sayez de toucher une expression, de l'enlever,
de la traduire, vous la fanez. Quelque chose de

cette grâce idéale, de ce charme délicat et voilé
qu'il avait pris pour objet de sa poésie, s'est com-
muniqué à tous ses vers. Dans la langue originale, lors même que la mélodie des sons n'est pas
parfaitement saisie par une oreille étrangère, le
charme des tours ne peut échapper à l'attention; c'est un plaisir musical qui ravit l'âme,
et rappelle les plus douces émotions qu'aient
données Virgile ou Racine. Mais si vous prenez
quelques mots français, pour les mettre à la
place de ces mots italiens; si, avec des mains
toujours un peu lourdes, des mains de traduc-
teurs, vous voulez saisir ces grâces fugitives,
vous ne les retrouvez plus; et à l'instant où vous
voulez communiquer votre enthousiasme, l'objet en a disparu.

Faut-il essayer cependant? On dit que notre
siècle est redevenu poétique; alors on doit savoir que la poésie est une chose sans nom, que
souvent elle n'a pas de traits distincts, qu'elle
est un caprice de l'âme, et qu'avec elle l'impuissance de l'analyse est le triomphe du goût. Oui,
par exemple, que je traduise ces vers de Pétrarque :

Voi ch' ascoltate in rime sparse il suono.....

« Vous qui écoutez dans ces rimes éparses le
» son des soupirs dont je nourrissais mon cœur
» dans ma première et jeune erreur, lorsque
» j'étais un homme tout autre de ce que je
» suis, etc., etc. » Cela ne vous offre qu'un écho
lointain et faux de la plus délicieuse mélodie.
Mais écoutez dans la langue originale les accens
qui sont la musique de ces pensées, et vous
connaîtrez le charme de la poésie.

Vous vous expliquez alors comment, depuis
cinq siècles, toutes les fois que sous ce ciel
d'Italie, dans cette vie oisive et musicale, parmi
ces imaginations si naturellement vives, quelques
vers de Pétrarque sont récités par une voix harmonieuse et passionnée, un frémissement d'enthousiasme circule dans l'auditoire, et Pétrarque
semble le premier des poètes.

La poésie serait quelque chose de moins admirable, si l'on pouvait la prendre sur le fait,
en dresser procès-verbal, la traduire dans une
autre langue, et vous dire : la voilà. Pétrarque
est le plus indigène des poètes de sa nation.
Rien n'a vieilli dans son langage. Ses vers ont
tellement saisi l'imagination, que les mots qui
les composent n'ont pu s'oublier, et que la langue a été fixée par l'admiration pour le poète.
Il y a dans les idiômes humains un point de vé-

rité et de perfection que le génie peut deviner
et hâter. Par la vivacité de l'émotion, par le soin
curieux de l'harmonie, Pétrarque a trouvé l'expression nécessaire du sentiment, l'expression
qui ne peut périr, que lorsque la langue se dé-
truira tout entière.

Après cela, Pétrarque était-il grand poète
dans toute l'étendue de l'expression? Son imagination embrassait-elle fortement autre chose
que ce qui faisait sa passion? Je ne le crois pas.
A cela même tient sa supériorité dans le genre
où il a enfermé sa gloire. S'il avait voulu, à
l'imitation du Dante, écrire en langue vulgaire
un grand poème, il est à croire qu'il n'eût pas
été plus heureux que dans l'*Africa*.

Ce n'est pas que la force lui manque. Décrire
une promenade, un incident de fête, célébrer
la fontaine de Vaucluse, tout cela n'exige que
grâce et douceur. Mais son âme est capable d'é-
nergie. De ces fêtes pontificales d'Avignon et de
ces douces retraites qui n'entretenaient sa pensée que de la présence ou du souvenir de Laure,
il sort quelquefois pour flétrir les vices de l'E-
glise, pour féliciter de généreux défenseurs des
droits de l'Italie, pour réveiller le courage
dans le cœur des Italiens, pour exciter les rois
à la croisade.

Pétrarque imite souvent les poésies des Provençaux ; il célèbre *Arnaud Daniel* et quelques autres. Il leur emprunte des formes et des images. Mais ce mélange de passion et de pureté, ce désintéressement délicat du cœur, il n'en trouvait nulle part le modèle. C'est une alliance de la philosophie de Platon avec les chants des Troubadours. C'est la piété chrétienne portée dans l'amour avec son ardeur mystique et presque son humilité.

Personne ne reproduit avec autant de naturel et de force, en langue vulgaire, le double patriotisme d'un Italien lettré pour l'italie antique et moderne. Voyez à quel point nous sommes dominés par le langage. Lorsque Pétrarque retombe dans ce vieil idiôme des Romains qu'il sait classiquement, la vérité même de ses sentimens est altérée ; l'instrument trompe la main qui s'en sert ; son enthousiasme latin pour Rome est vague et déclamatoire. Lorsqu'au contraire il parle italien, le fond même de ses impressions se corrige. Ce n'est plus par de vaines hyperboles, mais par des cris de l'âme qu'il exprime les malheurs de l'Italie. C'est ce qui frappe dans une *canzone* à Rienzi, dont il espérait faire un grand homme et un libérateur public ; c'est ce qui rend sublimes quelques-uns de ses sonnets satiriques, mêlés à tant de chants d'amour ; c'est ce qui éclate surtout dans une ode à l'Italie, dont je ne pourrai rendre, mais dont je raconterai l'effet prodigieux et durable.

Italie, ma chère Italie, quoique la parole ne puisse rien pour guérir les mortelles blessures que je vois si pressées sur ton beau corps, je veux que mes soupirs soient tels que les espèrent le Tibre, l'Arno et le Pô, dont j'habite les rives, douloureux et pensif. Roi du ciel, je demande que la pitié qui t'a conduit sur la terre te fasse prendre en gré ce beau pays. Vois, Dieu bienfaisant, quelle légère occasion et quelle guerre cruelle ! Ces cœurs qu'endurcit l'impitoyable Mars, ouvre-les et attendris-les. Fais que ta vérité s'entende par ma bouche ; vous à qui la fortune a mis en main les rênes de cette belle contrée, dont il semble que vous ne prenez nulle pitié, que font ici tant d'épées étrangères ? Pourquoi la verte plaine se teint-elle d'un sang barbare. Une vaine erreur vous trompe ; vous voyez mal et vous croyez bien voir, vous qui cherchez dans un cœur vénal l'amour ou la foi. Celui qui a le plus de troupes, est entouré de plus d'ennemis. Oh ! dans quel désert étranger s'est amassé ce déluge pour inonder nos douces campagnes ? Qui nous défendra si la résistance ne vient pas de nos propres mains ?

La nature avait bien pourvu à notre empire, quand elle mit la barrière des Alpes entre nous et la race tudesque ; mais l'aveugle désir, obstiné contre son propre bien, s'est si fort trompé lui-même qu'il a mis dans un corps sain une maladie mortelle, etc., etc. N'est-ce pas ici cette terre que je touchai d'abord ? N'est-ce pas le nid où je fus nourri si

doucement? N'est-ce pas cette patrie à laquelle je me con-
fie, mère indulgente qui recouvre dans son sein ceux qui
m'ont donné le jour? Au nom de Dieu, que cela vous touche
l'âme; et regardez en pitié les larmes d'un peuple douloureux, qui attend de vous seul son repos, après Dieu. Pour
peu que vous donniez quelque signe de pitié, le courage
prendra des armes contre la fureur, et le combat sera court;
car l'antique valeur dans les cœurs italiens n'est pas encore
morte.

Seigneurs, voyez comme le temps vole, et comme la
vie s'enfuit, et comme la mort arrive sur nous. Vous êtes
ici maintenant; songez au départ; il faut que l'âme arrive
nue et seule à ce terrible passage. Pour franchir cette
vallée, qu'il vous plaise de laisser ici la haine et la colère,
vents impétueux qui troubleraient cette vie tranquille.

Voulez-vous juger la puissance de cette poésie? Ecoutez un fait, dont vous ne parlerez pas.

A Milan, où réside une puissance formidable,
dont l'envahissement est garanti par les traités,
à Milan, où campe une garnison autrichienne,
où, sur la place principale de la ville, sont bra-
qués des canons, la mèche prête, et la bouche
tournée vers les rues les plus populeuses, comme
pour avertir la nation que les étrangers sont
là, une fois cette pièce de vers fut chantée par
une voix jeune et mélodieuse, dans la plus brillante réunion de la ville. L'enthousiasme fut inexprimable, et alarma les vainqueurs : le len-

demain la prison avait fait taire la chanteuse.

Ainsi ce poète de tendresse et de mélodie a été, en même temps, le premier lyrique de l'Europe moderne. Le premier, il a trouvé des sons qui, pour les contemporains, avaient toute la force du plus généreux patriotisme; et, je le répète, lorsque tant de siècles ont passé, cette poésie est tellement naturelle aux Italiens, a gardé tant de sympathie avec leurs âmes, que la conquête et le pouvoir craignent encore de l'entendre, et ne la laissent pas réciter impunément. C'est une réponse au reproche vulgaire de fadeur et de mollesse.

QUATORZIÈME LEÇON.

Prose italienne du xive siècle. — Historiens habiles de Florence ; Jean Villani ; comment il diffère de Froissart. — Boccace à la cour de Naples. — Jeanne de Naples ; ses vicissitudes. — Travaux érudits de Boccace. — Ses écrits en langue vulgaire.

MESSIEURS,

Nous avons vu la poésie italienne s'élever au plus haut degré de force originale et de perfection. Nous l'avons vue saisir la primauté sur tous les idiômes de l'Europe latine. L'influence de cette supériorité se prolongera jusqu'au xviie siècle, dans les littératures espagnole, française, anglaise. Nous devions marquer avec soin ce réveil matinal du génie italien.

Mais l'éclat précoce de l'imagination et de goût suppose tout un ordre de civilisation en même temps développé. Dire que l'Italie fut, au commencement du xive siècle, de beaucoup la plus poétique des nations de l'Europe, c'est dire qu'elle les surpassait en tout, qu'elle avait plus de savoir, plus de grandeur, plus de politesse sociale.

Malheureusement les Italiens, par je ne sais quelle fatalité qui ne leur permit pas, lors même qu'ils étaient libres, de ressembler aux Romains, ont souvent rabaissé leur génie par l'usage qu'ils en faisaient. Habitués à regarder Bossuet, Pascal, Montesquieu comme les hommes éloquens de notre langue, nous sommes tout étonnés d'apprendre qu'en Italie, dans ce pays d'évêques, où la religion aurait dû, ce semble, avoir autant de génie qu'elle exerce de puissance, le modèle de l'éloquence nationale, c'est un faiseur de contes, Boccace.

Cependant gardons-nous de croire que le génie sérieux de l'Italie se soit borné aux hardiesses philosophiques cachées sous la licence des contes de Boccace. Essayons au contraire de rechercher si, dans une époque où l'Europe était encore grossière, et n'avait d'esprit que pour la scolastique et les fabliaux, il n'y avait pas en Italie quelque chose de plus intelligent et de plus élevé.

L'Italie était républicaine, non pas avec audace, avec génie, comme l'avaient été Rome et la Grèce, non pas avec cette éloquence de la tribune antique; elle l'était surtout par le commerce et l'industrie. A cet égard, elle avait devancé l'esprit de l'Europe actuelle. Les États libres de l'Italie étaient des cités marchandes, où la pratique soit d'un art, soit d'un métier, le travail et le gain donnaient l'indépendance et la noblesse. Ainsi se formait un esprit actif et souple, plein d'inventions, mais dénué, je le crois, de grandeur et d'enthousiasme. Cet esprit ne créait pas d'orateurs, mais seulement des hommes habiles, qui dirigeaient les affaires d'un petit Etat, comme celles de leur maison de commerce, et cultivaient les arts pour servir à leur industrie lucrative, ou pour s'en délasser. Ils étudiaient la géographie, la navigation, le droit civil, et avaient de très-bonne heure des idées d'économie politique, alors étrangères à toute l'Europe. Puis, dans leur loisir, au lieu de la dure gymnastique des anciens, ils s'occupaient de vers et de chansons, ou lisaient des contes frivoles. Rien, même dans Florence, qui puisse se comparer à la place

4.

publique et aux études philosophiques d'A-
thènes ; ou du moins, si ce rapprochement est
possible, c'est plus tard, lorsque Florence ne
sera plus république : c'est le joug des Médicis
qui lui donnera quelque ressemblance avec
Athènes libre.

Mais, nous ne sommes qu'au xive siècle, au
temps où la France et l'Angleterre étaient
encore amusées par de longs romans, et n'a-
vaient fait aucune œuvre de génie. L'Italie était
plus heureuse. Tandis que la haute et gracieuse
poésie était née sur cette terre, tandis que
l'érudition y sortait, pour ainsi dire, du sol,
avec tant de monumens antiques, l'histoire
y prenait un caractère qu'elle n'avait encore
nulle part. Dès le xe siècle, l'Italie avait eu,
comme les autres pays de l'Europe, grand
nombre de chroniques latines. Plusieurs, écrites
en vers latins demi-barbares, sont curieuses par
les faits : tels les poèmes de Guillaume de Pouille
sur Guiscard, et du chapelain Donizon sur la
comtesse Mathilde. Mais, là comme ailleurs,
la langue latine ôte à ces monumens quelque
chose de la vérité locale. Vous ne sentez pas où
vous êtes ; vous n'entendez pas l'accent des voix
populaires : tout cela disparaît dans l'idiôme
étranger et antique, dont se sert l'historien. Il

faut attendre encore, pour trouver l'expression
originale des physionomies italiennes ; elle paraît avec les premiers récits en langue vulgaire ;
elle y est vive et complète.

Nos chroniques de Saint-Denis sont sèches
et grossières. Joinville est admirable de candeur et presque de génie ; mais les qualités diverses de l'historien, l'attention impartiale, le
savoir, l'exactitude, tout ce qui n'est pas impression personnelle, ne les lui demandez pas.
Ne les demandez même pas à Froissart, qui a
tant de supériorité et de charme dans ses récits.
Au contraire, dès que vous avez des historiens
en Italie, vous avez des narrateurs judicieux,
instruits, qui n'oublient rien. Pourquoi cela ?
Presque tous appartiennent à cette même classe
d'hommes qui, dans les autres pays de l'Europe, étaient ou méprisés ou presque inconnus ;
ils s'occupent de commerce. Ville-Hardouin était
un chef de bande ; Joinville, un chevalier ; Froissart, un troubadour ; les moines de Saint-Denis
étaient des moines ; tous hommes renfermés
dans leur profession guerrière ou cléricale,
s'inquiétant peu de la vie du peuple. Au contraire, un historien d'Italie, au xive siècle, c'est
un marchand qui a beaucoup voyagé, beaucoup
vu, qui connaît, pour son négoce, comment vi-

vent les peuples, leurs besoins, leurs occupations, leurs richesses; souvent, c'est un homme
qui a de nombreux vaisseaux en mer, qui com-
munique partout, qui s'enquiert à propos, et
s'est accoutumé à bien savoir les nouvelles, ne
fût-ce que pour en tirer de l'argent; c'est un
homme qui fait déjà la banque, et qui prête à des
rois étrangers; car, sur ce point, certains usages
de l'Europe contemporaine étaient connus dès le
XIIIᵉ siècle. Un tel historien n'aura pas toujours
cette candeur et cette imagination qui vous
plaisent dans Froissart; il ne sera pas narrateur
si minutieux, peintre si brillant des combats,
des tournois et des fêtes; il s'en inquiète surtout, pour savoir le prix des étoffes et des armes. Mais tout ce qui tient à la richesse, à l'ac-
croissement des villes, à la population, aux
denrées, enfin mille détails qui semblent n'intéresser que l'esprit statistique de notre froide
et calculante Europe, déjà vous les trouvez
dans ces premiers narrateurs italiens : il y en a
des traces dans Riccordano Malaspina. Avec la
rude simplicité de ces phrases où le même mot
est dix fois répété, vous arrivez toujours à quelques détail précis. Encore quelques années, vous
trouvez l'historien exact et complet, Villani. Cet
homme est le contemporain de Froissart; il

parle une langue à peu près aussi simple; et cependant sa manière d'écrire l'histoire est tout op-
posée. Villani était un riche marchand de Florence; il avait toute l'expérience et le sérieux de
cette profession. Tout ce que Froissart néglige
et dédaigne, occupe Villani. De plus, il avait
étudié les anciens, que Froissart ne connaissait
pas, et il prend chez eux une gravité de style
qui se mêle à sa science des affaires et de la
vie.

Villani était venu jeune à Rome pour un devoir de piété, au jubilé de Boniface VIII. L'aspect de Rome lui donna l'idée d'écrire l'histoire
de Florence, sa patrie; il commence aussitôt.
Toute sa vie n'en est pas moins occupée
d'affaires : il est directeur de la monnaie à
Florence; il est trois fois prieur, ou premier magistrat; il est envoyé en ambassade dans la plupart des villes d'Italie; il ne cesse pas ses opé-
rations de commerce. Elles tournèrent mal à la
fin : il était associé dans une compagnie de
banque qui avait avancé de grandes sommes
au roi d'Angleterre. Les troubles de l'Angleterre
et l'embarras de son roi; un autre prêt au roi
de Sicile, tout cela compromit la banque de
Florence; et avec une rigueur que les habitudes commerciales avaient dès lors établie, Vil.

lani et ses associés sont jetés en prison. Voyez
toutes les vicissitudes de cet historien. Pélerin,
commerçant, magistrat, banqueroutier, il passe
par tous les états. Cela suffit pour marquer le
contraste entre les habitudes d'un historien d'Italie, et celles de nos historiens de France, écuyers
ou troubadours. Le seul caractère qui les rapproche, c'est cette candeur de piété, cette bonne
foi crédule qui leur fait raconter miracles, pré-
dictions, pronostics singuliers. L'expérience de
la vie pratique ne corrige pas Villani de cette
prévention universelle : et l'on est tout surpris
de voir ce même homme, si judicieux, qui vous
explique si bien les séditions par des causes
matérielles, et marque si juste le prix du blé,
vous dire ensuite comment tout avait été pro-
phétisé par un saint ermite du voisinage. Voilà
le trait de ressemblance. Du reste, tout diffère
dans l'intention et la marche des deux historiens. Je vais, par de courtes citations, faire
ressortir ce contraste.

Voici pourquoi Villani a écrit son livre :

« Une grande partie des chrétiens qui vivaient alors firent ce pélerinage, les femmes comme les hommes, de divers pays, de loin et de près; et ce fut la chose la plus

étonnante que l'on vît jamais, que, pendant toute l'année, il y ait eu à Rome, outre le peuple romain, deux cent mille pélerins, sans compter ceux qui étaient sur les routes, pour aller ou pour revenir; et des vivres étaient fournis à tous, aux chevaux comme aux personnes, avec une grande patience, sans bruit et sans désordre; et j'en puis témoigner, car je fus présent là, et j'ai vu. Des offrandes faites par les pélerins il y eut un grand trésor pour l'église; et les Romains par le commerce devinrent tous riches. Me trouvant à ce bienheureux pélerinage dans la sainte ville de Rome, voyant les grandes et antiques choses qu'elle renferme, et lisant les histoires des grandes actions des Romains, écrites par Virgile et par Salluste, Lucain, Tite-Live, Valérius, Paul Orose et autres maîtres de l'histoire, qui décrivent les petites choses comme les grandes, pour donner mémoire et exemple aux siècles à venir, je leur ai emprunté le style et la forme, quoique je ne fusse pas un disciple digne de faire œuvre si grande. Mais considérant que notre cité de Florence, fille et créature de Rome, était en train de monter et de s'élever aux grandes choses, de même que Rome était sur son déclin, il me parut à propos de rapporter dans ce volume et dans cette nouvelle chronique tous les faits et les commencemens de la ville, autant que je le pourrais, de rechercher, de découvrir et de suivre le récit des événemens passés, présens, et futurs. Et ainsi, avec la grâce du Christ, dans l'année 1300, revenu de Rome, je commençai à compiler ce livre, à la gloire de Dieu et du bienheureux saint Jean, et pour célébrer notre ville de Florence. »

Vous voyez que l'Italien, avec ce commencement d'études classiques confuses qui lui arri-

vent par la découverte des manuscrits, regarde
Virgile comme un historien, et met Paul Orose
à côté de Tite-Live. Voyons maintenant comment débute Froissart. Il n'a rien lu des anciens ; on dirait qu'il ne sait même pas s'il a
existé des Romains ; il ne sait que ce qu'il a vu
ou entendu ; il croit que les événemens ont commencé avec lui, et ne s'inquiète pas au-delà :

« J'ai commencé jeune de l'âge de vingt ans, et suis venu
au monde en même temps que les faits et aventures, et si y ai
toujours pris grand'plaisance plus qu'à autres choses ; et si
Dieu m'a donné la grâce que j'ai été bien de toutes parties,
et des hôtels des rois, et par espécial du roi Edouard, et de
la noble reine sa femme, madame Philippe de Hainaut, à
laquelle en ma jeunesse je fus clerc, et la desservais de
beaux dits et traités amoureux ; pour l'amour du service
de la noble dame à qui j'étais, tous autres grands seigneurs, ducs, comtes, barons et chevaliers, de quelque
nation qu'ils fussent, m'aimaient et me voyaient volontiers.
Ainsi au titre de la bonne dame et à ses côtés, et aux côtés
des hauts seigneurs, en mon temps, j'ai recherché la plus
grande partie de la chrétienté. Partout où je venais, je fai-
sais enquête aux anciens chevaliers et écuyers qui avaient
été dans les faits d'armes, et qui proprement en savaient
parler ; et aussi aux anciens hérauts d'armes pour vérifier
et justifier les matières. Ainsi ai-je rassemblé la noble et
haute histoire ; et tant que je vivrai, par la grâce de Dieu,
je la continuerai ; car plus j'y suis et plus y labeure, plus
me plaît. Car ainsi comme le gentil chevalier ou écuyer qui

aime les armes, en persévérant et continuant, se nourrit et perfectionne; ainsi en labourant et ouvrant, je m'habilite et me délecte. »

Il y a grande différence, comme vous voyez, entre le sérieux, la candeur grave et pieuse de l'un des historiens, et la gaîté, l'enjoûment, l'indifférence de l'autre, qui s'occupe surtout de s'amuser.

Ainsi, Messieurs, au commencement du xive siècle, l'Italie n'était pas seulement plus inventive, plus puissante en imagination que les autres pays de l'Europe; elle était plus sérieuse, plus savante, plus capable d'écrire l'histoire, et de raisonner gravement sur les intérêts des peuples. C'est là, sans doute, le grand mérite de Villani; car, du reste, il n'a rien de cette vivacité qui nous plaît dans Froissart. Chez celui-ci souvent les faits sont altérés, confondus; il n'y a de parfaitement vrai que l'impression de l'historien pour les choses qu'il aime, fêtes, tournois, parures. Les détails qui ne seraient pas des peintures, l'ennuient. Au contraire, Villani ne néglige rien de ce qui sert à la vérité. Il a, par avance, plusieurs caractères des historiens modernes; il explique les faits; il rend compte des causes et des moyens. Ce n'est pas qu'il ne s'anime

parfois, et ne décrive avec force ce qu'il a vu.
Mais alors même, il conserve son exactitude et
sa précision d'homme d'Etat. La naïveté, la
candeur de diction qui se mêlent à cette fermeté
de bon sens, lui donnent, sans génie, une sorte
d'originalité. Sous ce rapport, il a quelque ressemblance avec Comines. Les mots dont il se
sert sont simples et naïfs; la pensée est forte
et pénétrante. Dans une guerre, dans une sé-
dition, il racontera simplement les faits; mais,
en même temps, il vous fera bien connaître
les ressources de commerce et d'impôt, et toute
la situation de chaque peuple et de chaque
parti.

Il est malaisé de traduire Villani; sa pureté
de langage, vantée par l'académie de la Crusca, nous échappe; et son style nous paraît un
peu nu. Tâchons cependant de saisir le caractère de ses récits : choisissons un événement
remarquable, l'oppression où fut réduite Florence, lorsque le duc d'Athènes, envoyé sous
prétexte de pacifier la ville, de calmer les haines entre les Guelfes et les Gibelins, s'empara
du pouvoir absolu. Vous ne trouverez pas dans
ce récit l'indignation républicaine des écrivains
antiques; point d'enthousiasme, point de colère.
Le début est simple et sans passion, et, s'il

est permis de le dire, tout-à-fait bourgeois.

« Il y a parmi nous autres Florentins un vieux proverbe :

« Florence n'est pas remuante,
» Si elle n'est toute souffrante. »

» Bien que ce proverbe soit grossier de style et de rime, il se trouve par expérience qu'il est de fort bon sens, et qu'il s'applique à notre sujet. En effet, ce duc n'eut pas régné trois mois, qu'il déplut à la plupart des citoyens par ses iniques procédés, comme nous l'avons dit. Les grands et les puissans qui avaient d'abord gouverné le pays, se voyant réduits à rien, le haïssaient à mort. Aux hommes de condition moyenne et aux artisans sa souveraineté déplaisait par le mauvais état de la contrée et par le poids insupportable des impôts et des gabelles. Et tandis que les citoyens avaient d'abord espéré que sous son gouvernement les dépenses diminueraient, il fit le contraire. Et par les mauvaises récoltes, le blé monta à plus de vingt sous le setier, ce qui mécontenta le petit peuple. »

Villani continue ce récit des griefs de Florence contre son nouveau maître; puis il montre trois complots qui se forment, et qui manquent parce qu'ils ne sont que des entreprises particulières pour l'intérêt ou la vengeance de quelques grandes familles, puis une dernière tentative irrésistible, parce qu'elle est géné-

rale et populaire. Cette exposition est digne de
Thucidide.

« La ville de Florence était ainsi agitée, suspecte et
odieuse au duc; celui-ci avait découvert les conjurations
faites par tant de citoyens et manqué son projet pour réunir et surprendre les nobles; d'autre part, les principaux
citoyens se sentant coupables de complots, sachant la
mauvaise intention du duc, et voyant qu'il avait plus de
deux cents cavaliers de sa suite, et que chaque jour il arrivait à son secours des gens du seigneur de Bologne et que
d'autres hommes de la Romagne avaient déjà passé les
monts, ils craignirent que le retard ne leur vînt à péril, se
souvenant du vers de Lucain :

     « *Tolle moras, semper nocuit differre paratis.* »

» Les Adhémar, les Médicis et les Donati, le jour de
Sainte-Anne de l'année 1343, ordonnèrent que dans le
Marché-Vieux et à la porte de Saint-Pierre, quelques pauvres gens allassent se déguiser et criassent ensemble : *aux
armes! aux armes!* Et ils firent ainsi. La ville était troublée
et dans la terreur. A l'instant, comme il était ordonné,
tous les citoyens furent armés, à cheval ou à pied,
chacun dans son quartier portant les bannières de l'armée
du peuple et de la commune, et criant : « Meure le duc
et ses suivans, et vive le peuple et la commune de Florence, et la liberté! » Et sur-le-champ la ville fut barri-
cadée et fermée à l'entrée de chaque rue et de chaque
quartier. Ceux d'au-delà de l'Arno, grands et peuples, se
conjurèrent ensemble et se baisèrent sur la bouche, et
barrèrent les têtes des ponts, résolus, si le pays de l'autre

côté de l'eau se perdait, de tenir bravement sur cette rive. »

Ce récit, où une citation de Lucani succède à un proverbe populaire, n'est pas éloquent ; mais il peint au naturel ; il dit ce qui s'est fait : voilà le génie du chroniqueur italien.

Villani eut pour continuateurs son frère et son neveu ; tous deux, avec moins de talent, ont la même candeur et la même exactitude. Cette école, ou plutôt cette famille d'historiens atteste, par sa manière d'écrire, les singuliers progrès de l'Italie au xive siècle. On y voit que cette nation devançait alors les autres, précisément par cet esprit sérieux, positif, cette activité, cette science des affaires, qu'elle a depuis négligés, et qui ont fait passer le sceptre à d'autres nations. Il y a dans les *Villani* quelque chose du sens et de la liberté d'un historien anglais. C'était l'œuvre de l'esprit républicain ; mais cette influence n'était pas unique.

Le caractère de l'Italie, à cette époque, était multiple et varié, comme les formes des souverainetés qui la partageaient. Ici, des démocraties actives, turbulentes, pleines d'émulation, où le travail et le talent conduisaient aux premiers honneurs ; là, des aristocraties, royautés à cent têtes, qui tenaient tout un peuple en haleine, et le faisaient travailler incessamment à leur grandeur; là, de petites dominations toutes guerrières, et s'appuyant sur la force ; là, de petites cours élégantes, voluptueuses, hospices ouverts aux savans, aux poètes.

Dans les républiques, dans la portion sérieuse et agitée de l'Italie, on écrivait moins qu'à Naples, sous la protection de ce bon roi Robert, qui n'avait souci que des lettres et des plaisirs. Cependant Florence eut le privilége de produire tous les hommes de génie de cette époque; mais ce n'est pas à Florence qu'ils passèrent leur vie. Le Dante était banni; Pétrarque, fils d'un banni ; Boccace, Florentin par son père, était né à Paris, et n'habita que peu de temps sa patrie, bien qu'il y ait rempli les dignités civiles, auxquelles nul homme célèbre n'échappait dans ces petites républiques. Boccace est à nos yeux un écrivain du royaume de Naples, où il passa ses plus belles années; il exprime par la mollesse de ses écrits cette civilisation voluptueuse des cours d'Italie.

Là, nous rencontrons une des physionomies les plus originales du moyen âge ; elle se trouve incidemment mêlée à nos récits : c'est Jeanne de Naples. Vous croyez peut-être, après avoir lu

l'histoire et le roman, que le personnage de Marie Stuart est unique dans le monde; que cette
beauté, cet esprit, ces malheurs, cette facilité
d'être coupable, ce don d'être séduisante, ce
mélange de coquetterie et de raison, de frivolité
et de force d'âme, que tout cela, dans un tel degré, ne s'est vu qu'une fois, et qu'il n'y a qu'une
Marie Stuart. Eh bien! il y en a deux. Dès le
xive siècle, non pas dans la sauvage Écosse,
mais sous le ciel de Naples, il était né une
femme qui, comme Marie Stuart, fut reine, charmante, coupable et malheureuse, qui, folle de
plaisirs et de fêtes, se jouait avec grâce, au milieu des factions, et qui, suspecte d'avoir fait mourir un époux indigne d'elle, périt elle-même par
la main qui lui disputait le trône. Jamais deux
médailles n'ont mérité d'être autant rappro-
chées; jamais deux figures originales ne furent
plus semblables.

Nous avons parlé de ce bon roi Robert, qui
faisait lui-même des *Examens littéraires*, et se
montrait protecteur si généreux de tous les
hommes célèbres de l'Italie. Jeanne de Naples
était sa petite-fille; elle était née de son fils, qui
mourut jeune et ne monta jamais sur le trône.
Le roi Robert vieillissant, inquiet sur l'avenir
de sa couronne, voulut à tout prix assurer l'hé-

ritage de sa petite-fille; il la maria presque enfant à André de Hongrie, qui, descendant de la maison d'Anjou, avait des droits au royaume de Naples. Cet étranger, avec ses habitudes du Nord et le cortége d'une chevalerie barbare, arrivant au milieu des fêtes ingénieuses de la cour napolitaine, fut mal accueilli. Bientôt il devint odieux à la jeune princesse, qui passait son temps à faire des lectures, à écouter, à chanter des vers, et s'entourait de poètes, inconnus aujourd'hui, parmi lesquels était un homme d'immortelle renommée, Boccace. Il composait des romans pour cette cour; il y faisait librement figurer la famille du roi, surtout une fille naturelle de ce prince, dont il était aimé, et qu'il a célébrée sous le nom de *Fiammetta*.

Après la mort du roi Robert, le mariage de Jeanne fut troublé plus violemment par des jalousies et des haines. André mourut assassiné, presque sous les yeux de la jeune reine, et sans doute de son aveu. André, quoique haï, fut vengé. Naples se souleva contre les meurtriers Jeanne en livra quelques-uns pour victimes; et l'année suivante, elle épousa le plus coupable, Louis de Tarente, son cousin. Mais bientôt la vengeance vint du Nord. André de Hongrie avait

un frère, vaillant capitaine, qui saisit avidement
une occasion de ravager l'Italie. On vit paraître
aux portes de Naples les lances hongroises, pré-
cédées d'un grand étendard noir, sur lequel était
peint fort grossièrement le meurtre d'André.
La reine s'enfuit par mer, et passa dans ses Etats
de Provence. Perdu dans ce désastre de la cour
galante de Naples, Boccace fit une églogue latine sur les maux du peuple vaincu et l'exil de
la reine. La peste vint aider les Napolitains ; et
cette armée d'hommes du Nord, sans combattre, dépérissait sous le ciel d'Italie. André s'é-
loigna chargé de dépouilles. La jeune reine re-
parut avec sa cour. A peine eut-elle rétabli le
luxe et les fêtes, que le terrible vengeur revient
de Hongrie avec dix mille cavaliers. Nouvelle
fuite de la reine de Naples et de ses poètes ;
nouvelle églogue de Boccace.

Jeanne, pendant son premier exil, avait cédé
au pape le territoire d'Avignon, où résidait la
cour pontificale. Elle se soumit alors à sa sentence, et offrit de répondre devant lui, sur la
mort de son époux. Voilà sans doute un exemple éclatant de cette haute juridiction religieuse
du moyen âge, tant regrettée par quelques pu-
blicistes modernes. Ce spectacle est grand : une
reine, accusée du meurtre de son mari, arrête

la guerre déchaînée contre ses peuples, en se rendant au tribunal du pape. Elle est jugée, non pas comme le sera Marie Stuart, par des ennemis, au gré d'une Elisabeth, plus occupée de se défaire d'une rivale que de punir une coupable.: libre et reine, elle se présente, dans Avignon, aux commissaires du pape. Une longue instruction commence; Jeanne de Naples parla plusieurs fois devant ses juges; Pétrarque écrivit pour sa défense. La jeune reine avouait qu'elle avait eu pour son époux une insurmontable aversion; mais elle attribuait ce sentiment, qui avait encouragé les meurtriers, à quelque maléfice jeté sur elle. Les cardinaux trouvèrent l'excuse suffisante; Jeanne fut acquittée.

Le frère et le vengeur du roi mort, ayant appris la sentence pontificale, sans objection, sans plainte, retira ses troupes, et refusa même une riche amende que les juges avaient imposée à la reine. Cette fois, par l'autorité du pape, une sentence fut mise à la place d'une guerre; et les peuples dûrent bénir la puissance protectrice qui terminait leurs maux, et jugeait les différends des rois.

Avec l'absolution pontificale, Jeanne remonta paisiblement sur son trône. Je ne voulais que faire connaître cette cour voluptueuse,

et sanglante, où s'était formé le génie de Boccace. Je ne suivrai pas davantage la vie de cette
reine, qui, perdant l'époux qu'elle s'était donné
par un crime, en choisit un troisième, guerrier
aventureux, dont l'ambition remuante harassa
les faibles Napolitains. Délivrée de ce maître
impérieux, elle s'unit à un quatrième époux; et
enfin, comme la Providence est plus sévère que le
pape, elle périt, belle encore et puissante de séductions, par l'impitoyable barbarie de Charles
de Durazzo, l'héritier de son choix, qui la fit
étrangler en prison.

J'ai dit, Messieurs, que cette cour de Naples
fut l'école où se forma Boccace. Son père, adonné
au commerce, avait voulu l'élever pour sa
profession; mais l'esprit de Boccace, libre, insouciant, ami des plaisirs, ne pouvait s'y plier:
il fut cependant quelques années à Paris, dans la
boutique d'un marchand. Je ne sais s'il y lut nos
vieux fabliaux, qu'on l'accuse d'avoir beaucoup
imités. Nul doute au moins qu'il n'ait parfaitement su la langue des *Trouvères*, et qu'il n'ait
pu, dans la suite, facilement les étudier. Ils
furent pour lui ce que les *Troubadours* avaient
été pour Pétrarque, des modèles infiniment
surpassés. Boccace garda toujours souvenir
de Paris; et il y fait de fréquentes allusions

dans ses récits. Mais Paris, sale, mal bâti, ne pouvait l'inspirer, comme cette cour de Naples, dont il a retracé les délices dans ses romans, du reste assez médiocres, de *Filocopo et de Frammetta*, et même dans son poème de la *Théséide*.

C'est à la cour de Naples qu'il faut imputer la liberté excessive du *Decameron*. C'est aussi là qu'on doit trouver l'explication d'une chose qui m'a toujours choqué dans ce livre original, le plus ancien chef-d'œuvre de la prose moderne. Je veux parler de ce bizarre contraste entre le prologue et le sujet, ou plutôt de cette insouciance immorale qui place tant d'histoires frivoles et licencieuses, au milieu du tableau d'une peste. Thucydide, retraçant un fléau semblable, est partout austère et triste, et ne badine pas avec les vices et la corruption des mœurs, qu'il montre gravement comme une des suites de ce fléau. Mais Boccace, à côté de cette horrible contagion qu'il décrit avec tant de force, place une petite société, qui, dans la plus charmante retraite, s'égaie à des récits d'amour.

Je reconnais là cette vie de Naples. Boccace est insouciant, comme les maîtres qu'il avait servis. Il avait vu cette cour de Jeanne, où les crimes se mêlaient aux fêtes, ces spectacles de sang et de supplices qui n'interrompaient pas les danses du palais; il avait vu cette reine intrépidement frivole à l'approche d'une invasion de barbares, abandonnant ses Etats à leur vengeance, et ramenant bientôt sa cour brillante dans Naples saccagée, fuyant et revenant encore. Cette persévérance dans les plaisirs, au milieu des périls et des malheurs d'un peuple, lui servit de modèle : c'est l'inspiration qui a dicté le singulier plan du *Decameron*.

Un savant littérateur a nié le défaut que j'accuse; il dit que les récits du *Decameron* ne forment pas toujours un si étrange contraste avec le terrible début de l'ouvrage; qu'il y a des histoires tragiques, des histoires touchantes et pures, comme celle de Grisélidis. N'importe: la licence occupe tant de place dans ce livre, que l'excuse me paraît faible. Seulement Jeanne de Naples et sa cour m'expliquent ce désordre et cet égoïsme de gaîté, au milieu de la peste.

Mais cela ne fit pas la perfection originale du *Decameron*. Boccace est de l'école du Dante et de Pétrarque; école qui nous rappelle ce que nous oublions trop, combien l'étude de l'antiquité a été salutaire, combien elle le sera toujours. On semble croire que les anciens retrouvés ont pu nuire au génie moderne; qu'ils

nous ont embarrassés de leur présence, et nous
ont empêchés d'être aussi originaux que nous
l'aurions été sans eux, et qu'en les mettant aujour-
d'hui de côté, on reprendrait cette originalité
qu'on a manquée long-temps, par leur faute. Rien
de plus douteux. Je vois dans le moyen âge des
génies qui se développent sans les anciens, et
d'autres qui ont reçu leur secours : la grandeur
originale appartient à ces derniers. Quel *Troubadour* ou quel *Trouvère* peut se comparer au
Dante et à Pétrarque? C'est qu'en effet cette
contemplation inspirante de la littérature antique ne pouvait pas détruire l'originalité native.
Elle était ce que l'éducation est, à toutes les
époques, pour les esprits vigoureux, une force
et un moyen, bien plus qu'un obstacle; elle ne
les submergeait pas dans de vieux souvenirs,
toujours moins puissans sur l'imagination que les
choses présentes; mais elle préparait leur esprit
et leur âme à sentir plus vivement, à rendre
avec plus de force ce qu'ils voyaient autour
d'eux.

Cette heureuse influence se montrait surtout
lorsqu'ils parlaient en langue vulgaire, et sur
des sujets modernes. Pétrarque n'égale Virgile que dans les sonnets italiens. Boccace n'a
point de génie quand il écrit, même en langue

vulgaire, son poème grec de la *Théséide*. Son
érudition latine, sa demi-connaissance du grec,
son savant traité *De la généalogie des Dieux*,
tout cela, fort admiré de son temps, serait
ignoré du nôtre. Mais Boccace n'avait pas impunément étudié Cicéron, Virgile, Horace, Térence et
presque tous les grands écrivains de l'antiquité,
qu'il recherchait, transcrivait avec un soin merveilleux. Il puisa dans cette étude un goût ex-
quis d'élégance et de naturel, un art fin et délicat; et, cet art se mêlant aux premières et vives
allures d'un idiôme naissant, que l'auteur n'avait
pas besoin de forcer, pour le rendre original,
de là vint le style le plus savant, le plus naïf,
le plus gracieux que l'on eût encore vu dans
nos langues modernes. Savez-vous qu'il y a du
Cicéron dans Boccace.—Quoi! le style du grand
orateur dans les pages d'un faiseur de contes?
—Oui; ces formes périodiques, ces phrases si
habilement prolongées, cet art de réunir et de
grouper une foule d'idées accessoires, ces liai-
sons savantes du style, cette élégance, cette
harmonie se retrouvent dans les descriptions et
les récits de Boccace. C'est son langage naturel,
toutes les fois qu'il n'est pas licencieux ou comique. Les vengeances de l'amour, les combats de
l'amitié, la résignation de la vertu lui ont in-

spiré cette éloquence. Je ne puis pas parler du reste.

Au xive siècle, les contes manuscrits de Boccace étaient lus en Italie de tous ceux qui savaient lire. Pétrarque, grave, sévère, religieux même dans ses faiblesses, traita le *Decameron* avec indulgence. Après l'avoir loué sur le commencement et sur la fin, la description de la peste et la touchante histoire de Grisélidis : « Si j'ai » rencontré, écrivait-il à son ami, quelque trace » de licence, vous étiez excusé par votre âge, à » l'époque où vous avez écrit cet ouvrage, par le » style et la langue, par la frivolité des sujets et » des lecteurs [1]. » Singulière excuse, il faut l'avouer, que donne ce bon Pétrarque! Dans un écrit dangereux pour les mœurs, il semble que l'emploi de la langue vulgaire n'était qu'un tort de plus.

Aussi, quand l'imprimerie commença, et que les éditions de Boccace se multiplièrent, on devint plus rigoureux. La cour de Rome, en particulier, fut très-blessée du livre; elle y blâmait surtout la liberté de certains traits contre le clergé. Choisissons un exemple.

[1] Delectatus sum in ipso transitu; et si quid lasciviæ liberioris occurreret, excusabat ætas tunc tua, dùm id scriberes, stylus, idioma, ipsa quoque rerum levitas et eorum qui talia lecturi videbantur.

Boccace raconte qu'il y avait à Paris un marchand juif, fort honnête homme, quoique juif, et qui avait un ami fort bon chrétien. Le chrétien voulait toujours convertir le juif ; celui-ci se défendit long-temps ; mais enfin, il annonce à son ami le dessein d'aller à Rome. « Rome est le siége de la chrétienté, la source de la religion elle-même ; si je ne me convertis pas à Rome, où me convertirai-je ? » L'ami s'effraie de ce projet : aller à Rome, et voir ce qui s'y passe, lui paraît un grand moyen de ne pas se convertir. Le juif part, observe tout dans Rome, et revient. Le chrétien ami, fort inquiet, vient savoir le succès du voyage. Le juif lui dit : « J'ai
» vu qu'il n'y avait à Rome aucune piété, aucune
» dévotion, aucune bonne œuvre dans aucun
» prêtre; que l'avarice, la gourmandise, la fraude,
» l'envie, la débauche, l'orgueil et des choses
» pires encore, s'il se peut, étaient toutes en fa-
» veur, et que c'était plutôt l'officine du diable
» que le temple de Dieu. Il m'a semblé que le
» souverain pasteur et ceux qui l'entouraient fai-
» saient tout pour détruire le christianisme. Ce-
» pendant je vois que le christianisme prospère
» et s'agrandit; qu'il s'élève chaque jour. J'en ai
» conclu que votre religion était vraie, puisque
» la cour de Rome et les cardinaux ne pou-

» vaient pas la détruire. J'en ai conclu qu'à dé-
» faut de ces hommes qui devraient en être les
» appuis, et qui en sont les fléaux, il faut que
» ce soit l'Esprit saint lui-même, la main de
» Dieu qui soutienne le christianisme. Ainsi, al-
» lons à l'église, et là, selon les usages de votre
» sainte foi, faites-moi vite baptiser. »

Quelle profondeur de malice dans cette histoire !

Ce qui avait librement circulé, avant la découverte de l'imprimerie, excita les graves et
tardives inquiétudes de la cour de Rome, au
XVIᵉ siècle. Le livre fut censuré, prohibé, frappé
d'anathême. Alors une grande négociation s'é-
tablit entre un Médicis, souverain de Florence,
et la cour de Rome. On envoya quatre ambassadeurs florentins, citoyens considérables ; et le
pape nomma de son côté plusieurs commissaires. On passa deux ans à discuter le *Decameron*,
à retrancher des passages, à supprimer des histoires, à remplacer des mots, à couper la moitié d'un récit. Il en résulta une édition solennel-
lement publiée, qu'on appela l'*Édition des
députés*, en mémoire des grands travaux et des
immortelles conférences qui avaient présidé à
cette œuvre. Aussitôt que cette édition officielle
fut publiée, tout le monde acheta des contre-

façons, où l'ouvrage original était complet.

Pour nous, Messieurs, nous n'aurions pas même parlé de ce livre s'il n'avait pas fallu achever la comparaison entre les diverses littératures de l'Europe, au moment où elles commençaient à se caractériser. De plus, l'extrême popularité du *Decameron*, l'influence qu'il eut dans le xve et le xvie siècle, est un trait de mœurs qui fait partie de l'histoire. Si l'on songe que plus tard des récits semblables se sont trouvés sous la plume et sous le nom d'une reine; si l'on se souvient de la vie de cour que retrace Brantôme, et que laisse deviner Marguerite de Valois, on avouera que Boccace est le peintre le plus curieux et le plus vrai des mœurs que la rude corruption du moyen âge avait léguées au xvie siècle.

Sous un autre rapport, on est surpris que, tant d'années avant le grand schisme de Luther, un Italien ait écrit si librement sur les saints et les miracles. C'est un supplément populaire à la hardiesse plus sérieuse du Dante; c'est le second signe de la grande révolution qui déjà se préparait. Chez Boccace, cette audace est couverte par la licence des mœurs; singularité commune dans le moyen âge. La liberté philosophique toute seule aurait fait brûler l'auteur; elle prit pour manteau la licence des mœurs; elle a passé sous cette sauve-garde. La morale n'admet point une telle excuse; mais, à part ce qu'elle blâme dans Boccace, il reste une admirable peinture sociale. Quand on cherche les hommes qui ont eu du génie avant Molière, à la manière de Molière, il faut nommer Boccace. Quand on veut trouver des traits de comédie aussi bons que ceux du *Tartuffe*, il faut les chercher dans Boccace; il faut relire l'histoire de cet hypocrite, qui, après une vie désordonnée, s'avise de vouloir mourir saint homme, trompe un prêtre par une confession de novice, s'accuse presque d'avoir tué une puce avec trop de colère, ment jusqu'à l'agonie, est canonisé après sa mort, et fait, dit Boccace, tout autant de miracles qu'un autre saint.

Voilà comment Boccace est devenu l'écrivain le plus populaire de l'Italie; voilà pourquoi nous n'essaierons pas de le traduire. Pour nous en détourner, le scrupule littéraire suffirait, même à défaut d'un autre; car on ne saurait atteindre à ce style habile et moqueur, à cet art facile de conter. Naïf comme le vieux français, ce style a bien plus d'élégance; la forme en est correcte, pure, classique; malheureusement le fond ne l'est pas du tout. C'est un motif pour nous d'abréger. Cependant, si l'on s'étonnait de m'entendre ici parler de Boccace, je rappellerais qu'un respectable prélat italien, monsignor Bottari, a lu devant l'académie de la Crusca plusieurs dissertations où il établit que les intentions de Boccace avaient été toujours parfaitement innocentes; que ni la morale ni la religion ne pouvaient se plaindre de lui; qu'il était de tout point irréprochable. Je ne pense pas comme le prélat; aussi, je ne cite pas Boccace. Mais si l'on me reprochait d'avoir nommé Boccace, même ans le citer, je citerais monsignor Bottari.

QUINZIÈME LEÇON.

Romanzo espagnol; comment dérivé du latin. — Longue
influence de la langue latine en Espagne. — Vieux monumens de la poésie castillane. — Vers d'Alphonse le
Sage. — Fragment d'un poème du Cid. — *Romances* du
Cid.

MESSIEURS,

Nous avons vu, des ruines fécondes de la civilisation romaine, sortir de nouveaux idiômes,
de nouvelles littératures. Nous avons suivi cette
grande révolution dans les Gaules du nord
et du midi. Nous l'avons retrouvé dans l'Italie,
dans ce chef-lieu de l'ancien monde, où les invasions barbares, tant de fois renouvelées, étaient
aux prises avec tous les monumens et tous les
souvenirs du génie romain, et où dès lors

une langue nouvelle avait dû commencer plus tard, et se perfectionner plus vite que partout ailleurs. Pour achever ce tableau, et marquer l'espèce de synchronisme moral que nous avons annoncé, il faut nous occuper aussi d'un pays dont la langue n'est pas moins immédiatement dérivée du latin, qui, voisin de la France méridionale, en adopta long-temps l'idiôme poétique, qui plus tard imita les Italiens, et qui cependant conserve un génie propre et une physionomie puissamment originale. Ce pays, c'est l'Espagne.

Rien, Messieurs, n'est arbitraire dans le cercle d'études que nous avons tracé. Partout se montre l'étroite parenté des langues de l'Europe méridionale ; et mille rapprochemens de mœurs et de génie se mêlent à cette première affinité, d'autant plus sensible qu'on la cherche dans un temps plus reculé.

Et d'abord, Messieurs, rappelons que, dans l'Espagne, comme dans les Gaules, Rome avait mis la main partout ; que ses usages militaires et civils, ses lois, ses mœurs, sa langue avaient pris, à la longue, possession du pays. De retour en Espagne, après trente-cinq ans d'absence, Martial trouvait dans sa petite ville de Bilbilis des *puristes* envieux qui censuraient ses épigrammes latines, et à Cordoue un poète qui les récitait sous son nom [1]. Sénèque, Lucain, Florus, toute une école d'écrivains, attestent avec quelle distinction les natifs ou les colons d'Espagne cultivèrent les lettres romaines. Là, comme ailleurs, la prédication chrétienne fortifia l'œuvre de la conquête; et l'on compte beaucoup d'Espagnols parmi les écrivains de l'Eglise latine. Il semble cependant que le site de l'Espagne avait dû permettre qu'il se conservât quelques traces d'anciennes mœurs, à l'abri des montagnes et des rochers. Quoique la puissance romaine eût tout fait pour bannir d'Espagne le nom carthaginois, il était resté dans plusieurs cantons une tradition de l'idiôme punique. Mais dans les villes, la langue latine avait prévalu.

Ainsi, Messieurs, aux derniers temps de l'Empire, vers le vi[e] siècle, la langue et la civilisation romaines dominaient exclusivement sur la Péninsule. Là, comme dans la Gaule, se reproduisit cette double prise de possession, exercée par le pouvoir civil et par l'Eglise. Or, vous le savez, quand on cherche pourquoi le génie

---

[1] Dic, vestro, rogo, sit pudor poetæ,
Ne gratis recitet meos libellos.

Lib. xii, ep. 53.

6.

romain pénétra si profondément toutes les nations qui furent touchées par lui, on n'en trouve
pas d'autre cause que ces deux envahissemens
successifs des légions et de l'Eglise. Au ive et
au ve siècle, vous voyez l'Espagne chrétienne
jeter un grand éclat. Elle eut de nombreux docteurs, des poètes, des hérétiques. Elle fut le
siége de plusieurs célèbres conciles. Ses évêques
étaient renommés pour leur foi, et souvent loués
par saint Augustin. Cette influence religieuse et
savante que l'Espagne avait d'abord reçue de
l'Italie, elle la recevait aussi de l'Afrique, dont
les côtes septentrionales étaient alors un des
pays les plus civilisés de la terre. Vous savez la
gloire des églises d'Afrique, à cette époque, leurs
débats, leurs cinq cents évêques, la splendeur
de Carthage, ses temples, ses écoles, ses théâtres, où l'on représentait d'anciennes tragédies
latines, et des comédies de Plaute. De nos jours,
un conquérant, pour injurier l'Espagne qu'il
n'avait pu soumettre, disait d'elle : « N'y pensons
plus, l'Espagne est en Afrique. » Par une singulière vicissitude, au ve siècle, ce voisinage de
l'Afrique entretenait en Espagne la civilisation
et la science. Cet état se prolongea jusqu'au
temps des invasions, qui, de toutes parts, enta-
mèrent l'Empire romain. Les plus humains, et

pour ainsi dire, les plus dociles des barbares,
échurent pour conquérans à l'Espagne; ce
furent les Visigoths. Ils adoptèrent le christianisme, et prirent en même temps des
principes de législation civile inconnus aux
autres peuples. Aussi, dès le vi^e siècle, vous
voyez tout un système de justice sociale s'élever en Espagne et succéder à l'administration
romaine, abolie par la défaite. L'Espagne vécut
plusieurs siècles sous ces maîtres nouveaux,
qui reçurent sa religion.

Est-ce à l'époque de cet établissement des
Goths qu'il faut reporter l'origine de la langue
espagnole? Doit-on supposer, avec un savant
célèbre, que cette langue dérive d'une *langue
romane*, *uniformément parlée dans l'Europe du
midi?* ou ne faut-il pas croire plutôt qu'elle naquit de la lutte et du mélange de la langue latine, anciennement naturalisée en Espagne, avec
quelques restes d'anciens idiômes, et la langue
des nouveaux envahisseurs? Cette seconde hy-
pothèse est, je crois, la seule vraisemblable, du
moins pour les parties de l'Espagne qui ne touchent pas au midi de la France. Il est visible que,
les élémens barbares qui se mêlaient à la langue romaine étant divers, l'altération ne devait
pas être uniforme. Une cause particulière vou-

lait, je crois, qu'en Espagne le type romain se
défendît long-temps, et laissât de très-fortes
empreintes dans la langue nouvelle. Encore aujourd'hui, en espagnol, comme en italien, on
peut écrire plusieurs lignes qui seraient à la
fois latines et modernes. Si la langue espagnole
a conservé fréquemment les mots et les dési-
nences sonores du latin, il ne faut pas s'en étonner; quelque chose a dû rendre le latin plus
puissant et plus durable en Espagne que partout ailleurs : c'est le pouvoir et l'action légis-
lative des évêques.

Dès le vi^e siècle, vous voyez régulièrement
établies en Espagne des assemblées épisco-
pales, où se discutaient les lois civiles. Ces
conciles politiques parlaient latin, beaucoup
mieux sans doute que les barons et les grands
vassaux de Charlemagne : le latin était la
langue unique de l'Eglise. Or, plus l'homme
qui parlait latin avait d'influence, plus les
formes du latin se perpétuaient dans la nation. Ainsi je n'hésite pas à dire que ces nombreuses assemblées d'évêques, qui remplissent
toute l'histoire d'Espagne, depuis le ve jusqu'au
viiie siècle, furent une cause permanente de
domination pour le latin, et qu'enfin, lorsque
cette langue s'altéra, ses types dûrent laisser

une trace profonde dans la langue nouvelle.
Un monument remarquable de cette intervention épiscopale, c'est le recueil de lois
promulgué dans le seizième concile de Tolède,
vers la fin du viie siècle. Ecrit en latin, sous le
titre de *Forum judicum*, ce recueil ne fut traduit en castillan que dans le milieu du xiiie siècle.
Jusque là, sans doute, il était, sous la forme latine, suffisamment intelligible pour les juges
et le plus grand nombre des habitans. La conquête arabe même ne paraît pas avoir détruit
cet état de choses. En refoulant les peuples
vaincus autour de leurs églises et de leurs
prêtres, elle dut même les rattacher, dans quelques provinces, à la langue latine, comme à
une langue sacrée, dans laquelle les vaincus
pouvaient plus librement invoquer leur Dieu,
et maudire leurs ennemis. Il est certain du
moins que les rois maures d'Espagne, au
viiie siècle, empruntèrent souvent la langue
latine, dans les ordonnances et les actes publics qui s'adressaient à leurs sujets chrétiens.

Ce que Bossuet a dit de la France, avec une
espèce de joie, qu'elle était une monarchie fondée par des évêques, serait bien plus vrai de
l'Espagne. Mais, chose singulière, cette influence
prédominante du corps épiscopal y fondait,

non pas la monarchie absolue, comme le voulait Bossuet, mais une monarchie libre et tempérée. C'est le caractère qui règne dans le *Forum judicum*. Cette loi est très-supérieure aux autres lois des peuples barbares, presque toujours fondées sur le droit du plus fort, entre le maître et l'esclave, et sur le droit de représailles entre les égaux. Au contraire, la vieille loi espagnole suppose une justice antérieure et générale, qui seule peut rendre le pouvoir légitime. Les évêques élisaient les rois, et les rois devaient gouverner selon les lois. Tel fut le régime sous lequel vécut l'Espagne jusqu'à l'invasion des Maures, au commencement du viiie siècle.

Cette côte d'Afrique, où étaient nés tant d'hommes célèbres dont l'éloquence avait agité les églises chrétiennes, envoyait maintenant à l'Europe un peuple nouveau, armé tout à la fois du fanatisme et de la science, les Arabes, déjà maîtres de l'Asie. Alors plusieurs civilisations, ou, si vous voulez, plusieurs barbaries, tantôt luttant, tantôt confondues, couvrirent à la fois le sol de l'Espagne. Quelle langue prédominait dans ce chaos? Un auteur du xe siècle, Liutprand nous dit que, « vers l'année 728, il y avait dix langues en Espagne : 1° le vieil espagnol; 2° le cantabre; 3° le grec; 4° le latin; 5° l'arabe; 6° le chaldéen;

7° l'hébreu; 8° le celtibérien; 9° le valencien; et 10° le catalan. » On ne conçoit pas bien dans cette nomenclature quelle pouvait être la place du grec en Espagne. L'usage du chaldéen et de l'hébreu s'explique par la présence d'un grand nombre de Juifs. Le vieil espagnol, le cantabre, le celtibérien désignent d'anciens idiômes qui avaient survécu à la conquête romaine, et qui, sans doute, en se mêlant avec le latin, donnèrent naissance à un *romanzo* vulgaire, devenu le *castillan*. Quant à la langue arabe, il paraît que d'abord elle envahit une grande partie du territoire. Un écrivain du IXe siècle, Alvaro de Cordoue, se plaint que les chrétiens de son temps écrivaient, recueillaient, publiaient les livres arabes. « Ils estiment moins, dit-il, les » ruisseaux abondans de l'Eglise, qui coulent du » paradis. Hélas! ô douleur! les chrétiens ne » savent plus leur loi [1]. » Enfin les langues valencienne et catalane étaient évidemment identiques avec notre langue provençale.

Mais que cette langue ait été commune à toutes les parties de l'Espagne, au IXe siècle, voilà ce que nous ne pouvons croire, malgré l'autorité d'un savant célèbre. Seulement, tous

[1] Sanchez, t. 1, p. 48.

les dialectes romans de cette époque étant fort voisins de la souche primitive, se touchaient, se confondaient en beaucoup de points. Ainsi vous trouvez dans le vieil espagnol des lignes entières qui sont provençales; par exemple, dans un poème d'Alexandre, au xiie siècle, vous lisez :

Era esta Corinta una nobla cuzidad,
Sobre todas las otras avia grant bontat....

Et ailleurs :

Udieron una voz de grand tribulacion ;
Fo perturbada toda la procession.

Tout cela, vous le voyez, n'est que du latin plus ou moins altéré.

Aussi, M. Raynouard, dans un admirable travail philologique, dans sa *Grammaire comparée des langues du midi*, a ramené sous un petit nombre de règles faciles et claires les diverses altérations de la langue latine dans les différens idiômes. C'est une clef pour ouvrir ces belles littératures du midi, trop négligées de nos jours. Avec cette ingénieuse méthode, une étude de quelques mois suffit à donner l'intelligence de ces langues, dans leurs monumens les plus anciens.

La langue catalane ou provençale était parlée dans la Catalogne, dans la Navarre, et dans l'île Majorque. Un autre *roman*, devenu le fond de l'espagnol moderne, était usité dans la Castille. La Galice et le Portugal avaient un dialecte particulier, comme ils l'ont encore aujourd'hui.

Quand vit-on enfin l'idiôme castillan sortir de la corruption du latin, et pousser, comme un jeune rameau, sur cette souche antique? Quand cette nouvelle langue eut-elle une poésie distincte de celle des Catalans, qui se confond elle-même avec le provençal? Certes, si la grandeur romanesque des événemens, l'ardeur patriotique et religieuse, les guerres étrangères et civiles, doivent agiter, enhardir l'imagination, rien de tout cela ne manquait à la Castille. Cependant le premier réveil de la poésie populaire y paraît assez tardif. Non-seulement la poétique Provence, mais notre Picardie, notre Normandie, semblent avoir produit des romans et des poètes avant cette Espagne, où le climat devait éveiller le génie. On peut croire que l'influence arabe, dominant à la fois par les armes et par le savoir, arrêta, dans une grande partie de l'Espagne, l'originalité native des esprits. On s'étudiait à parler et à écrire la langue

des vainqueurs. Encore aujourd'hui, la bibliothèque de l'Escurial renferme beaucoup de
livres arabes, composés dans le xII^e siècle, par
des Espagnols chrétiens. Ces hommes, qui ne
s'étaient pas convertis à l'Alcoran, se conver-
tissaient, pour ainsi dire, à la science et à la
poésie orientale. Ils avaient pour la langue
arabe cet attrait curieux qu'inspire la supériorité des connaissances. Il paraît même que
l'arabe était la belle langue à la cour de plusieurs de ces petits rois de Castille, qui, tour à
tour, luttaient contre les Maures, et s'unissaient
à eux. Le castillan ne se conservait plus que
chez les chrétiens des montagnes.

Ainsi l'invasion arabe avait accompli un des
plus grands effets de la conquête : elle avait, en
partie, arraché au peuple vaincu son idiôme
national. Si la conversion religieuse avait suivi,
l'Espagne devenait entièrement arabe ; car
voici la règle historique : tout peuple conquérant qui impose sa religion, impose aussi sa
langue, et absorbe dans son unité la nation qu'il
a soumise; mais si le peuple conquérant n'impose que sa langue, tôt ou tard le peuple vaincu
reparaîtra.

Quoi qu'il en soit, l'époque où l'idiôme national, qui semblait submergé sous la conquête

arabe, prit un caractère, ne remonte pas au-delà
du xie siècle. C'est alors que vous voyez les souverainetés chrétiennes se dégager du milieu des
Maures, grandir, se fortifier; c'est alors que paraît
ce grand Cid, dont le nom remplit toute l'histoire
d'Espagne, en fait long-temps tout le merveilleux
et toute la poésie : cependant il ne semble pas
qu'il se soit conservé de monumens, en langue
vulgaire, tout-à-fait contemporains du Cid. Le
poème du Cid, qui, par la simplicité du récit
et la barbarie gothique du langage, paraît plus
ancien que toutes les *romances* espagnoles, n'est
peut-être que du xiiie siècle. C'est vers ce temps
que la monarchie castillane s'affermit. Alphonse
le Sage, qui monta sur le trône en 1252, pro-
tège et cultive les sciences, au milieu d'un règne
agité.

Ce prince est un des hommes extraordinaires
du moyen âge ; il eut plus d'une fois à combattre ses sujets et ses enfans ; lié souvent par des
traités avec les rois maures d'Espagne, il passa
pour un impie. Le premier des princes espagnols, il se fit nommer empereur d'Allemagne.
Pour acheter cette dignité, il appauvrit, il épuisa
ses sujets par des impôts, tout en se vantant
d'avoir trouvé par sa science la pierre philo-
sophale. Cette découverte eût été bien belle :

dire que ces chants populaires sont un des monumens les plus originaux du génie moderne,
dans le moyen âge. Difficilement, on trouverait
une poésie qui, sous la négligence du mètre et
du langage, eût plus de vivacité ; et malgré quelques traces d'affectation, et quelques jeux de
mots dont nous ignorons la date, nulle part la
simplicité des mœurs primitives, ce mélange de
générosité et de férocité, n'est plus remarquable
et plus intéressant par le contraste.

Ces romances, nous l'avons dit, sont loin
d'être le plus ancien témoignage qui nous reste
du Cid. Peut-être ne sont-elles en grande
partie que des fragmens altérés de quelque
grand poème perdu. Les exploits du Cid
avaient été racontés par les Maures, comme par
les chrétiens. On dit même que ce héros, qui,
dans les vicissitudes de sa vie, tira plus d'une
fois l'épée pour les ennemis de sa foi, avait près
de lui deux écuyers musulmans qui furent les
premiers historiens de sa vie. Ces récits furent
répétés et traduits. Telle est l'origine vraisemblable d'un fragment sur le Cid, fort antérieur
aux *romances*, si l'on en juge par la rudesse de
la versification et du langage. Un savant littérateur a déjà fait connaître quelques passages de ce
poème qui n'embrasse qu'une époque de la vieil-

lesse du Cid. Nous essaierons de revenir après
lui sur ce sujet, en choisissant de préférence ce
qu'il a négligé de traduire. Il ne s'agit pas là
du premier coup d'épée de don Rodrigue. Ce
n'est pas le Cid de Corneille, le jeune amant de
Chimène, avec son duel et son amour. Le chroniqueur espagnol raconte le dernier exil du Cid,
qui, à l'âge de soixante-quatre ans, est banni par
le roi Alphonse VI, et se sépare de sa femme et
de ses fils.

« Pleurant de ses yeux, malgré sa force d'âme, il tournait
la tête et regardait sa demeure. Il vit les portes ouvertes
et sans cadenas; les perches de la fauconnerie vides, sans
toiles et sans faucons et sans autours apprivoisés. Mon Cid
soupira; car il eut de très-grands soucis. Mon Cid parla
bien, et d'une voix très calme : « Merci à toi, Seigneur
» père, qui es dans les cieux. Mes ennemis méchans m'ont
» enlevé cela. » Alors il se hâta de partir, et lâcha les rênes.
A la sortie de Bivar, ils eurent la corneille à droite; et à
l'entrée de Burgos, ils l'eurent à gauche. Mon Cid conduisait
les hommes et levait la tête. Mon Cid Ruy Diaz entra dans
Burgos. Il avait à sa suite soixante lances ornées de bannières.
Pour le voir, les hommes et les femmes s'étaient mis aux fe-
nêtres, pleurant de leurs yeux : tant ils avaient de douleur!
et ils disaient de leur bouche, pour toute parole : « Dieu,
quel bon vassal, s'il avait eu un bon seigneur! » Mais personne
n'osait l'inviter : tant le roi Alphonse avait une grande
puissance! Car, avant la nuit, son ordre, écrit et scellé,

était venu à Burgos avec un grand message annonçant que
personne ne donnât logement à mon Cid, et que tout homme
qui lui dirait une simple parole perdrait les oreilles et les
yeux de la tête, et de plus, le corps et l'âme. Le peuple
chrétien avait un grand tourment ; car il n'osait rien dire de
mon Cid. Le Cid alla droit à son logement ; il trouva la porte
bien vérouillée par la terreur du roi Alphonse qui le voulait
ainsi ; en sorte que si on ne les brisait par force, nulle ne
s'ouvrait. Les gens de mon Cid appelaient à haute voix. Les
gens de la maison ne voulaient pas répondre une parole.
Mon Cid s'approcha, tira son pied de l'étrier, et frappa un
coup. La porte ne s'ouvrit pas ; car elle était bien fermée.
Une petite fille de neuf ans se tenait l'œil au guet. « Cid,
» une autre fois, vous avez ceint l'épée dans un bon mo-
» ment. Maintenant le roi a défendu de vous recevoir. A
» la nuit, son ordre est venu avec un grand message, et
» fortement scellé. Nous n'oserions vous ouvrir, ni vous
» recueillir pour rien. Sinon, nous perdrions notre avoir
» et nos maisons, et de plus, les yeux de la tête. Cid, vous
» ne gagneriez aucune chose à notre mal. Mais que le Créa-
» teur vous favorise de toutes ses bénédictions. » La petite
fille dit cela, et tourna vers sa maison. Le Cid alors vit
qu'il n'avait pas la bonne grâce du roi. S'étant retiré de la
sorte, il traversa Burgos. »

Tout cela ne ressemble guère sans doute à
nos idées romanesques sur la gloire du Cid :
mais je ne sais s'il est possible de mieux exprimer le délaissement de ce grand capitaine.
Cette ville inhospitalière, ces maisons fermées,

cette petite fille de neuf ans qui seule ose parler au proscrit, l'obéissance résignée du Cid qui s'éloigne, tout cela forme, dans la rude négligence du chroniqueur, une peinture parfaitement originale.

Le Cid emprunte cinq cents marcs d'argent à un Juif, rassemble quelques centaines de cavaliers, et va combattre les Maures. Après de grands exploits, dont il fait hommage à l'injuste Alphonse, le Cid s'empare de Valence, où il fait venir sa femme et ses filles. Assiégé dans sa conquête par l'empereur de Maroc, il remporte une grande victoire ; il se promet d'y trouver le trousseau de ses filles, que, pour plaire au roi Alphonse, il donne en mariage aux *Infans* de Carion. Je ne reproduirai pas la partie de cet épisode habilement rendue par M. de Sismondi ; les filles du Cid, livrées à leurs indignes époux, sont maltraitées par eux, et laissées pour mortes dans les bois de *Corpès*. Ramenées à leur père, leur vue excite sa vengeance ; il réclame justice auprès du roi Alphonse. Les Cortès sont assemblés à Tolède ; on y voit, dit le chroniqueur, les hommes les plus sages et les meilleurs de toute la Castille.

« Le cinquième jour, arriva mon Cid le Batailleur. Il

envoya devant Alvar Fanez, pour baiser les mains du roi, son seigneur, bien qu'il sût qu'il arriverait le même soir. Quand le roi l'apprit, il fut touché. Il monta à cheval avec des grands, et alla recevoir celui qui était né dans une heure prospère. Le Cid vint à la hâte, avec les siens, compagnies vaillantes qui ont un seigneur semblable à elles. Quand le bon roi Alphonse le vit, le Cid le Batailleur se jeta à terre. Il voulait s'abaisser, et honorer son seigneur. Quand le roi l'entendit, il ne tarda pas un moment : « Par saint Isidore, en vérité, cela ne sera pas aujourd'hui. » A cheval, Cid ; sinon, je ne serais pas content. Nous vous » saluons d'âme et de cœur ; mon cœur est affligé de ce qui » vous pèse. Dieu veut que votre présence honore aujour- » d'hui la cour. — *Amen*, dit mon Cid le Batailleur.

» Il baisa la main du roi, et il salua : « Grâces soient ren- » dues à Dieu, quand je vous vois ! Je me soumets à vous » et au comte don Henrique, et à tous ceux qui sont ici. » Dieu sauve nos amis, et vous surtout, seigneur ! Mon » épouse dona Ximena est une dame d'honneur ; elle vous » baise les mains, parce que ce qui nous afflige vous pèse, » seigneur. » — Le roi répondit : « Qu'il se fasse ainsi. »

» Le roi retourna vers Tolède. « Cette nuit, dit mon Cid, » je ne veux pas aller plus loin. Grâces soient rendues au » roi, et que le Créateur vous favorise ! Rentrez dans la » ville, seigneur. Moi, avec les miens, je m'arrêterai à » Saint-Servan. Mes compagnies resteront là cette nuit ; je » ferai la veille dans ce saint lieu. Demain matin, j'entrerai » dans la ville, et j'irai à la cour, avant de déjeûner. » — Le roi dit : « Il me plaît. » Et il entra dans Tolède. Mon Cid Ruy Diaz était demeuré à Saint-Servan. Il ordonna d'al- lumer des cierges et de les poser sur l'autel. Il eut le désir

de veiller dans le sanctuaire même, en priant le Créateur.
Ils dirent les matines au point du jour; la messe fut achevée
avant le lever du soleil; l'offrande du Cid fut bonne et
complète. »

Le poëte chroniqueur continue son récit avec
la même exactitude minutieuse.

« Mon Cid partit de Saint-Servan pour la cour. A la
porte du dehors, il descendit de cheval, à son gré. Il entre
prudemment avec tous les siens. Il marche entouré d'eux,
au nombre de cent. Quand on vit entrer celui qui était né
dans une heure prospère, le roi don Alphonse, le comte
don Henrique et le comte don Raymond, se levèrent, et
après eux, tous les autres; et ils reçurent le Cid avec
grand honneur. Le roi dit au Cid : « Ça, venez, sire Ba-
» tailleur, sur ce siége que je vous dois, bien qu'il déplaise
» à quelques-uns, vous serez assis mieux que nous. »
Alors celui qui avait conquis Valence fit beaucoup de re-
mercîmens : « Siégez sur votre banc, dit-il, comme roi
» et seigneur. Je m'asseoirai là avec les miens. »

« Le roi approuva du cœur ce que disait le Cid; et mon
Cid se plaça sur un banc. Les cent hommes qui le gardaient
se mirent à l'entour. Tout ce qu'il y a de gens à la cour re-
gardaient mon Cid et sa barbe longue et liée par un cordon.
Dans ses mouvemens, il semblait bien un homme. Les Infans de Carrion, accablés de honte, ne pouvaient le regarder.
Alors se lève debout le bon roi don Alphonse : « Écoutez,
» hommes d'armes, et que le Créateur vous favorise. Depuis
» que je suis roi, je n'ai pas fait plus de deux assemblées

7.

» de Cortès : la première fut à Burgos, et l'autre à Carion.
» Je tiens cette troisième à Tolède aujourd'hui, pour l'a-
» mour de mon Cid, né dans une heure prospère, afin qu'il
» ait justice des *Infans* de Carion. Ils lui ont fait un grand
» tort, nous le savons tous. Soient juges le comte don Hen-
» rique, le comte don Raymond, et vous autres comtes qui
» n'êtes d'aucun parti, avec sagesse et prudence, parce que
» vous êtes examinateurs, pour choisir la justice. De part et
» d'autre, soyons en paix aujourd'hui. Je jure par saint
» Isidore, celui qui engagera mes Cortès à me quitter perdra
» mon affection. Maintenant, mon Cid, fais ta demande ;
» nous saurons ce que répondent les *Infans* de Carion. »

» Mon Cid baisa la main du roi, et se levant : « Je vous
» remercie beaucoup, comme roi et seigneur, de ce que
» vous tenez cette assemblée par amour de moi. Voici ce
» que je demande aux *Infans* de Carion. Pour mes filles
» qu'ils ont délaissées, je ne sens pas de déshonneur ; car
» vous les aviez mariées, roi. Mais quand ils emmenèrent
» mes filles de Valence la grande, bien que je les aimasse
» d'âme et de cœur, je leur donnai deux épées, *Colada* et
» *Tison*. Je les avais gagnées à la manière d'un baron, pour
» me faire honneur avec elles et vous servir. Quand ils aban-
» donnèrent mes filles dans le bois de Corpez, ils ne vou-
» lurent plus avoir rien de commun avec moi ; et ils perdi-
» rent mon affection. Qu'ils me donnent mes épées, puisqu'ils
» ne sont plus mes gendres. »

» Les jugent dirent : « C'est raison. » Le comte de Garcia
dit : « Nous discuterons cela. » Alors les *Infans* de Carion se
retirèrent à part avec tous leurs parens et le parti qu'ils
ont là. Ils traitèrent vite la chose, et l'accordèrent. « Le
» Cid *Batailleur* nous fait grande amitié de ne nous rien
» demander aujourd'hui pour l'honneur de ses filles : nous

» aurions traité avec le roi don Alphonse. Donnons-lui ces
» épées, puisque telle est sa demande ; et quand il les aura
» reçues, la cour peut se séparer : le Cid le Batailleur n'aura
» plus d'autre justice de nous. »

» Ayant ainsi parlé, ils revinrent à la cour : « Merci, roi
» don Alphonse ; vous êtes notre seigneur. Nous ne le pou-
» vons nier, il nous a donné deux épées ; puisqu'il les de-
» mande, et qu'il en a envie, nous voulons les rendre, devant
» vous. » Ils découvrirent les épées, *Colada* et *Tison*, et les
posèrent dans la main du roi leur seigneur. Il tira les épées,
et illumina toute l'assemblée. Les poignées et les garnitures
sont tout en or. Tous les vaillans hommes de la cour en
furent émerveillés.

Le Cid reçut les épées, baisa les mains du roi, et retourna
au banc d'où il s'était levé ; il les tient dans ses mains, et
les regarde de plus en plus. On n'avait pu les changer ; car
le Cid les connaît bien. Il tressaillit de joie dans tout son
corps, et sourit. Il leva la main et se prit la barbe. « Par
» cette barbe que personne n'a arrachée, qu'elles aillent
» venger dona Elvire et dona Sol ! » Et il appelle son cousin, tend vers lui le bras, et lui donne *Tison*. « Prends-la,
» cousin ; elle devient meilleure par son maître. » Il tend le
bras à Martin Antolinez de Burgos, et lui donne *Colada*.
« Martin Antolinez, preux vassal, prenez *Colada* ; je l'ai
» gagnée sur un bon seigneur, le comte don Raymond Béren-
» ger de Barcelonne ; je vous la donne pour que vous en ayez
» grand soin. S'il vous arrive de combattre avec elle, vous
» gagnerez grand prix et grande estime. » Antolinez lui
baisa la main, il prit et reçut l'épée. Aussitôt mon Cid *le
Batailleur* se lève : « Grâces soient rendues au créateur et
» à vous, roi seigneur ! Je suis payé maintenant de mes
» épées, *Colada* et *Tison*. J'ai autre chose à redemander aux

» *Infans* de Carion. Quand ils emmenèrent de Valence mes
» deux filles, je leur donnai en or et en argent trois mille
» marcs d'argent. Moi faisant cela, ils ont agi, comme vous
» le savez : qu'ils me donnent mon avoir, puisqu'ils ne sont
» plus mes gendres. »

Les Infans accablés cèdent encore à cette
juste demande, qu'ils croient la dernière. Alors
le Cid éclate en reproches plus violens; il réclame, non plus des restitutions, mais la vengeance de l'outrage de ses filles; et il presse
la cour de lui accorder le combat contre ces
traîtres. Tout cela sans doute, malgré la rude
négligence du langage, nous paraît éclatant et
poétique. Cette ruse du Cid, pour reprendre
d'abord à ses ennemis ses propres bienfaits,
ces deux épées remises aux deux champions
que le Cid se destine, et qu'il charge tout-
à-coup de venger sa cause, voilà un grand
spectacle d'imagination ou d'histoire. Nous
croirions le fait historique : tant le chroniqueur paraît peu capable d'inventer avec génie;
mais peut-être n'a-t-il fait que copier une tradition populaire.

Après un débat sur la dernière demande du
Cid, les Infans sont assignés à paraître en champ
clos, dans un délai de trois semaines. Le roi
don Alphonse et toute sa cour viennent assis-

ter à ce combat, où les Infans de Carion tombent vaincus par les champions du Cid. Enfin, pour achever la vengeance et la gloire du héros, ses deux filles outragées sont demandées en mariage par les Infans de Navarre et d'Aragon.

Roman de chevalerie, pour ainsi dire historique, ce *poème du Cid* est un des monumens les plus curieux du moyen âge. La langue dans laquelle il est écrit, facilement intelligible, touche encore, de toutes parts, au latin. Les mots d'origine arabe y sont fort rares. On n'y trouve pas, comme dans les *romances*, quelques-uns de ces traits laborieux et recherchés qui décèlent une époque plus récente. Tout y est simple et grossier; mais il y règne une véritable originalité de mœurs et de langage.

D'une antiquité moins authentique, le recueil des *romances du Cid* doit exciter cependant un vif intérêt. Il abonde en traits poétiques. Souvent on y retrouve aussi les traces de cette nature inculte qui éclate dans le poème du Cid, et qu'a défigurée plus tard la galanterie chevaleresque. Je le dirai cependant, ce *Romancero*, formé de chants accidentels, recueillis et remaniés à diverses époques, me paraît un des argumens que l'on peut opposer à ceux qui donnent à l'*Iliade* une origine semblable, et en font l'œuvre collective et populaire d'un siècle. Vous ne trouverez dans le *Romancero* du Cid rien de cette belle ordonnance, de cette unité, de cet intérêt progressif qu'on admire dans l'épopée homérique. On a beau dire, le hasard ne peut pas simuler le génie.

Mais, si quelques-unes de ces romances sont froides et communes, on trouve dans les autres des scènes d'une admirable naïveté, une vive expression de mœurs, des mots sortis du cœur. Le caractère de don Diègue, tel que l'a tracé Corneille, aurait pu s'emprunter à ces romances. Ce désespoir de l'honneur outragé, cette douleur de la vieillesse qui ne peut se venger, cet honneur espagnol enfin, sont rendus avec une force admirable dans les premières romances. Corneille ne paraît en avoir connu que deux, et même sous une forme très-inexacte. Son génie a deviné et remplacé le reste. Cependant, ne nous y trompons pas, si Corneille emprunte à ces romances la tradition si poétique des amours de Chimène, il l'a bien embellie par son langage.

Nous parlerons avec détail de ce recueil, Messieurs. On l'a souvent défiguré, même en l'admirant. L'écrivain étranger qui, par ses

éloges et ses traductions, a jeté le plus d'éclat
sur ces romances, Herder, en détruit tout-à-
fait la simplicité par son faux coloris germanique. On a plus d'une fois loué ces romances
d'après sa version, qui ne leur ressemble pas.
Ainsi, dans la première, il supprime l'épreuve
toute matérielle que don Diègue essaie sur les
poignets et les bras de ses fils, pour chercher
un vengeur. A cette torture, Corneille avait
substitué un admirable dialogue : Herder est
moins heureux. Voici la traduction fidèle de
l'original espagnol :

« Diego Lainez songeait avec souci à la tache de sa
maison, fidèle, riche et antique, plus que celle d'Inigo et
d'Abarca : et voyant que les forces lui manquent pour la
vengeance, et que ses longs jours ne lui permettent pas de
la prendre par lui-même, il ne peut plus dormir de nuit,
ni goûter des alimens, ni lever de terre ses yeux ; il n'ose
sortir de sa demeure, ni causer avec ses amis : il craint que
le souffle de sa honte ne les offense. Etant à lutter avec ces
nobles dégoûts, pour user d'une épreuve qui ne tournât
point à mal, il fit appeler ses fils, et, sans leur dire une
parole, il alla leur prenant, l'une après l'autre, leurs jeunes
mains fidèles, non pour y chercher les lignes de la chiro-
mancie ; car cette mauvaise pratique n'était pas encore née
en Espagne ; mais, malgré l'âge et ses cheveux blancs,
l'honneur donnant des forces à son sang glacé, à ses vei-
nes, à ses nerfs et à ses froides artères, il serra leurs mains

de telle sorte, que les jeunes hommes dirent : « Seigneur, » c'est assez ; qu'essaies-tu ? que veux-tu ? Lâche-nous, car » tu nous fais mourir. » Mais, quand il en vint à Rodrigue, l'espérance du secours qu'il cherchait étant comme morte, puisqu'il ne se trouve pas dans les deux premiers, celui-ci, les yeux rouges de sang, comme une tigresse d'Hircanie, avec beaucoup de fureur et d'audace, lui dit ces mots : « Lache-les, mon père ; ou malheur à toi ! Lâche-les ; car il » ne te suffirait pas d'être mon père, ni de me faire satisfac-» tion en parole. Mais, avec ma main même, je t'arrache-» rai les entrailles, mon doigt se faisant passage en place » de dague ou de poignard. » Le vieillard, pleurant de joie, dit : « Fils de mon âme, ton courroux me soulage, et ton » indignation me plaît. Ces bras, mon Rodrigue, montre-les » pour la vengeance de mon honneur, qui était perdu, s'il » n'est reconquis et gagné par toi. » Il lui conta son injure, et lui donna sa bénédiction, et l'épée, avec laquelle Rodrigue donna la mort au comte, et commencement à ses exploits. »

Je ne prolongerai pas aujourd'hui cet examen du *Romancero*. J'ai mieux aimé traduire que raisonner. Je reviendrai sur ce sujet ; et je tâcherai de faire connaître quelques fragmens curieux de cette vieille littérature espagnole, où l'on trouve de si belles choses anonymes, et tant de poésie, sans un grand poète.

SEIZIÈME LEÇON.

Caractère surtout historique de la vieille poésie castillane. — Romance du roi Rodrigue. — Nouvelles observations sur le *Romancero* du Cid. — Poésies morales. — Don Santo Rabby. — L'esprit religieux de l'Espagne, au moyen âge, moins intolérant que dans la suite. — Légendes versifiées. — Prose castillane. — Don Juan Manoël. — Le chroniqueur Ayala.

MESSIEURS,

Je réunirai, dans cette séance, des souvenirs fort divers, toujours sur un même sujet, la vieille littérature castillane.

Lorsque la critique est moins une leçon de goût, qu'une recherche d'érudition, lorsque, au lieu d'analyser des chefs-d'œuvre, elle s'attache à découvrir quelques singularités inédites, quelques rares échantillons d'une barbarie

plus ou moins originale, l'intérêt doit quelquefois languir. Si pourtant cela nous arrive,
Messieurs, la faute semble en être à moi.
Est-il, au premier abord, une étude plus faite
pour exciter l'intérêt et ranimer l'imagination,
que cette histoire toute poétique de l'Espagne,
ce mélange de religion, de guerre, d'amour,
comme dans le reste du moyen âge, mais avec
des nuances orientales et plus fortes? D'où
vient cependant que les monumens de cette
époque ne répondront pas à toute l'attente
éveillée dans l'imagination par le nom de cette
époque même? C'est que, pour les contemporains, la réalité n'avait pas tout le charme de
grandeur et de poésie que nous y supposons va-
guement. Aujourd'hui, paisibles rêveurs, évo-
quez, dans les palais de Grenade, dans les tours
de l'Alhambra, les souvenirs de l'amour et de
l'honneur, vous croirez, au loin, entrevoir mille
fantômes poétiques. Il vous semblera que l'Espagne était, au moyen âge, un pays d'enthousiasme et de génie. Mais il n'en va pas ainsi. La
Castille est moins féconde, moins variée dans ses
vieux monumens littéraires, que ne le fut la Picardie, par exemple. Oui, feuilletez les romans des
Trouvères, au xiiie siècle; une foule d'inventions
heureuses, une abondance inépuisable d'imagi-

nation caractérisent ces provinces, dont le nom,
à force d'être national, est devenu bourgeois et
vulgaire à nos yeux. Au contraire, l'esprit tout
échauffé d'une vague admiration, cherchez-
vous ce que la longue lutte de deux religions,
le génie des Maures et celui des chrétiens ont
dû produire de neuf et de hardi dans les arts,
hormis les belles Romances du Cid, la moisson
ne sera pas abondante.

Cependant, quelques traits distinctifs mar-
queront la poésie espagnole à sa naissance. Le
premier, c'est un amour de la patrie, plus animé
que chez les autres peuples du même temps.
Ce besoin qu'avait l'Espagnol de regagner pied
à pied sa terre natale, cette présence assidue
de l'ennemi, cette croisade permanente pendant cinq siècles, c'étaient là des aiguillons qui
devaient exciter l'amour du pays jusqu'au fanatisme.

Aussi, dans cette littérature plus riche de l'I-
talie, de l'Angleterre, de la France, au moyen
âge, vous ne trouverez pas, comme en Espagne,
une suite de chants tout-à-fait nationaux; vous
n'y trouverez pas, sur chaque événement, sur
chaque grand homme du pays, une romance
populaire. C'est donc là le premier caractère de
cette littérature du moyen âge en Espagne :

8.

moins variée, plus pauvre que celle des autres
pays de l'Europe, elle est plus indigène, plus
locale, plus historique.

L'imagination poétique de ce peuple semble
avoir été, pendant plusieurs siècles, absorbée
par cet unique soin de lui-même. Vous trouverez chez les Espagnols, beaucoup moins que
chez les autres nations *romanes*, les longs poëmes, les longs récits chevaleresques et les fabliaux. Ce n'est qu'au sortir du moyen âge,
quand l'Espagne eut échangé son patriotisme
multiple, divisé comme son territoire, contre
la grande monarchie de Charles-Quint, que sa
littérature devient si féconde et si puissante à
la fois.

Cependant, après avoir fait prédominer, dans
les origines de la littérature castillane, cette
forme historique de la romance populaire, nous
rappellerons quelques essais d'un autre genre,
quelques imitations de nos romans de chevalerie, et surtout quelques poëmes mystiques naturels au génie espagnol, mais qui, sans doute,
inspirés dans la monotonie du cloître, n'ont
rien de la verve poétique des *romances*. Enfin, pour compléter cette revue de toutes les
formes que la pensée recevait, à la même époque, dans les diverses contrées de l'Europe la-

tine, nous opposerons à Villani et à Froissard,
les premiers essais des chroniqueurs espagnols
en langue vulgaire.

Le plus ancien monument de cette poésie espagnole, que j'appelle une suite d'annales, re-
tenues par l'imagination populaire c'est la *Romance du roi Rodrigue*. Je la traduis avec une rigoureuse exactitude ; je tâche d'en conserver les
expressions ; et, dans quelques *idiotismes*, vous
reconnaîtrez plus d'une trace de la première et
étroite affinité entre les dialectes *romans*.

Les armées de don Rodrigue perdaient courage et
fuyaient, tandis que, dans un huitième combat, ses ennemis étaient vainqueurs.

Rodrigue s'éloigne de son pays et de son camp royal.
Il va seul, le malheureux ; nul compagnon ne lui restait.

Épuisé de fatigues, il ne pouvait plus conduire son cheval, qui chemine au hasard, comme il lui plaît ; car il ne
dirige plus sa route.

Le roi marche si accablé, qu'il ne sent plus ; il est
mort de soif et de faim, tellement que c'était pitié de le
voir. Il est si couvert de sang, qu'il paraissait rouge
comme la flamme.

Il portait toutes faussées ses armes qui étaient garnies
de riches pierreries ; il portait une épée dentelée comme
une scie par les coups qu'elle a reçus. Son casque bosselé
s'enfonçait sur sa tête ; son visage était gonflé par la souffrance.

Il monte sur la cime d'un côteau, le plus élevé qu'il aperçoit. De là, il regarde son armée, comme elle est vaincue. Il regarde ses bannières et les étendards qu'il avait, comme ils sont tous foulés aux pieds et couverts de poudre.

Il cherche des yeux ses capitaines; et aucun ne paraissait. Il regarde la plaine teinte d'un sang qui coule en ruisseaux; et, triste de ce spectacle, il sentait en lui une grande pitié.

Pleurant de ses yeux, il parlait ainsi :

« Hier, j'étais roi d'Espagne; aujourd'hui je ne le suis » pas d'un seul village.

» Hier, j'avais des villes et des châteaux ; aujourd'hui je » n'ai rien.

» Hier, j'avais des créatures et un peuple qui me servait; » aujourd'hui je n'ai pas un créneau, que je puisse dire à moi.

» Malheureuse fut l'heure, malheureux fut le jour où je » naquis, et où j'héritai d'une si grande seigneurie, puisque » j'avais à la perdre tout entière en un seul jour !

» O mort, que ne viens-tu ! que n'enlèves-tu mon âme » de ce corps misérable, puisqu'on t'en rendrait grâces ! »

La monarchie des Goths est tombée. Voilà le génie espagnol qui commence sous la servitude et qui va grandir dans ce pénible apprentissage. Une résistance et un progrès continués pendant six siècles, jusqu'au moment où les bannières espagnoles viendront assiéger Grenade, et où l'on chantera les adieux du *roi* Boabdil, cette lente éducation d'un peuple,

commencée par la défaite, achevée par la victoire, tout cela est marqué par autant de poésies, dont la simplicité fait la grandeur, où le
poète n'est rien, où l'événement est tout.

Parmi les héros divers de ces *chants*, il en est
un qui éclate par-dessus tous les autres, le Cid
son histoire est à la fois authentique et romanesque. Ailleurs, dans la France si guerrière, la
chronique et le roman sont deux choses dis-
tinctes. A l'exception de Charlemagne et de sa
cour, dont l'histoire se perdait dans un passé
déjà lointain, nos héros véritables ne servaient
pas aux récits de nos *Trouvères*. Les personnages de tous ces romans, dont s'est amusé si
long-temps l'esprit de l'Europe, et qui n'ont pu
être tués que par l'imagination plus forte et la
raison moqueuse de Cervantes, ces personnages,
Cléomadès, Tristan de Léonois, etc., sont étrangers au monde réel. Mais le Cid est un héros
intermédiaire entre la fable et l'histoire. Ses
grands exploits, ses conquêtes, sa fière indépendance de la suzeraineté de Castille, tout cela
est historique; et en même temps le *Romancero*
fait du grand capitaine un chevalier errant qui
sauve l'honneur des femmes et punit la déloyauté.
La grandeur historique et l'idéal du roman chevaleresque, voilà le Cid dans le *Romancero*.

Un jeune écrivain, de talent et de goût prépare une traduction complète de ce recueil. Je désire beaucoup que son élégant travail soit bientôt publié. Mais je n'essaierai pas de détacher quelque chose des cahiers qu'il a bien voulu me confier : voulant toujours lier quelques idées aux exemples que je rapporte, il faut bien que je traduise moi-même ces exemples, de peur que, sous une autre main, ils ne contredisent mes idées. Je vais donc vous citer encore les romances du Cid dans ma traduction, choisissant ce qui peut faire ressortir les diverses nuances de grandeur historique et de beauté poétique. Je ne discute pas la question d'ancienneté. Nul doute, je le répète, que ces poésies long-temps traditionnelles n'aient subi bien des variantes, par lesquelles chaque génération s'appropriait cette œuvre nationale. Cela même prouve combien elles sont indigènes. Elles se sont perpétuées en se modifiant, toujours sous l'empreinte du caractère espagnol.

Oui, sans esprit de système, sans admiration paradoxale, il est impossible de ne pas goûter vivement ces chants. Je regrette que notre grand Corneille les ait à peine connus, et que, hormis deux romances mutilées et confuses, il n'ait eu qu'un reflet de cette poésie primitive à travers des tragédies espagnoles du XVIe siècle. Plus on admire la passion, la poésie, qui éclatent dans le Cid *de Corneille*, cet amour de Chimène, si pur et si abandonné, ces caractères de don Diègue et de Rodrigue, plus on sentira vivement les romances espagnoles.

Les *romances* esquissent rapidement ce que le poète français développe selon le génie de notre théâtre. Tout y est plus simple et plus rude. Je ne rappelle pas les vers de Corneille; mais que chacun se les récite à soi-même. Prenons le moment où le père envoie son fils à la vengeance, et où le fils hésite entre son amour et son honneur. Voici maintenant la romance.

Le Cid restait pensif, se voyant jeune d'âge pour venger son père, en tuant le comte de Lozano. Il regardait la bande redoutable du puissant ennemi, qui avait, dans les montagnes, mille Asturiens, ses partisans; il considérait comment, dans les Cortès du roi de Léon Fernand, le vote du comte était le premier, et son bras le meilleur dans les guerres. Tout cela lui paraissait peu devant une telle injure, la première qui se fût faite au sang de Lain le Chauve. Au ciel, il demandait justice; à la terre, il demandait du champ; à son vieux père, liberté de combattre; à l'honneur, du courage et un bras. Il ne s'inquiète pas de sa jeunesse, parce qu'en naissant le vaillant Hidalgo est accoutumé à mourir pour les occasions d'honneur. Il découvrit une vieille épée de Mudarra le Castillan, qui restait là vieille et rouillée, par la mort de son maître; et songeant qu'elle seule suffisait pour la décharge de son devoir, avant de la ceindre, il lui parla ainsi, tout agité : « Tiens » compte, vaillante épée, que mon bras est celui de Mu- » darra, et qu'il va combattre lui-même avec ce bras, parce » que l'offense est sienne. Je sais bien que tu auras honte de » te voir ainsi dans ma main; mais tu ne pourras avoir la » honte de reculer d'un pas : tu me verras sur le champ » de bataille, aussi brave, que tu es de bonne trempe. » Tu as recouvré un second maître, aussi bon que le » premier.

   » Allons, allons au champ, parce que c'est l'heure de » donner au comte Lozano le châtiment que méritent sa » langue si infâme et sa main. » Déterminé, le Cid va; et il va si déterminé, que, dans l'espace d'une heure, il de- mande vengeance au comte.

Le défi de Rodrigue au comte, la douleur et la joie du vieux don Diègue, tout cela n'est pas moins énergiquement rendu que dans Corneille. Rodrigue apporte à son père la tête sanglante du comte, puis commence ce drame de Chi- mène. poursuivant la mort de Rodrigue. Mais la Chimène des romances espagnoles n'est pas combattue par l'amour. Un mot seul du roi donne l'idée que cet amour pourra naître. L'art du moyen âge n'avait pas imaginé ces contrastes passionnés, où triomphe la tragédie moderne. Ecoutez le romancier espagnol :

Le seigneur roi était assis dans son fauteuil à dos, jugeant les discordes de sa nation mal réglée : libéral et justicier, il récompense le bon, et punit le méchant, parce que les châtimens et les récompenses font la sécurité des vassaux. Traînant de longs manteaux de deuil, entrèrent trente Hidalgos, écuyers de Chimène, fille du comte Lozano. Elle demanda aux huissiers envoyés vers elle la suspension des jugemens. En ce moment, le roi envoya à la chambre de dona Uraca un message ; et Chimène commença ainsi ses plaintes, à genoux sur l'estrade : « Seigneur, il y a six mois » que mon père est mort sous les mains d'un jeune homme, » que les tiennes ont élevé pour être meurtrier. Quatre fois » je suis venue à tes pieds ; et quatre fois ma poursuite a obtenu des promesses, et justice, jamais. Don Rodrigue de » Vibar, jeune homme orgueilleux et vain, profane tes justes » lois ; et tu favorises ce profanateur : tu le caches, tu le » couvres, et puis, l'ayant mis en sûreté, tu gourmandes tes » juges, parce qu'ils ne peuvent le prendre. Si les bons rois » représentent l'image de Dieu et son office sur la terre en- » vers les humbles humains, il ne doit pas être roi bien craint » et bien aimé, celui qui manque en la justice, et encourage » les méchans. Tu vois cela, tu en juges mal ; pardonne, si » je te parle mal ; l'injustice change, dans une femme, le » respect en colère. — Gentille donzelle, répondit le roi » Fernand, il n'est pas que vos plaintes ne puissent adoucir » un cœur d'acier et de marbre. Si je garde don Rodrigue, » pour votre bien je le garde : un jour viendra que par lui » tu changeras en joie tes pleurs. »

Cette prédiction est le nœud du poème.
Bientôt Chimène, qui réclamait la punition de
Rodrigue, voyant sa valeur et sa gloire, le de-
mande pour mari.

Grande était la renommée de Rodrigue de Bivar; il avait
vaincu cinq rois maures du pays des Maures. Il les délivra
de la prison où il les avait mis; ils se rendirent ses vassaux; leurs pairs promirent pour eux. Le roi, qui s'appelait
Fernand, était à Burgos : Chimène Gomèz parut devant le
bon roi. Elle se tenait humble devant lui, et exposa ses
raisons. « Je suis fille de don Gomèz, comte de Gormaz;
» don Rodrigue de Bivar l'a tué avec valeur. Je viens de-
» mander que vous me fassiez une grâce en ce jour; et ce
» que je vous demande, c'est Rodrigue pour mari. Je me
» tiendrai pour bien mariée, moi son honorable ennemie,
» parce que je suis certaine que ses exploits iront en crois-
» sant, et qu'il sera le plus grand, pour le rang, qu'il y ait
» dans votre terre. Vous m'accorderez un grand bienfait de
» lui faire grâce de bon cœur, parce que c'est le service de
» Dieu; moi-même je lui pardonnerai la mort qu'il a donnée
» à mon père, s'il consent à cela. » Le roi trouva bien ce
que Chimène demandait; il écrivit au Cid ses lettres, lui
disant qu'il vînt à Valencia, où il était, pour une chose qui le
comblerait de joie. Rodrigue, qui vit les lettres que le roi
Fernand lui envoyait, monta sur Babieça.

C'est partout la même naïveté, la même rudesse de mœurs. Les principaux incidens de la
glorieuse vie du Cid sont ainsi consignés dans

une suite de chants populaires. Sa fidélité pour
le roi don Sanche; la mort de ce roi, assassiné
sous les murs de Zamora; l'avénement du frère
de don Sanche, don Alphonse; le refus altier
du Cid de lui prêter serment, tant que ce roi
n'aura pas déclaré qu'il est étranger à la mort
du frère dont il prend la couronne; la docilité
du roi, obligé d'obéir à un sujet si puissant, et
de jurer peut-être un mensonge, pour obtenir
en revanche le serment du Cid; les persécutions
suscitées à ce héros; son exil, ses victoires; sa
retraite chez les Maures; son mariage avec une
seconde Chimène; ses nouveaux exploits; le
mariage et l'affront de ses filles; sa vengeance;
la gloire de sa vieillesse; les rois de l'Orient qui
lui envoient des ambassadeurs et des présens;
sa mort; son corps placé tout armé sur son fameux cheval Babieça; et ce corps inanimé qui
gagne une dernière victoire et met en fuite les
ennemis; voilà l'épopée du Cid.

Je regrette que le célèbre Herder, dans sa traduction traduite par M. de Sismondi, ait cons-
tamment altéré la simplicité rude de ces chants.
Sans doute, il ne faut pas, dans notre littérature
savante, habile, toujours un peu systématique,
contrefaire la simplicité gothique; il ne faut
pas, dans une composition moderne, écrire en

moyen âge; mais une plus grande faute, c'est, quand on traduit, de substituer notre siècle au temps passé.

Vieillir nos inventions, en les fardant d'une fausse simplicité; rajeunir les vieilles et rudes inventions du moyen âge, en les animant d'un coloris sentimental, à la moderne, double mensonge que le goût doit également repousser! Traduisez le moyen âge, et ne l'inventez pas.

Mais Herder a tout-à-fait détruit le caractère des *romances* du Cid. Il a mêlé une élégance germanique du XVIIIe siècle, un tour factice d'imagination, à la rudesse de ces chants, à leurs répétitions, à leur négligence parfois prosaïque; car, dans l'original, jamais l'expression n'a coûté d'efforts; quand elle arrive toute poétique, l'auteur s'y plaît et la redit souvent; et quand elle manque, les faits parlent.

Lisez-vous, par exemple, dans la traduction de Herder, la romance où le Cid est représenté dans sa vieillesse, entouré de ses filles, et recevant un message et des présens du roi de Perse, Herder a tout changé, tout embelli, tout gâté. Il représente le Cid endormi dans son fauteuil, et Chimène du doigt faisant signe à ses filles de ne pas troubler le doux sommeil de leur père. Voilà bien les petits soins

de sensibilité bourgeoise, que les poètes alle-
mands aiment à retracer. Mais cela ne va point
à l'ardente activité du Cid. Ce grand capitaine
ne dormait pas de jour. Rien de pareil dans
l'original espagnol. Voici la vraie romance toute
simple :

La renommée du Cid arriva jusqu'aux frontières de la
Perse; car elle allait par tout le monde, disant ce qu'il
était. Et comme le soudan l'apprit, et qu'il sut bien la vérité des actions du vaillant Cid, il lui prépara un présent.
Il chargea plusieurs chariots de grenades, de pourpre et
de soie, d'or, d'encens et de myrrhe, et de beaucoup
d'autres richesses. Et avec un de ses parens, de sa maison
et de sa table, il envoya ce présent au Cid , en ajoutant ces
mots : « Tu diras à Ruy Dias le Cid que le soudan se re-
» commande à lui, parce que j'ai grand désir d'apprendre
» de ses nouvelles. Et par la vie de Mahomet, et par ma
» tête royale, je lui donnerais ma couronne, seulement pour
» le voir dans mon pays. Qu'il reçoive de ma grandeur ces
» faibles dons, en signe que je suis son ami, et le serai jus-
» qu'à sa mort. »

L'Arabe se mit en route, et en peu parvint jusqu'à
Valence, où il demanda permission au Cid de lui parler en
face. Le Cid sortit pour le recevoir; et quand le Maure le
vit, il trembla d'être en sa présence. Et comme il hésitait
dans son trouble à faire son message, le Cid lui prit la main,
et dit :

« Tu es bien venu, Maure, tu es bien venu dans ma ville
» de Valence. Si ton roi était chrétien, j'irais pour le voir
« dans son pays. »

Avec ces discours et d'autres semblables, ils allèrent tous deux à la ville, où les habitans firent une grande fête. Le Cid lui montra sa maison, ses filles et Chimène. De quoi le Maure était ébloui, voyant une si grande richesse. Le Maure y resta quelques jours à se reposer, jusqu'à ce qu'il voulut s'en aller, et qu'il demanda permission de partir. Et en retour du présent qu'il recevait du soudan, Rodrigue lui renvoya d'autres choses qu'il n'avait pas. Le Maure congédié, Rodrigue, avec sa Chimène et ses deux filles, rendit de grandes grâces à Dieu.

Ce n'est pas là le Cid assis dans un fauteuil, sans pouvoir remuer. Il montre sa femme et ses filles, comme un meuble : c'est la rudesse du moyen âge.

Je ne veux pas multiplier sans fin ces citations. Qu'il me suffise d'avoir caractérisé la vraie simplicité de ces œuvres primitives, simplicité admirable et historique, qu'on doit fidèlement traduire, mais qu'il ne faut pas simuler dans une œuvre moderne; car alors elle perdrait son premier mérite, la vérité.

Tandis que dans les Asturies, dans la Castille, dans le royaume de Valence, l'imagination populaire chantait les exploits du Cid, et que des poètes sans nom faisaient ces immortelles romances, une poésie plus savante et moins durable florissait dans la Catalogne et

l'Aragon. C'est un fait curieux que les efforts,
les libéralités, la protection politique em-
ployés à cet usage. Rien ne prouvera mieux
d'ailleurs à quel point la poésie provençale
était devenue classique, pour une partie de
l'Europe. Voici comment s'exprime Zurita, dans
ses annales d'Aragon, sous la date de 1398 :

« Aux armes et aux exercices de guerre, qui étaient
les passe-temps ordinaires des anciens princes, succédèrent les inventions et la poésie vulgaire, et cet art
qu'on appelle la *gaie science*. On commença d'en établir
des écoles publiques. Et ce qui, dans les temps passés,
avait été un honnête exercice et un délassement des travaux
de la guerre, par lequel s'étaient signalés en langue *limosine*
beaucoup de nobles esprits de la Catalogne et du Roussillon,
s'avilit tellement que tous semblaient des jongleurs. Pour
attester ce fait, il suffira de rappeler ce que dit le fameux
cavalier don Henrique de Villena : « Que pour fonder dans
» le royaume une grande école de la *gaie science*, à l'imi-
» tation des Provençaux, et pour attirer les plus excellens
» maîtres de cet art, une ambassade solennelle fut en-
» voyée au roi de France. »

Ainsi voilà, dans le xivᵉ siècle, en Espagne, au milieu des guerres civiles, le goût
de la poésie poussé jusqu'à la science et à
l'abus. L'imitation de la Provence était complète, à la cour des princes d'Aragon, des

comtes de Barcelonne. Cette influence avait
commencé au règne d'Alphonse II, roi d'Aragon, vers la fin du xiiᵉ siècle : elle se soutint
long-temps; elle survécut à la décadence même
de la poésie provençale sur son propre territoire. Mais les troubadours catalans se perdent,
pour ainsi dire, dans le grand nombre des
troubadours, et ne font pas une gloire particulière pour l'Espagne. La poésie catalane s'est
effacée devant l'idiôme et la poésie castillane;
cultivés d'abord avec moins d'étude et d'éclat,
et qui, plus tard, ont exclusivement prévalu.

Pendant ce règne de la poésie provençale au-
delà des Pyrénées, la Castille, la Galice et le
Portugal avaient toujours gardé leurs dialectes
particuliers, immédiatement issus du latin. C'est
dans le castillan du xiiiᵉ et du xivᵉ siècle que
sont écrites les romances du Cid. C'est dans cet
idiôme que nous trouverons encore quelques
compositions étrangères au reste de l'Europe,
ou du moins plus spécialement marquées du
caractère mystique de l'Espagne. Ce ne sont
pas des fabliaux pieux et moqueurs, comme
ceux qu'on faisait à Paris à la même époque.
Ce ne sont pas des légendes insipidement fabu-
leuses, comme quelques-unes d'Italie; ce sont
des légendes mélancoliques et passionnées;

quelquefois même ce sont des espèces de drames. Peut-être, sous ce rapport, l'Espagne a-t-elle devancé les autres nations. Il est un de ces drames, dont je dois dire quelques mots.

L'auteur, d'abord, est un personnage singulier du XIVᵉ siècle. Il était Juif, nourri dans la science des Arabes. Cependant, au milieu de cette Espagne, renommée pour l'intolérance, il parvint aux emplois, aux honneurs ; il fut protégé par plusieurs rois ; il excita la jalousie des évêques, et se soutint par son talent. Il s'appelait *don Santo Rabby*. La singularité de sa fortune est expliquée par ces noms : il était un noble pour les Espagnols, et un saint pour les Juifs.

Quoi qu'il en soit, don Santo Rabby fut poète en langue vulgaire. On cite des fragmens d'une allégorie morale et dramatique, qu'il a composée sous ce titre : *La danse générale*. Elle est écrite dans un vieux castillan, rapproché du latin, et facilement intelligible. Qu'est-ce que cette *danse ?* direz-vous.— Un drame, dont les personnages sont : la Mort, un prédicateur, et des personnes de toute condition, hommes, femmes, jeunes filles.

La Mort ouvrait la scène :

9.

« Je suis, disait-elle, la Mort inévitable pour toutes les créatures qui sont et seront dans le monde. J'appelle chacun et je dis : « Hélas ! pourquoi t'inquiètes-tu de cette vie » si courte, qui passe en un moment, puisqu'il n'est pas de » géant si fort qui puisse se préserver de cet arc ? Il con- » vient que tu meures, quand je te frapperai de ma flèche » cruelle. »

A ce *protagoniste* succède un prédicateur, qui, dans un long sermon, conseille de faire de bonnes œuvres, et de se tenir prêt pour la danse générale de la Mort.

Après lui, la Mort reprend, et dit :

« Tout ce qui naît dans ce monde, en quelque condition que ce soit, vient à la danse mortelle. Celui qui ne voudra pas, je suis prête à l'y faire venir, de force ou de gré. Puisque le frère vous a prêché que vous ayez tous à faire pénitence, quiconque ne voudra pas y mettre ses soins est désormais désespéré. »

La ronde va commencer. La Mort, promenant ses regards sur toute cette foule, s'écrie :

« J'appelle d'abord à ma danse ces deux jeunes filles que tu vois là si belles : elles sont venues à mauvaise intention, pour entendre mes chansons qui sont tristes. Mais ni les fleurs, ni les roses, ni les parures qu'elles ont coutume de porter ne les défendent. Si elles le pouvaient, elles voudraient bien se séparer de moi ; mais cela ne se peut ; car elles sont mes fiancées. »

Il y a, je crois, dans le poëte anglais Young, une imagination semblable, la Mort qui, parée de diamans, vient au bal. Ce qui me frappe, c'est de trouver ces raffinemens mélancoliques dans un poëte du moyen âge. Cela tient sans doute à la gravité naturelle, à la tristesse religieuse du caractère espagnol. L'identité nationale de chaque peuple se marque surtout dans sa littérature. Dès l'origine et dans la rudesse de notre vieille langue, vous trouvez déjà le badinage, le tour léger, l'enjouement de l'esprit français. L'idiôme italien est élégant et gracieux, dès la fin du XIII° siècle. La sévérité mélancolique du génie espagnol est déjà tout empreinte dans les poésies castillanes de la même époque.

S'il en est ainsi, ce que doit surtout nous offrir la vieille littérature espagnole, ce sont des poésies pieuses. N'est-ce pas l'Espagne, en effet, qui reste la dernière sous le poids de ces habitudes monacales du moyen âge, renversées, dans l'Europe, par le schisme du XVI° siècle et la philosophie du XVIII°, et affaiblies, même en Italie, par l'élégance sociale et l'esprit littéraire ? Rien de

tout cela n'a pénétré l'Espagne, malgré la double
invasion des doctrines et des armes de la France.
Les idées nouvelles y ont agité quelques esprits ; mais elles n'ont pas remué ces masses
profondes, qui restent dans l'admiration et l'o-
béissance pour les moines. On doit donc croire
que c'est de bien loin que date un pareil pouvoir. On se tromperait.

Dans les xiiie et xive siècles, il y avait une
sorte de liberté d'esprit chez les Espagnols.
C'était leur bon temps ; c'était leur siècle d'indépendance religieuse. Malgré l'esprit austère et passionné du peuple, cette présence
d'un si grand nombre de Musulmans au milieu
des chrétiens, ce long partage du même territoire, ce commerce habituel, cette richesse, ce
génie industrieux des Maures, tout cela avait
adouci l'âpreté de la haine religieuse. De là,
dans les rois chrétiens d'Espagne, au moyen
âge, une disposition à l'indépendance civile
contre la cour de Rome. De là, chez le peuple
espagnol, plus de liberté en matière religieuse, que dans tout autre pays de l'Europe. C'est ainsi que l'Espagne chrétienne défendit les Albigeois, et qu'elle ne laissa point
déposer ses rois par les excommunications du
Vatican.

Les évêques d'Espagne, au xiiie et au xive siècles, interviennent dans les affaires civiles, en hommes d'état. Ce privilége qu'ils avaient eu avant la conquête arabe, de concourir à l'élection des rois, les avertit de respecter un titre qu'ils peuvent donner eux-mêmes. On ne les voit point lutter par des anathêmes contre la puissance civile : ils aiment mieux la soutenir et la partager. Que leur nation soit victorieuse, ou vaincue, on les voit, par politique, favoriser les traités, qui, dans une ville, assurent aux chrétiens des églises et aux Maures des mosquées. On les voit admettre même des distinctions tolérantes entre les chrétiens qui ont été quelque temps sujets des Maures, et les chrétiens qui n'ont jamais subi ce joug : ils exigent moins des premiers. Voilà le spectacle qu'offrait, au xive siècle, un grand nombre de villes d'Espagne, reprises par les Castillans sur les Maures.

Ainsi, à cette époque, rien de ce que vous voyez au xvie siècle, lorsque le farouche, l'impitoyable Philippe II brise les libertés de la nation espagnole, et abat le courage, la hardiesse d'esprit, par l'établissement de l'inquisition. Au xive siècle, rien de ces hymnes barbares, de ces exhortations au meurtre pour la foi, qui

remplissent les pièces de Lope de Vega et de
Calderon. La vieille poésie espagnole n'est pas
impitoyable dans sa superstition. Parlant de
quelques guerriers ennemis, elle dit qu'ils sont
« *Hidalgos*, quoique Maures. » Certes, pour
l'orgueilleuse et nobiliaire Espagne, n'était-ce
pas une grande marque de tolérance, d'admettre qu'un mécréant, qu'un Maure fût gentilhomme?

Les légendes chrétiennes n'en étaient pas
moins fort populaires. Après les romances historiques, la poésie mystique est ce qu'il y a
de mieux dans la vieille Espagne. La piété
était en Espagne indigène comme la valeur.
On compte parmi les monumens de la langue castillane, au xiiie et au xive siècles,
beaucoup de légendes versifiées. C'était le
Romancero de l'Eglise. Il se compose de vies
de saints, ou de gloses poétiques de l'É-
vangile. Ce sont des vers rudes, sans éclat
dans le style, mais avec une sorte d'invention dans les faits, un tour d'esprit hardi :
nulle trace de cette pompe, de ce faste de langage qui remonte à Lucain et à Sénèque ; l'hy-
perbole est dans la fable, et non dans le langage grossier, mais naturel. Le cadre de ces légendes est parfois très-poétique Je ne sais si

notre critique moderne, subtile par satiété, n'a pas une admiration trop complaisante pour quelques vieux monumens du moyen âge, qui n'ont d'autre mérite qu'une extrême différence avec tout ce que nous voyons. Ce qui était commun dans le moyen âge, nous paraissant singulier dans le nôtre, finit même par nous sembler original. Je ne sais si je tombe dans ce défaut; mais voici le début d'un poème mystique espagnol qui m'a frappé. L'auteur veut raconter les douleurs de Marie, pendant la *Passion*.

« Au nom précieux de la sainte reine, de qui est né salut et soulagement pour le monde, si elle me guide par la grâce divine, je voudrais composer un poème sur ses douleurs, les douleurs qu'elle souffrit pour son divin fils, en qui le péché n'eut jamais entrée, qui ne fit aucun mal, et fut très-mal jugé. Saint-Bernard, un bon moine, fort ami de Dieu, voulut savoir l'excès de la douleur que je vous raconte. Mais il ne put trouver une autre voie que de s'adresser à celle à qui Gabriel dit : « Dieu soit avec » vous. » Plusieurs fois, l'homme pieux, versant de vives larmes de son cœur affermi, fit à la glorieuse Vierge la demande qu'elle lui envoyât cette consolation. L'homme de bien disait de toute son âme : « Reine des cieux, avec qui » le Messie a partagé tout son pouvoir, ne perds pas l'apa- » nage de ta pitié. Toute la sainte Église y gagnera beau- » coup, et aura plus de gloire devant toi. On saura de

» plus grandes nouvelles à ta louange que n'en publient
» tous les docteurs de France. » Le moine appuya si bien
ses raisons, que sa voix monta jusqu'aux cieux. La sainte
Marie dit : « Songeons à nous rendre là ; ce moine ne veut
» pas nous laisser de loisir. » La Vierge glorieuse descendit,
vint à la demeure où le moine priait, le capuchon baissé.
« Dieu te sauve, lui dit-elle. Mon âme déchirée me porte à
» te donner secours et consolation. — Dame, dit le moine,
» si tu es Marie, qui de tes mamelles a nourri le Messie, je
» voulais savoir de toi ce que tu as souffert. Je m'occupais
» de cela ; car en toi est toute mon espérance. — Frère, dit
» la dame, ne doute pas de la chose : je suis dame Marie,
» épouse de Joseph. Ce que tu me demandes me rend cu-
» rieuse et pensive. Je veux que moi et toi nous composions
» un récit.—Signora, dit le moine, je sais bien que la tristesse
» ni la douleur ne te peuvent toucher ; car tu es dans la gloire
» de Dieu notre Seigneur. Mais je cherche conseil ; fais-moi
» cette grâce, je te prie, de me dire d'abord : Quand le
» Christ fut saisi, étais-tu avec lui ? comment l'observais-
» tu ? avec qui l'écoutais-tu ? Je te prie de m'en parler
» quelques momens. — Frère, dit la dame, c'est chose
» pesante de renouveler mes afflictions ; car je suis glo-
» rifiée. »

La Vierge alors commence son récit : c'est la
Passion racontée, non plus par un disciple,
mais par une mère. Le poème est terminé par
une apparition de Jésus-Christ, qui descend
près de sa mère, dans la cellule du saint
homme. Cela est bien supérieur aux représen-

tations à demi bouffonnes du xve siècle. Tout est grave et pathétique dans la légende espagnole, avec une extrême simplicité de langage.

Vous remarquez par le choix que le poète a fait de saint Bernard, à quel point les grands noms de France étaient alors célèbres. Il est visible qu'à cette époque, c'était de la France que les idées religieuses, poétiques, se répandaient dans l'Europe. Plus tard, ce fut l'Italie que l'on imita ; puis l'Espagne, au xvie siècle, quand elle eut l'Amérique et Charles-Quint.

Aujourd'hui, nous n'en sommes qu'à l'époque où l'Espagne, dans sa littérature encore peu féconde, inventait surtout de pieuses légendes et des romances populaires. S'il existe en effet, en langue castillane, de plus longs poèmes, écrits au xive siècle, ce sont des traductions de nos romans versifiés du xiiie, du *Roman d'Alexandre*, du *Vœu du paon*, et de quelques autres. L'*Amadis* seul vient du Portugal. On trouve dans ces ouvrages la même ignorance, le même anachronisme de mœurs, qui caractérisent nos romans, et nulle poésie véritable. Les beaux romans de chevalerie espagnols sont du siècle suivant. Mais ce qui appartient à l'Espagne du xive siècle, ce qui commence à marquer le progrès de la langue et des esprits, ce sont quelques écrits solides et sérieux en prose castillane. On y reconnaît l'influence arabe; car les conquérans de l'Espagne étaient ses instituteurs.

Un de ces écrits se compose de leçons allégoriques et de sentences, comme les aime l'imagination d'Orient. C'est, avec d'autres circonstances, la même forme que le *Dolopathos*, une suite de récits divers, pour éclairer l'esprit d'un prince. C'est un ministre qui joue là le rôle de sage, et n'emploie d'autre intrigue, à chaque occasion difficile, que de conter une histoire. Ce recueil, intitulé *le Comte Lucanor*, est l'ouvrage du prince don Juan Manoël, qui, allié à la familie royale de Castille, occupa de grands emplois et servit avec gloire contre les Maures, dans le milieu du xiv⁰ siècle. Son livre est un monument curieux de la gravité espagnole, et de l'esprit allégorique des Arabes.

Mais un monument plus important de la prose castillane, une antiquité bien autrement nationale, c'est la chronique d'Ayala. Un peuple n'a fait un grand progrès de civilisation, que lorsqu'il possède sa propre histoire dans sa langue vulgaire. Joinville et Froissard ont marqué cette époque pour la France; les Villani,

pour l'Italie. Ayala montre combien, sous l'apparente uniformité de ses vieilles mœurs chrétiennes et chevaleresques, l'Espagne avait changé,
pour être parvenue de ses traditions chantées
à des récits graves, impartiaux, politiques.
Les temps qu'il décrit ont d'ailleurs toute la
grandeur de l'histoire. C'est l'époque de Pierre
le Cruel, roi de Castille, et de son homonyme
le roi d'Aragon, auquel les peuples avaient
donné le même surnom de Cruel. La Castille,
que se disputaient Pierre le Cruel et Henri de
Transtamare, est un champ de bataille où se
rencontrent le prince Noir et Bertrand Duguesclin. La politique étrangère se mêle aux guerres
civiles.

Le sujet ainsi était ce qui convient le mieux
à l'histoire, vaste dans son unité. Tout préparait
Ayala pour la tâche d'historien; il avait été of-
ficier-général, gouverneur de provinces frontières, chancelier du roi. Ainsi que Comines,
avec lequel il a plus d'un rapport, il avait abandonné le prince qu'il servait, pour passer à la
cour d'un plus heureux et d'un plus habile.
Mais ce double rôle, cette sorte de trahison, lui
donnait de grandes lumières sur les événemens. Rien de plus satisfaisant par la clarté,
rien de plus net et de plus ferme que ses récits.

On peut les opposer aux chroniques de Villani,
et à la partie la plus sérieuse des chroniques de
Froissard, incomparable comme historien amu-
sant. Ayala est un narrateur correct, expressif,
nourri de faits et de détails ; chez lui, la beauté
du récit consiste dans une simplicité qui ne
permet aucun ornement ni aucune altération.

Êtes-vous curieux de savoir quelles étaient,
au XIVᵉ siècle, les Cortès de Castille ? Sans réflexions, une anecdote contée par Ayala nous
dit comment le roi savait éluder déjà et réduire
à un cérémonial le droit des députés des villes.

« Un jour, le roi D. Pèdre était assis dans les Cortès qu'il
tenait à Valladolid ; et les députés du royaume avaient à
lui répondre ; et il y eut un grand débat entre les députés
de Tolède et ceux de Burgos, pour savoir qui d'eux ré-
pondraient les premiers à ce que le roi avait dit...... Don
Juan Lunez de Lara, seigneur de Biscaye, soutenait le parti
de Burgos, parce qu'elle est capitale de la Castille ; et don
Juan, fils de l'infant don Manuel, le parti de Tolède, disant qu'elle avait été capitale de l'Espagne : et par cette
raison, tous les grands qui étaient là se divisèrent en deux
partis. Le roi dit alors ces paroles que son père avait dites,
dans une semblable occasion, aux Cortès d'Alcala : « Ceux
» de Tolède feront tout ce que j'ai recommandé, et ainsi
» j'ai parlé pour elle ; par conséquent c'est à Burgos à ré-
» pondre. » Et il se fit ainsi ; et les deux partis se tinrent
pour satisfaits. »

Mais ce qui frappe surtout dans Ayala, c'est l'impassible fermeté avec laquelle il rétrace les cruautés et les souffrances de ses personnages. Nulle part, la férocité du moyen âge n'est plus fortement rendue. L'historien fait comprendre par lui-même ses héros : sa pitié les accuserait trop et les ferait croire des monstres, tandis qu'ils n'étaient que des hommes passionnés, dans un temps encore barbare. Cette insensibilité du récit tient à ces fibres grossières du moyen âge, qui n'étaient pas plus remuées dans celui qui racontait les crimes que dans celui qui les avait faits. Cependant le récit même d'Alaya, sans exprimer l'émotion de l'écrivain, montre, avec une admirable force, le progrès de la cruauté, le goût croissant du meurtre dans ce don Pèdre, qui tue ses cinq frères, sa femme, ses ennemis, ses courtisans, et meurt poignardé.

On le devine tout entier dans les détails de sa première cruauté, la mort de Garci Laso, ennemi du gouverneur de don Pèdre.

« Ce même jour, aussitôt, le samedi soir, après que le

---

[1] *Cronica del rey Don Pedro*, p. 40.

roi était à Burgos, la reine dona Maria, sa mère, envoya
un écuyer à Garci Laso, qui lui dit qu'elle l'envoyait lui
dire que, pour rien au monde, il ne vînt au palais le lendemain dimanche : et Garci Laso ne le voulut pas croire.
Mais le lendemain dimanche, de grand matin, il fut au
palais; et les portes étaient bien gardées; et Garci Laso
entra; et avec lui Rui Gonzales de Castaneda, et Pero
Ruiz Carillo, ses beaux-frères, mariés à ses sœurs, et
Gomez Carillo, fils de Pero Ruiz Carillo, et d'autres chevaliers et écuyers. Et dès qu'ils furent entrés où était le
roi, la reine s'en fut dans une autre chambre; et avec elle
était Don Vasco, évêque de Palencia, son grand chancelier. Et aussitôt que la reine fut partie de là, on prit trois
hommes de la cité de Burgos, qui s'appelaient, l'un Pero
Ferrandèz de Medina, l'autre Alfonso Ferrandèz, gref-
fier, et l'autre Alfonso Garcia de Camargo, et par surnom
le *Gaucher*. Et après que ces hommes de la cité eurent été
pris et tirés à part, don Juan Alfonso de Alburquerque
dit à un alcade royal qui était là, et que l'on nommait Do-
mingo Juan de Salamanca : « Alcade, savez-vous ce que
» vous avez à faire? » Et l'alcade alors alla vers le roi, et
lui dit tout bas, D. Juan Alfonso l'entendant : « Seigneur,
» vous ordonnez cela; car je n'ose dire ce que c'est. » Et
alors le roi dit très-bas, parce que ceux qui étaient là l'é-
coutaient : « Huissiers, saisissez Garci Laso. » Et D. Juan
Alfonso avait là, ce même jour, trois écuyers, ses créatures, auxquels il se fiait, avec d'autres hommes à lui, qui
étaient debout, prêts et armés, et tenaient des épées et des
poignards; et on les nommait Alfonso Ferrandèz de Var-
gas, Rui Ferrandèz de Escobar et Ferrand Garcia Medina.
Et quand le roi eut donné cet ordre de prendre Garci

Laso, ces trois écuyers de D. Juan Alfonso aussitôt saisirent Garci Laso très-hardiment ; et alors Garci Laso dit au roi : « Seigneur, que ce soit votre mercy de me faire donner un » prêtre, pour me confesser. » Et il dit à Rui Ferrandèz de Escobar : « Rui Ferrandèz, mon ami, je vous prie d'aller » à D. Léonore, ma femme, et de m'apporter un billet » d'absolution du pape, qu'elle a. » Et Rui Ferrandèz s'en excusa, disant qu'il ne le pouvait faire; et alors ils lui donnèrent un prêtre, qu'ils trouvèrent par aventure. Et Garci Laso se retira vers un petit portail, qui était, dans la maison, sur la rue, et là commença à parler avec lui de pénitence. Et le prêtre disait depuis, qu'à l'instant où Garci Laso commençait à parler de pénitence, il l'observait pour voir s'il avait quelque couteau, et qu'il ne lui en trouva pas. A cette heure que Garci Laso fut pris, Rui Gonzalèz de Castaneda, et Pero Ruiz Carrillo, et Gomez Carrillo, son fils, et ceux qui tenaient le parti de Garci Laso, se retirèrent dans un endroit du palais, et restèrent tous ensemble. Et D. Juan Alfonso de Alburquerque dit au roi : « Seigneur, ordonnez ce qu'il y a à faire. » Et alors le roi chargea Vasco Alfonso de Portugal, et Alvar Gonzalèz Moran, deux cavaliers de la garde d'Alburquerque, de dire aux huissiers qui tenaient Garci Laso de le tuer. Et ils furent au portail où était Garci Laso, et ils ordonnèrent cela aux huissiers. Et ceux-ci n'osaient le faire. Et ces huissiers s'appelaient, l'un Juan Ferrandèz Chamorro, un autre Rodrigo Alfonso de Salamanca, un autre Juan Ruiz de Ona ; et ce Juan Ruiz courut au roi, et dit : « Seigneur, qu'ordonnez-vous de faire de Garci » Laso ? » Et le roi dit : « Je vous ordonne de le tuer. » Et alors l'huissier revint, et lui donna d'une massue sur la tête;

et Juan Ferrandèz Chamorro lui donna d'un poignard [1]. Et
ils le frappèrent de beaucoup de blessures, jusqu'à ce qu'il
mourût. Et le roi ordonna qu'ils le jetassent dans la rue ; et
cela se fit. Et ce même jour de dimanche, pour ce que le
roi venait d'entrer dans la cité de Burgos, il y avait une
course de taureaux sur la place, devant le palais de l'évêque, au lieu où gissait Garci Laso. Et on ne l'enleva point
de là ; et le roi vit comme le corps de Garci Laso était
couché par terre ; et comme les taureaux passaient sur lui.
Et il ordonna de le mettre sur un banc ; et ainsi tout ce jour
il resta là [2]. »

Le seul remords de don Pèdre, son seul acte
d'humanité est de faire ôter un cadavre de des-
sous les pieds des taureaux. Du reste, comme ce
court récit est complet dans son horreur! Cette
absolution du pape gardée en porte-feuilles,
ce meurtre dans un palais, le combat de taureaux : en une page, vous avez toute l'Espagne,
sa politique, sa religion, ses crimes et ses fêtes.
  D'autres faits caractéristiques sortent du récit
d'Ayala. Ainsi vous disserteriez beaucoup pour
savoir quelle était la civilisation des Arabes,

_____

[1] *Diole con una porra ,... diole con una broncha.*

« Lui donne, au lieu d'encens, d'un poignard dans le sein. »
                                    (CORNEILLE.)
On a conservé, en traduisant, ces idiotismes qui marquent l'affinité des deux langues.
  [2] Un homme de talent, M. Chasles, avait déjà traduit ce

comparée à celle des Espagnols, de quel côté était la supériorité. Un fait va vous le dire.

Cet abominable Pierre le Cruel est vainqueur, avec l'assistance du Prince Noir. Il a tué impunément ses cinq frères et repoussé Duguesclin. Que fait-il alors? Il écrit à un sage docteur arabe, pour lui demander des avis. Il semble qu'il veuille devenir honnête homme, autant qu'il le peut. Le docteur arabe lui répond une lettre empreinte de l'imagination et de la gravité orientale, pleine, au fond, de la philosophie la plus humaine et la plus sage. Il examine ce qu'a fait don Pèdre. Il lui dit : « Vous avez été tenté »; et sur chaque crime, il lui donne un conseil.

Après ce récit, l'historien continue à raconter toutes les cruautés de don Pèdre. Il dit seulement que cette lettre l'avait touché, mais qu'il n'en tint compte. Ainsi, il semble que, dans cette épopée historique, si simplement racontée, vous avez une vision de sagesse, qui s'est montrée à Pierre le Cruel, l'a averti vainement et se retire.

---

morceau, dans une dissertation piquante sur Ayala. Je n'ai pas adopté sa version, qui m'a paru s'éloigner quelquefois du texte.

C'est un guerrier généreux, c'est Duguesclin qui est l'instrument à demi volontaire de la trahison par laquelle tant de crimes sont vengés. La guerre a recommencé. Duguesclin délivré a réduit aux abois le parti de don Pèdre. Il tient ce roi assiégé dans le château de Montiel. Don Pèdre, sans espoir, et trompé par de faux sermens, vient, une nuit, à la tente de Duguesclin, et se met en son pouvoir.

' Il s'aventura une nuit, et s'en vint à la demeure de messire Bertrand, et se mit en son pouvoir, armé d'une épée et sur son cheval. Et comme il était là, descendu du cheval, sur lequel il était venu à la demeure de messire Bertrand, il dit à Bertrand : « Monte à cheval. Il est temps que nous allions, ... » Personne ne lui répondit, parce qu'ils avaient fait savoir au roi Henrique comment le roi don Pèdre était dans la demeure de messire Bertrand. Quand le roi don Pèdre vit cela, il pensa que la chose allait mal, et voulut monter sur le cheval sur lequel il était venu ; et un de ceux qui étaient avec messire Bertrand se mit à la traverse, et dit : « Attendez un peu ; » et il lui montra qu'il ne le laissait point partir. Et cette même nuit vinrent avec le roi don Fernando de Castro, et Diego Gonzalèz d'Oviedo, fils du maître d'Alcantara, et Rodriguèz de Senabria, et d'autres. Et lorsque le roi don Pèdre fut venu là, et lorsqu'il

---

¹ *Cronica del rey don Pedro*, p. 554.
Aventurose una noche, e vinose para la posada de mosen Beltran, etc.

fut entré dans la demeure de messire Bertrand, comme nous
l'avons dit, le roi don Henrique le sut, parce qu'il était
déjà là, averti et armé de toutes ses armes, et le bassinet en
tête, attendant ce fait. Et il vint là armé, et il entra dans la
demeure de messire Bertrand. Et comme le roi don Henrique vint, il se mit à la traverse du roi don Pèdre ; et il ne le
connaissait pas, car il y avait un long temps qu'il ne l'avait
vu. Et on raconte qu'un cavalier de ceux de messire Betrand
dit : « Prenez garde, voici votre ennemi » ; et le roi don Henrique doutait encore si c'était lui. Et on raconte que le roi
don Pèdre dit deux fois : « Je le suis, je le suis. » Et alors
le roi don Henrique le reconnut, et le frappa avec une
dague au visage ; et on dit que le roi don Pèdre et le roi
don Henrique tombèrent à terre, et que le roi don Henrique le frappa, étant à terre, d'autres blessures.

Quelle était l'émotion de l'historien dans ce
récit terrible? Il continue par ces mots : « Et
là mourut le roi don Pèdre, le 23 mars de
ladite année; » et il fait tranquillement un
portrait de sa personne. Seulement un mot
échappe et révèle le sentiment de l'historien.
« Il avait, dit-il, tué beaucoup d'hommes dans
» son royaume, par quoi lui arriva tout ce mal-
» heur. » Voilà toute la morale de cette terrible
histoire, et le génie du moyen âge.

DIX-SEPTIÈME LEÇON.

Situation de la France au xiv⁰ siècle. — Progrès politique des esprits; importance nouvelle du *tiers-état.* — Poésie satirique; le *Roman de la Rose.* — Influence des événemens sur le talent historique. — Froissart; ses premières occupations; sa vie errante; détails tirés de ses poésies. — Composition de ses chroniques. — En quoi plus vrai que les historiens de l'antiquité. — Sa manière de peindre.

MESSIEURS,

Le talent historique, en langue vulgaire, qui signale au xive siècle l'Italie et l'Espagne, se retrouve sous la même date en France, avec non moins de bon sens et plus de charme. Ce synchronisme entre les littératures *romanes* serait complet, si nous pouvions y comprendre une province d'Espagne qui eut sa couronne et son idiôme à part, le Portugal; mais le Portugal, qui devança l'Espagne dans la carrière des dé-

couvertes aventureuses, eut plus tard qu'elle
des chroniqueurs et des historiens. Ce n'est
qu'au milieu du xve siècle que la langue et l'esprit de la nation sont assez fixés pour que
l'histoire soit écrite avec une supériorité digne
des événemens.

Il est, à cette époque, un chroniqueur portugais qui eut à raconter cette tragédie si touchante d'Inès de Castro, et à peindre cet implacable amour de don Pèdre. C'est Bertram
Lopes, gardien des archives de Portugal déposées dans la *Tour du Tombeau*, historiographe,
et pourtant narrateur sincère et pathétique.
Mais fidèles à la chronologie, non moins importante pour les idées que pour les faits, nous ne
voulons pas antidater un examen des éloquentes chroniques de Lopes. Nous en parlerons
ailleurs. Aujourd'hui, nous sommes au xiv^e
siècle et en France.

Combien l'Italie était déjà brillante et cultivée! quel beau réveil de l'esprit humain
que cette poésie sublime, cette élévation métaphysique, cet art délicat et passionné!
Pourquoi la France en était-elle si loin,
elle dont la langue, dont la poésie semblaient
d'abord plus hâtives que la langue et la poésie
italiennes? Nous retrouvons ici la nécessaire

alliance de l'histoire et de la littérature ; nous sommes obligés de demander aux événemens la cause de cette inégalité dans le progrès des nations vers les arts.

La France, au xiv⁰ siècle, fut livrée à l'anarchie, à la guerre civile, aux invasions étrangères. Quand on voit les règnes malheureux de Philippe de Valois et de Jean, cette captivité du roi, cette prise de possession de la France par les Anglais, la folie de Charles VI et les crimes d'Isabeau de Bavière, on explique comment deux siècles ont séparé l'époque littéraire de la France et celle de l'Italie.

Gardons-nous de penser toutefois que, dans cette infériorité où elle était retenue par ses malheurs, la France n'ait pas montré plusieurs signes de progrès social. Un premier fait l'atteste : je parle de l'assemblée *des États,* sous le roi Jean. Jusqu'à présent, nous nous sommes avancés dans l'histoire littéraire du moyen âge, sans trouver encore ce grand symptôme du développement d'un peuple, la puissance politique de la parole, le talent appliqué à autre chose que la distraction des esprits, et servant à gouverner les peuples.

Les silencieuses *Cortès* de Castille ne nous ont rien offert : un court passage d'Ayala a pu faire présumer que leur liberté était presque un cérémonial. Nul monument d'éloquence républicaine dans les républiques d'Italie. L'Angleterre, nommée ici par anticipation, l'Angleterre, dans les luttes de ses barons contre Jean-sans-Terre, agit beaucoup plus qu'elle ne parla ; ou du moins, s'il est vraisemblable que, dès cette époque, la forme du gouvernement y produisit l'éloquence, des documens mutilés ne permettent pas de juger quels furent alors chez les Anglais le caractère et l'effet de cette puissance nouvelle.

Il semble qu'en France, au milieu du xiv⁵ siècle, de plus grands périls, de plus grandes épreuves pour le patriotisme devaient animer les assemblées alors si fréquentes. Jean II, menacé d'une nouvelle guerre contre les Anglais, convoque *les États* en 1355. Les députés de la noblesse, du clergé et des bonnes villes sont réunis dans les salles du parlement de Paris. Le chancelier ouvre *les États* par un discours, où il déclare, entre autres promesses, que le roi n'altèrera point les monnaies : c'était alors la ressource la plus habituelle des rois, et l'abus qui excitait davantage l'inquiétude et la révolte des esprits. Puis, le chancelier demande des troupes et de l'argent. Les trois ordres répondirent, chacun par l'organe d'un seul orateur, qu'ils étaient *appareillés, de vivre et de mourir avec le roi;* mais ils décrétèrent que l'unanimité des trois ordres était nécessaire pour toute proposition.

Ainsi, Messieurs, sous l'immobilité apparente de la société française, un grand progrès s'était accompli. Le tiers-état, si long-temps inférieur et opprimé, était devenu l'égal des deux autres ordres.

Maintenant (le croiriez-vous ?), dans les historiens du temps, dans le plus ingénieux de tous, cette déclaration si importante est à peine indiquée. Froissart, avec sa légèreté de Troubadour, se borne à dire que les États mirent « corps et avoir au service du roi; » et il calcule le nombre des hommes d'armes, et l'argent de l'impôt. Le grand événement qui se passait dans ces *États* est comme indifférent à l'imagination de l'historien; il disparaît, à ses yeux, devant le bruit militaire, l'esprit de chevalerie et la domination royale. Ce n'est pas tout cependant. Le roi déclara par une ordonnance, que les fonds alloués pour la guerre seraient levés par des commissaires, et surveillés par des intendans que nommeraient *les États;* que nulle somme ne serait distraite de cet usage ; et que, si on tentait de le faire, les députés étaient tenus, sous la foi du serment, de résister à cette violence. Il renonça désormais à toutes les vexations qui faisaient le privilége de sa maison et de sa cour, au droit de prendre sur les gens du peuple, *blé, vin, vivres, charrettes, chevaux,* et soumit ses officiers au paiement et à la poursuite, pour les choses qu'on leur aurait fournies. Il s'engagea, pour lui-même et pour toute sa maison, à ne jamais exiger de prêts par force ; il interdit aux créanciers la faculté de transférer leurs droits à des personnes privilégiées. Il promit que nul sujet du royaume ne serait plus enlevé à ses juges ordinaires, etc., etc. Voilà quelques-unes des nombreuses réformes et des garanties de justice que renfermait cette ordonnance, espèce de charte, presque semblable à celle que les barons anglais venaient d'imposer à Jean-sans-Terre.

La captivité du roi de France et la nouvelle convocation des États par le jeune dauphin accrurent encore cet esprit de liberté. Les débats de cette époque orageuse, s'ils s'étaient fidèlement conservés, offriraient sans doute un curieux monument du génie français ; on y verrait combien le tiers-état s'était élevé depuis deux siècles, pour être entré en partage

avec les deux ordres qui avaient eu si long-
temps le privilége de la guerre et de la science.
Nous aurions vu là ce qu'il est difficile de
trouver ailleurs, une expression vive de l'esprit
du *tiers-état*, une éloquence sérieuse ; et pourtant populaire.

Les livres de cette époque, excepté les fabliaux, sont toujours de la littérature ecclésiastique ou chevaleresque ; ce sont toujours des raisonnemens théologiques, ou des descriptions de
beaux faits d'armes, de tournois et de fêtes sei-
gneuriales. La part du peuple, bien moins grande
dans la littérature qu'elle ne dut l'être dans les
assemblées *des États*, se bornait à des vers
malins, où l'on satirisait plutôt les vices du
clergé que l'insolence et la tyrannie des nobles.
Le monument le plus curieux de cette libre
poésie, c'est le *Roman de la Rose*, commencé
dans le xiiie siècle par Jean de Meung, achevé
dans le xive par Guillaume de Lorris. Un défaut du *Roman de la Rose*, c'est qu'il est difficile de le lire, et peu séant quelquefois d'en
parler. C'est un ouvrage singulier, spirituel et
docte pour le temps. Il n'appartient plus à cette
littérature naïve qui ne se souciait pas de l'antiquité, et qui, dans son style gaulois, dérivait
de la langue latine, sans le savoir.

Remarquez-le, Messieurs, lorsque, dans nos projets d'innovations, nous accusons les deux derniers siècles d'avoir intercepté la poésie nationale des siècles antérieurs, et d'avoir, en se faisant Grecs et Romains, supprimé cet esprit indigène, ces croyances naïves de notre vieille France, nous nous méprenons sur un fait. Cette littérature née du sol, cette fleur des champs, n'a guère existé ; toujours quelque germe étranger était là.

Dès le milieu du XIIIe siècle, vous voyez l'antiquité surgir de toutes parts et pénétrer en tous sens cette littérature, qu'à sa rudesse on serait tenté de croire instinctive et originale. Le *Roman de la Rose*, par exemple, est surchargé de souvenirs antiques ; c'est la glose de l'*Art d'aimer* d'Ovide, avec un mélange d'abstractions, d'allégories, de subtilités scolastiques. Dans ce cadre, que l'esprit galant et chevaleresque du siècle avait choisi, le poète a jeté mille traits malicieux. Il en est quelques-uns qui expliquent comment La Fontaine aimait si fort le *Roman de la Rose*. La Fontaine le lisait patiemment, curieusement ; ce vieux style le faisait travailler. Il arrivait à quelques traits piquans contre les moines, contre le clergé ; cela soutenait son attention. Un peu à la

gêne dans la gravité de son siècle, il était re-
connaissant de trouver dans un vieil auteur ce
qu'il aurait bien voulu dire, ce qu'il laisse
quelquefois deviner dans ses fables. Cela lui
inspirait trop de faveur pour cette poésie,
dont il aimait les malices bien plus que les
négligences. Je suis sûr que le jour où, lisant le
Roman de la Rose, il a trouvé ce petit passage :

> « Le dieu d'amour, cil qui départ
> Amourettes à sa devise,
> C'est cil qui les amans attise,
> Cil qui abat l'orgueil des braves,
> Cil fait les grands seigneurs esclaves,
> Et fait servir royne et princesse,
> Et repentir none et abesse, »

La Fontaine a été fort satisfait.

Voilà les beautés du *Roman de la Rose*.

Maintenant essaierai-je une analyse ? dirai-je
que dans ce poème le principal personnage, en
quête pour obtenir le but de ses vœux, est traversé par *Mâle-Bouche et Dangier*, et autres
acteurs allégoriques ; qu'il est rassuré par *Bel-
Accueil* ; qu'il s'entretient avec des amis, discute avec des dames ; qu'une foule d'histoi-

res sont racontées; qu'on trouve là, je ne
sais pourquoi, les cruautés de Néron, la mort
de Sénèque, ailleurs celle de Lucrèce, un
morceau sur l'alchimie, des digressions sur
Boèce et son livre, des épisodes de chevalerie,
un éloge de saint Augustin? C'est une bibliothèque mal rangée. Il y règne quelque chose
de cette singulière variété de souvenirs qui
préoccupait le Dante, lorsque, libre, à la faveur de son cadre immense, il mêlait Sala-
din et Virgile, Tristan et Charlemagne, tout
enfin. C'était le caractère du temps. L'homme
de génie savait tirer de cette confusion un effet
sublime : le conteur agréable, comme Guillaume de Lorris ou Jean de Meung, en profitait
pour débiter, à tort et à travers, tout ce qu'il
avait appris.

Sur ce point, les deux auteurs du *Roman de
la Rose*, n'ont rien à se reprocher l'un à l'autre.
Du reste, ce qui est rare, le continuateur paraît avoir plus de talent que l'inventeur. Jean de
Meung écrit avec diffusion, mais beaucoup d'esprit; ses satires devaient singulièrement amuser
les contemporains; il a quelques traits de cette
moquerie, dont Rabelais fut un si grand maître.
On raconte de lui, que voulant obtenir les honneurs d'une belle sépulture ecclésiastique, il avait

légué au couvent des cordeliers deux coffres
pesans et qui semblaient remplis de choses précieuses. Après toutes les cérémonies faites en
grande pompe, quand on ouvrit les coffres, on
n'y trouva que des ardoises chargées de figures
et de signes géométriques. Les moines trompés
voulaient reprendre à Jean de Meung ce qu'ils
lui avaient donné, la sépulture ; mais un arrêt
du Parlement, dit-on, prévint ce scandale. Que
l'anecdote soit plus ou moins douteuse, Jean
de Meung, s'il n'a pas attrapé les moines après
sa mort, s'en est du moins fort moqué de son
vivant. Nulle part, l'oisiveté, le luxe, l'avarice
que l'on reprochait aux gens d'église, ne sont
attaqués plus vivement. Ces épigrammes, fus-
sent-elles injustes parfois, sont historiques.
Elles montrent surtout que la lutte contre
l'Église était, au moyen âge, beaucoup plus
tolérée qu'on ne le croirait ; qu'il y avait même
dès lors, ce que l'on vit éclater en Allemagne
au xvi⁰ siècle, un secret accord entre les princes et les libres esprits ; que les princes, fati-
gués des menaces et des extorsions de la cour
de Rome, ménageaient la hardiesse de quelques
Trouvères et de quelques savans, comme une
arme à opposer à cette puissance. La société
moderne a offert, depuis le xiii⁰ siècle jusqu'au

xviie, ces alliances accidentelles du pouvoir avec l'esprit, ces, tentatives de libre examen, tacitement protégées.

Maïs le *Roman de la Rose* et la *Bible Guyot*, cette autre satire grossière et fidèle des mœurs du temps, tout cela ne peut se comparer à l'éclat poétique de l'Italie. Le premier écrivain de la France, alors, ce fut un chroniqueur. On peut le remarquer : tout siècle de de révolutions développe le talent historique. Voyez notre époque : ce n'est pas simplement par l'étude, c'est, pour ainsi dire, par le contre-coup des faits, que les esprits sont portés aujourd'hui vers l'histoire. Dans le dernier siècle, de grands talens écrivirent l'histoire; mais le spectacle de grands événemens leur manquait. La supériorité même de leur esprit, en les rendant juges sévères du passé, satiriques ingénieux, ne les rendait pas peintres expressifs et naturels d'événemens qu'ils n'avaient pas vus, et dont rien ne leur donnait l'idée, dans l'élégance sociale et la douce tranquillité de leur temps. Au xive siècle, époque d'ignorance, où les arts se développèrent peu dans la France agitée de révolutions et de guerres, il était naturel, au contraire, que le talent d'écrire l'histoire naquît des événemens.

Ainsi, tandis que vous voyez les Villani s'élever en Italie, Ayala porter dans les chroniques espagnoles un naturel âpre, une éloquence nue et simple, en France, la vivacité du coloris, l'enjouement de l'imagination anime le récit historique : Froissart a commencé d'écrire.

Quel était Froissart? un homme d'église, un bon chanoine, qui même avait été quelque temps curé; et cependant son histoire et ses poésies ne sont, comme il le dit, que récits de guerre et d'amour. Il faut prendre le XIVe siècle comme il a été; il ne faut pas s'effaroucher de voir un clerc tonsuré faire un volume de poésies galantes, ne rester en place nulle part, être toujours à la suite des fêtes et des noces, mener joyeuse vie, laisser son argent chez les taverniers, par exemple, cinq cents écus chez les taverniers de Lestine, village où il était curé. Tout cela était fort simple. Deux choses manquaient alors, le sentiment de la décence et celui de l'humanité.

Né à Valenciennes dans le Hainaut, vers l'an 1337, Froissart était fils d'un peintre d'armoiries. Il étudia pour devenir prêtre, bien qu'il parût avoir peu de vocation; car il nous dit lui-même que dès douze ans il n'aimait que

« Veoir danses et carolles,

» Oïr ménestrels et parolles
» Qui s'apertiennent à déduit. »

Ses goûts allèrent se fortifiant avec l'âge.

« Au boire je prens grant plaisir :
Aussi fai-je en beaus draps vestir.
En viande fresche et nouvelle,
Quant à table me voy servir,
Mon esperit se renouvelle.
Violettes en leurs saisons,
Et roses blanches et vermeilles
Voy volentiers; car c'est raisons;
Et chambres pleines de candeilles,
Jeux et danses et longues veilles,
Et beaus licts pour li rafreschir,
Et au couchier, pour mieulx dormir,
Épices, clairet et rocelle;
En toutes ces choses véir
Mon esperit se renouvelle. »

Avec ces inclinations, aussitôt qu'il eut pris
les ordres sacrés, il s'attacha d'abord à la maison de sire Robert de Namur, seigneur de Mont-
fort. Ce seigneur, qui remarquait en lui une
curiosité naturelle, une perpétuelle attention à
s'enquérir des faits d'armes, l'engagea, fort
jeune encore, à composer la chronique des
guerres du temps. Froissart se fit *historien* :

c'est le titre qu'il se donnait lui-même. Je suis un historien, disait-il en se présentant; et il faisait des questions sur toutes choses. Etre un historien à cette époque, n'était pas condition facile. Que raconter? le passé, on l'ignorait faute de livres; le présent? mais nulle communication régulière entre les peuples; du secret autour des princes (car plusieurs étaient absolus déjà); peu de liberté; les Troubadours avaient péri, depuis la croisade sanglante des Albigeois. Pour savoir, il fallait courir les aventures, être un historien errant, comme il y avait des chevaliers errans. Il fallait aller de ville en ville, de château en château, et voir sur les lieux, apprendre des personnages mêmes tout ce qu'on voulait dire. Cette ambulante étude convenait à l'humeur libre et hardie de Froissart; et, s'il voyagea pour écrire l'histoire, je crois qu'il se fit historien pour voyager. Il se mit à l'œuvre dès l'âge de vingt ans; mais il eut quelques distractions qu'il nous raconte.

« . . . . . Sur l'eure de prime,
S'ésbatoit une damoiselle
A lire un rommant; moi, vers elle
M'en vins, et li dis doucement
Par son nom : « Ce rommant, comment

» L'appellés-vous, ma belle et douce ? »
Elle cloï atant la bouche ;
Sa main dessus le livre adoise.
Lors respondi, comme courtoise,
Et me dit : « De Cléomadés
» Est appellés ; il fut bien fés,
» Et dictés amoureusement.
» Vous l'orés ; si dire comment
» Vous plaira dessus vostre avis. »

Froissart consentit sans peine à dire son avis.
La dame à son tour lui demanda des livres.

« .... Jeune homs, je vous prie
Qu'un rommant me prestés pour lire.
Bien véés, ne vous le fault dire,
Que je m'y esbas volontiers ;
Car lires est un douls mestiers. »

Froissart, en prêtant ses livres, y joignait des
vers ; il allait au bal et dans les compagnies.
Tout-à-coup il apprit que la jeune demoiselle,
qui était riche et de noble maison, allait se
marier. Il en fut malade de chagrin, trois mois
durant, fit des vers bien tristes ; et enfin il lui
prit envie d'aller outre mer, hors du pays
pour se remettre un peu en santé. Il partit
pour l'Angleterre, où il fut très-bien accueilli
par les seigneurs, les dames et demoiselles. La

reine, Philippe de Hainaut, le protégeait beaucoup. Il faisait des vers ; et, malgré la mélancolie
qu'il avait apportée de France, il passait assez
bien son temps. Il s'ennuyait toutefois. La reine,
qui en devina le motif, lui dit :

« Dorénavant congié vous donne,
» Mais je le voeil et si l'ordonne
» Qu'encor vous reveniez vers nous. »

Puis, elle lui fit présent de chevaux, argent et
joyaux. Il partit, retrouva en France tous ses
chagrins, et résolut de s'éloigner encore. Il revint en Angleterre, auprès de la reine, qui le
reçut mieux que jamais, et le fit son *clerc*. En
cette qualité, il faisait des poésies d'amour. Mais
il s'occupait toujours de sa grande chronique,
et il profitait de la faveur des princes pour
voyager et s'instruire. Il alla visiter l'Ecosse,
alors pays perdu. Il approcha familièrement du
prince de Galles, le grand homme de ce siècle.
Il suivit à Milan le duc de Clarence, qui allait
épouser la fille de Galéas II. Des fêtes, voilà ce
qu'il fallait à Froissart! Celles de Milan eurent
quelque chose de plus remarquable que les
tournois et les parures : c'était la présence des
trois esprits les plus agréables du temps, Frois-

sart, Boccace et Chaucer. Il paraît que Froissart
se mêla beaucoup des préparatifs du bal, et
qu'on y dansa même un *virelay*, dont il était
l'auteur, et qui fut très-applaudi. En rappelant
ces succès et ces plaisirs de cour, Froissart n'oublie pas les florins d'or et les ducats que lui
donnèrent gracieusement le comte de Savoie et
le roi de Chypre.

Froissart avait bien envie de retourner en
Angleterre et d'y retrouver la protection de
cette bonne reine Philippe; mais il apprit sa
mort. Désolé, il revint à son pays; et on lui
donna la cure de Lestines, dans le diocèse de
Cambrai. Il la garda peu de temps, et reprit la
vie plus agréable des cours. Il alla près de Wenceslas, duc de Brabant, prince généreux, et qui
faisait des vers. Froissart lui servit de secré-
taire et de poète; il retouchait les vers du duc,
et y mêlait les siens. Il réunit le tout dans un
roman de *Méliador*, ou du chevalier au soleil
d'or. Wenceslas mourut: Froissart chercha une
autre cour et un autre maître. Il passa au service du comte de Blois, qui le fit clerc de sa
chapelle; et il composa pour sa cour des pas-
tourelles et des épithalames. De là il eut envie
d'aller voir la cour de Gaston Phœbus, comte de
Foix. Il se mit en route sur un bon cheval,

avec une lettre du comte de Blois, et menant en laisse quatre lévriers. En cet équipage, il arrive à la cour de Béarn et y reçoit le plus gracieux accueil. Il assistait tous les soirs au souper du comte.

> « Là, toutes les nuits, je lisoie
> Devant lui, et le solaçoie
> D'un livre de Melyador,
> Le chevalier au soleil d'or,
> Lequel il ooit volentiers ;
> Et me dist : « C'est un beaus mestiers,
> Beaus maistres, de faire tels choses. »
> Dedens ce romanc sont encloses
> Toutes les chançons que jadis
> Faisait le bon duc de Braibant,
> Dont l'âme soit en paradys! »

Le comte de Foix aimait les vers; il passait pour le prince le plus vaillant, le plus aimable et le plus généreux de son temps. On vantait sa courtoisie et sa magnificence. Enfin, on ne pouvait lui reprocher qu'une seule action : il avait tué son fils. Il n'y a pas, Messieurs, dans ce langage une surprise préméditée, mais une expression des mœurs du temps. Il est vrai, ce crime épouvantable, qui ajoute tant à l'infamie de Philippe II, et qui souille toute la renommée de Pierre le Grand, le comte de Foix l'avait commis;

I

et telle était encore la barbarie des mœurs, au xive siècle, que l'horreur naturellement attachée à un tel forfait disparaissait presque dans les qualités chevaleresque du prince, et que Froissart vous raconte cela sans indignation, sans effroi. Froissart avait été trois mois de *l'hostel* du comte; il avait admiré sa bonne mine, son humeur libérale, sa sagesse, sa piété même; du reste, nul souci.

En quittant cet *excellent prince*, Froissart partit à la suite de la comtesse de Boulogne, qui allait épouser le duc de Berry. Il fut encore là de toutes les fêtes, et fit une pastourelle pour le lendemain des noces.

Il obtint, vers ce temps, le *canonicat de Chimay*. Puis il se remit à voyager plus que jamais, pour la composition de son histoire. Il allait de la Hollande en Picardie, de Paris à Valenciennes, se trouvait aux conférences de Lollinghen, à l'entrée d'Isabeau de Bavière à Paris, à l'entrevue du pape et de Charles VI dans Avignon, au serment de Gaston de Foix, dans Toulouse, regardant, écoutant, questionnant.

Il lui restait quelque chose à dire sur les guerres d'Espagne; et il lui manquait pour cela le témoignage des Portugais. On l'avait assuré que plusieurs chevaliers de cette nation se trou-

vaient à Bruges. Il part pour Bruges ; il apprend
là qu'un autre chevalier portugais, vaillant et
sage, était en Zélande ; et le voilà qui se met
en route, pour aller en Zélande, savoir des nouvelles du Portugal. Il y trouve son homme,
gracieux et *accointable*, et le tient six jours de
suite, lui faisant raconter des histoires et anecdotes, qu'il couche par écrit. Après avoir épuisé
la mémoire de ce chevalier, il part pour une
autre recherche. Il vieillissait ; et son ardeur de
savoir et de courir n'en était que plus vive. Il
s'embarqua de nouveau pour l'Angleterre. Il a
conté lui-même sa réception à la cour, et comment il présenta au roi Richard II son roman
de Méliador.

« Si le vis en sa chambre, dit-il, car tout pourveu je
l'avoie, et luy mis sur son lict ; et lors l'ouvrit et regarda
dedans, et luy plut très-grandement ; et plaire bien luy de-
voit ; car il estoit enluminé, escrit et historié, et couvert de
vermeil veloux à dix clous d'argent dorez d'or, et rose d'or
au milieu, à deux gros fermaux dorez, et richement ouvrez, au milieu rosiers d'or. Adonc, demanda le roy de
quoy il traitoit, et je luy dy : d'amour. De ceste responce
fut tout resjouy ; et regarda dedans le livre en plusieurs
lieux, et y lisit, car moult bien parloit et lisoit françois ; et
puis le fit prendre par un sien chevalier qui se nommoit
messire Richard Credon, et porter en sa chambre de re-
trait, dont il me fit bonne chère. »

N'est-il pas édifiant, messieurs, d'entendre un poète dire que son livre a dû plaire, à cause de la reliure, et parce qu'il était enluminé et *historié*. C'est une joie d'auteur bien modeste. Mais à cette époque la beauté du manuscrit avait grande part dans le mérite de l'ouvrage.

C'était au petit lever du roi d'Angleterre que ce livre avait été présenté, et tout le monde entourait Froissart; un écuyer du roi imaginant alors que ce poète était de plus un historien, s'approche, et lui dit : « Messire Jehan, n'avez-» vous pas trouvé quelqu'un qui vous ait parlé » du voyage que le roi a fait en Irlande. — Nen-» ny, répond Froissart. » Et voilà ce personnage qui lui raconte tout ce qui s'est fait en Irlande; et Froissart le met dans sa chronique.

Ainsi figurez-vous ce poète de cour, et ce chroniqueur ambulant, toujours en quête d'événemens qu'il recueille tantôt par hasard, tantôt avec beaucoup de peine. Je ne sais s'il portait avec lui des livres, ni où, ni comment il travaillait. Mais, à force de voyages, d'allées et de venues, cette grande chronique se trouva faite, au milieu de la vie la plus remuante qui fut jamais. Seulement vous me demanderez ce que devenait, pendant

ce temps, son canonicat de Chimay. Ce canonicat, il n'y allait jamais, excepté dans les deux
ou trois dernières années de sa vie, quand il ne
fut plus homme de fêtes et de plaisirs. Ce fut
sans doute dans cette retraite qu'il écrivit la
dernière copie de ses chroniques, on ne sait
pas vers quelle année.

On a soupçonné Froissart d'avoir fait des
variantes dans ses récits. On a dit que, chan-
geant de maître, allant d'une cour à l'autre,
il altérait parfois les manuscrits de son histoire,
selon les lieux et les temps. Aucuns ont prétendu que lorsqu'il passait le détroit et visitait
la cour de Richard, la chronique avait quelques
pages de plus, où les Anglais étaient toujours
vainqueurs et fort aimés dans les provinces
conquises. Puis, de retour en France, il abré-
geait, changeait, ajoutait, dit-on. Le reproche
nous paraît peu fondé. Froissart travaillait
partout à son histoire; mais ce qu'il lisait
à la cour des princes, c'était surtout romans
et vers d'amour. Quoi qu'il en soit, la chronique
de Froissart, dans l'état où elle nous a été
rendue par un habile éditeur, offre une assez
grande impartialité. Il y a sans doute peu d'indignation pour les pillages et les cruautés des
Anglais; mais ce n'est point par une traîtresse

complaisance pour le plus fort, ce n'est point par une lâche désertion du vaincu : c'est qu'un certain sens moral, une certaine chaleur d'humanité, manquait à l'historien comme à ses personnages. Les faits hideux de vengeance, de perfidie qui nous révoltent, excitaient alors assez peu d'étonnement; et l'historien serait infidèle à son temps, s'il avait marqué pour son compte plus d'émotion et de colère. Il aime les Anglais, cela est vrai; mais il aime aussi la bravoure des Français. Il est pour le prince Noir. Il est aussi pour Bertrand Duguesclin; et quand Duguesclin, avec ses compagnies franches et ses habitudes d'homme de guerre, fait de mauvaises actions, ce qui lui arrive parfois, quand ce rude chevalier laisse assassiner don Pèdre dans sa tente, Froissart jette le manteau là-dessus; cela ne l'indigne pas; il est tout aussi indulgent pour Duguesclin, qu'il peut l'être même pour un roi d'Angleterre.

Nous avons indiqué, bien ou mal, comment l'homme a vécu, et comment il a fait son livre; comment ses distractions furent son travail, son étude; comment c'est sur les grands chemins et dans les cours, dans les fêtes, qu'il a recueilli les documens de son ouvrage.

Maintenant, ce livre, que nous paraît-il? une

l'histoire presqu'universelle des États de l'Europe, depuis l'année 1322, jusqu'à la fin du XIV° siècle. Je dis presque universelle; car, dans la pensée de l'auteur, ce qui prédomine, c'est l'Angleterre et la France : l'Angleterre, avec ses victoires, son invasion; la France, avec la défaite de son roi Jean, les victoires et la sagesse de Charles V, les malheurs et l'égarement de Charles VI. Autour de ce centre de récit, premier objet de l'historien, venaient se réunir des histoires tout entières, amenées là comme par épisode. Duguesclin et le prince Noir, après s'être heurtés en France, se rencontrent en Espagne. Froissart suit ses héros. L'Espagne le fait penser au Portugal. Ainsi, nulle distribution savante et systématique, la préoccupation de l'historien devenant la règle de son récit. Quelquefois d'heureux contrastes, d'adroites transitions, l'historien mis en scène, ses avèntures mêlées aux faits de l'histoire. Par exemple, dans ce voyage qu'il fit pour conduire quatre lévriers à Gaston de Foix, il rencontra sur la route un chevalier, nommé messire d'Espaing du Lion, homme habile dans les négociations et dans les guerres. Il l'accoste, et tout en chevauchant de concert, il l'interroge. Il rencontre une ville fortifiée, un château fort :

il questionne le chevalier, qui raconte à Froissart que cette ville a été emportée d'assaut,
que ce château fort a été pris par ruse, enfin, tout ce qui s'est passé. Froissart met cela
dans son récit, avec tout le dialogue. Quand
on lit Hérodote, on aime qu'il vous parle de
son voyage en Egypte, de ses questions aux
prêtres des dieux et de leurs réponses. Froissart, qui n'avait pas lu Hérodote, fait comme
lui ; il intercalle dans ses *chroniques* son voyage
de Blois à Orthez, et tous les récits que lui fait
le chevalier.

« En chevauchant le gentilhomme et beau chevalier, dès
qu'il avait dit au matin les oraisons, devisait tout le jour
avec moi, demandant nouvelle, et aussi quand je lui en
demandais, il m'en répondait....

» Après dîner, le chevalier me dit : « Chevauchons ensemble tout souef, nous n'avons que deux lieues de ce pays
qui valent bien trois de France jusques à notre gîte. » Je
répondis : « Je le vueil. »

Et ailleurs :

« Messire Espaing du Lion me dit : « Messire Jean, al-
lous voir la ville. — Sire, dis-je, je le vueil. » Nous passâmes au long de la ville et vînmes à une porte qui siéd de
vers Palamininch, et passâmes, et outre, vînmes sur les

fossés. Le chevalier me montra un pan de mur de la ville ; et me dit : « Véez-vous ce mur illec ? — Oil, sire, dis-je, pourquoi le dites-vous ? — Je le dis pourtant, dit le chevalier, vous véez bien que il est plus neuf que les autres. — C'est vérité, répondis-je. — Or, dit-il, je le, vous contrai, par quelle incidence ce fut, et quelle chose, il y a environ dix ans, il en avint. Autrefois vous avez bien ouï parler...., etc. »

Cette forme est employée tout un demi-volume ; et bien qu'elle soit accidentelle, l'art n'aurait pas mieux imaginé. C'est un passage de la narration générale à une foule de petits détails, qu'il eût été difficile de semer dans cette narration. Les pauvres historiens modernes sont accablés sous le nombre des faits et des circonstances ; ils sont obligés de les exposer dans un récit bien long, ou de les résumer en réflexions abstraites. Froissart ne suspend jamais le récit ; mais il change le narrateur : tantôt c'est lui, tantôt un personnage. Il se réserve les grands événemens, les batailles, les fêtes ; il les raconte comme s'il en avait été spectateur. Puis cette foule de menus faits et d'anecdotes qui gêneraient sa marche, il en charge parfois un interlocuteur ; et la vivacité de l'entretien ajoute une nuance au récit et pique l'attention du lecteur. Conter est tout le

génie de Froissart; mais il conte admirablement.

Nous avons noté dans Villani les recherches
instructives, la précision de détails, le soin
de la vérité, non-seulement dans la peinture,
mais dans l'explication des événemens. Rien de
tel dans Froissart; il ne s'inquiète pas des causes
et des moyens. Son livre en ressemble d'autant
plus aux romans de chevalerie, où l'on ne dit jamais les détails prosaïques de la vie Vous ne
trouverez rien d'exact dans Froissart, sur les
impôts, le commerce, les provisions de guerre;
mais il décrit parfaitement les drapeaux, les
devises, les champs de bataille et les cours,
tout ce qui frappait l'imagination et les yeux.
Il ne donne pas la statistique du camp, mais
il donne le tableau des tournois. Quant à
la peinture des hommes, elle est admirable.
Edouard III, le prince Noir, le roi Jean,
Charles V, le connétable de Clisson, Bertrand Duguesclin, Gaston, toutes ces physionomies sont là : vous entendez les discours
de ces hommes, soit que l'historien les répète
littéralement, ou qu'il les invente, dans un
parfait rapport avec leurs caractères et avec
leur temps qui est le sien. Le dirai-je? à cet
égard, il me paraît avoir un avantage sur les

anciens. Dans les discours qui parsèment leur histoire, vous reconnaissez l'écrivain plus que le personnage. L'élégance de Tite-Live, la précision ornée et brillante de Tacite ont empreint d'un caractère à peu près semblable tous les discours qu'ils rapportent; mais les paroles que Froissart met dans la bouche de Charles V, au lit de mort, ont dû être prononcées; l'auteur n'y est pour rien. S'agit-il de personnages inférieurs, de bourgeois, pour lesquels Froissart n'a pas grand goût, l'historien conserve leur langage avec une parfaite simplicité, malgré sa préférence pour les tournois, et le beau monde de la chevalerie.

Dans le siècle dernier, on a voulu mettre en scène le dévoûment des six bourgeois de Calais. On a fait une tragédie qui est la chose du monde la plus fausse, bien qu'elle ait eu grand succès. Tous ces bourgeois sont plus que des chevaliers; ils paraissent uniformément guindés à un ton d'héroïsme. Lisez Froissart; tous les personnages y sont vrais. Le gouverneur de Calais aura son courage et sa fierté à lui; c'est un homme d'un autre ordre que les bourgeois; il parlera autrement. Les bourgeois, qui ne sont pas des citoyens d'Athènes ou de Rome, n'auront pas cette rage de mourir que leur a donnée

Dubelloy : et c'est là le sublime de leur action ; avec un cœur d'homme, un cœur de bourgeois, si vous voulez, avec peu d'envie d'être tué, ils se sont offerts pour leur pays. Ils craignent d'être pendus ; et, malgré la peine que cela leur fait, ils vont chercher le roi qui est bien capable de les faire pendre sur place. Quand ils arrivent devant le roi d'Angleterre qui est fort irrité, et veut qu'ils meurent, rien ne les défend, que la pitié de la reine ; elle est là enceinte, et la vue de ces six hommes, la *hart* au col, lui fait mal ; elle pleure, et demande si bien leur grâce que le roi l'accorde, tout en grondant.

Il y a un fait que Froissart n'a pas dit : cette bonne reine d'Angleterre, tout en larmes à la vue de ces six hommes qu'on va pendre, quand le roi très-clément leur a pardonné et a seulement-pris tous leurs biens, elle accepte une part de la confiscation, et garde à son profit la maison d'un de ces malheureux, qu'elle a fait renvoyer la vie sauve.

Toujours ce même défaut de délicatesse morale dans le moyen âge. J'imagine que Froissart a négligé ce fait, parce qu'il n'a pas été blessé du contraste. On mettait les vaincus à rançon ; ils n'étaient pas pendus ; c'était bien passez pour eux : du reste, leurs maisons étaient bonnes à prendre.

Mais écoutons le récit de Froissart, admirable, à cette nuance près.

« .... Lors messire Jean de Vienne vint au marché, et fit sonner la cloche pour assembler toutes manières de gens à la halle. Au son de la cloche, vinrent hommes et femmes ; car moult désiraient à ouïr nouvelles. Quand ils furent tous venus et assemblés en la halle, hommes et femmes, messire Jean de Vienne leur démontra moult doucement les paroles toutes telles que ci-devant sont récitées, et leur dit que autrement ne pouvait être, et eussent sur ce avis et brève réponse. Quand ils ouïrent ce rapport, ils commencèrent tous à crier et pleurer, et n'eurent pour l'heure pouvoir de répondre ni de parler, et mêmement messire Jean de Vienne larmoyait moult tendrement.

» Une espace après se leva en pied le plus riche bourgeois de la ville, que on appelait sire Eustache de Saint-Pierre, et dit devant tous ainsi : « Seigneurs, grand'pitié » et grand méchef serait de laisser mourir un tel peuple, » que ici a, par famine ou autrement, quand on y peut » trouver aucun moyen.... J'ai si grand'espérance d'avoir » grâce et pardon envers notre seigneur, si je meurs pour » ce peuple sauver, que je veuil être le premier ; et me » mettrait volontiers en ma chemise, à nud chef, et la hart » au col, en la merci du roi d'Angleterre. » Quand sire Eustache de Saint-Pierre eut dit cette parole, chacun l'alla adorer de pitié ; et plusieurs hommes et femmes se jetaient à ses pieds, pleurants tendrement ; et était grand'pitié de là être, et eux ouïr, écouter et regarder.

» Secondement, un autre très-honnête bourgeois et de grand'affaire, et qui avait deux belles demoiselles à filles, se leva et dit tout ainsi qu'il ferait compagnie à son compère sire Eustache de Saint-Pierre; et appelait-on icelui sire Jean d'Air.

» Après, se leva le tiers, qui s'appelait sire Jacques de Vissant, qui était riche homme de meuble et d'héritage, et dit qu'il ferait à ses deux cousins compagnie.

» Ainsi fit sire Pierre de Vissant, son frère; et puis le cinquième, et puis le sixième, et se dévêtirent là ces six bourgeois tous nus en leurs brais et leurs chemises, en la ville de Calais, et mirent hart en leur col, ainsi que l'ordonnance le portait, et prirent les clefs de la ville et du châtel, chacun en tenait une poignée...

» Si s'en allèrent les six bourgeois en cet état que je vous dis, avec messire Gautier de Manny, qui les amena tout bellement devers le palais du roi....

» Le roi était à cette heure en sa chambre, à grand'compagnie de comtes, de barons et de chevaliers. Si entendit que ceux de Calais venaient en l'arroy qu'il avait devisé et ordonné; et se mit hors, et s'en vint en la place devant son hôtel, et tous ces seigneurs après lui, et encore grand'foison qui y survinrent pour voir ceux de Calais, ni comment ils finiraient, et mêmement la reine d'Angleterre, qui moult était enceinte, suivit le roi, son seigneur. Si vint messire Gautier de Manny, et les bourgeois près lui qui le suivaient... Le roi se tint tout coi, et les regarda moult cruellement; car moult haïssait les habitans de Calais. Ces six bourgeois se mirent tantôt à genoux par devant le roi, et dirent ainsi, en joignant leurs mains : « Gentil sire et gentil roi, véez » nous cy six qui avons été d'ancienneté bourgeois de Calais » et grands marchands : si vous apportons les clefs de la ville

» et du châtel... Si veuillez avoir de nous pitié et mercy par
» votre très-haute noblesse...» Le roi les regarda très-ircu-
sement : et, quand il parla, il commanda que on leur coupât
tantôt les têtes.

» Tous les barons et les chevaliers qui là étaient en pleurant
priaient si acertes que faire pouvaient au roi qu'il en voulut
avoir pitié et mercy ; mais il n'y voulait entendre. Grinça
le roi les dents, et dit : « Qu'on fasse venir le coupe tête. »

» A donc fit la noble reine d'Angleterre grand humilité,
qui était durement enceinte, et pleurait si tendrement de
pitié, que elle ne se pouvait soutenir. Si se jeta à genoux
par devant le roi, son seigneur, et dit ainsi : « Ha, gentil
» sire, depuis que je repassai la mer en grand péril, si
» comme vous savez, je ne vous ai rien réquis ni demandé ;
» or, vous prie-je humblement et requiers en propre don,
» que pour le fils de sainte Marie, et pour l'amour de moi,
» vous veuillez avoir de ces six hommes mercy. »

» Le roi attendit un petit à parler, et regarda la bonne
dame, sa femme, qui pleurait à genoux moult tendrement ;
si lui amollit le cœur ; car enuis l'eut courroucée, au point
où elle était ; si dit : « Ha, dame, j'aimasse trop mieux que
vous fussiez autre part que cy. Vous me priez si acertes que
je ne le vous ose escónduire ; et combien que je le fasse
avec peine, tenez, je les vous donne; si en faites votre plaisir. »
La bonne dame dit : « Monseigneur, très-grand mercis ! »
Lors se leva la reine, et fit lever les six bourgeois et leur
ôter les cordes d'entour leur cou ; et les emmena avec li en
sa chambre, et les fit revêtir et donner à dîner tout aise, et
puis donna à chacun six nobles et les fit conduire hors de
l'ost à sauveté. »

Les peintures de la vie féodale tracées par

Froissard présentent tous les contrastes de rudesse et de courtoisie chevaleresque, de barbarie et d'humanité. Une infinie variété naît de sa naïve exactitude. Son âme vive et mobile, enjouée plutôt que forte, est un miroir fidèle, où se reflète tout le moyen âge. Vous a-t-il raconté quelque grand événement, a-t-il peint cet héroïsme des bourgeois de Calais, dont il ne paraît pas fort attendri pour son compte, mais qu'il a rendu si touchant par l'émotion des spectateurs, il vous dira d'aussi bonne foi un conte de fées. Oui, un conte de fées; le mot n'est pas exagéré. Pendant son séjour à Orthez, Froissard était étonné de voir à quel point le comte de Foix était promptement instruit de tout ce qui se passait en pays étranger. Il s'enquiert auprès d'un écuyer du comte, qui se prend à rire, et lui dit : « Voirement faut qu'il le sache par vôie de nécromancie. » A ce mot, l'historien ouvre les deux oreilles, et presse l'écuyer de s'expliquer, promettant bien de n'en dire mot, tant qu'il sera en ce pays. L'écuyer le tirant à part, dans un angle de la chapelle du châtel d'Orthez, commence son conte, dont Froissard n'a rien perdu. Il y avait en ce pays un sire de Corasse, qui savait à point

nommé tout ce qui se faisait en Angleterre, en
Allemagne, en Hongrie, et le rapportait à notre bon seigneur Gaston de Foix. — Comment
cela. — Il avait à ses ordres un Esprit malin
qui venait lui tout conter; cet Esprit s'appelait
Orton. Quand on sait le nom d'un Génie, on
est bien sûr de son existence.

Mais d'où venait ce Génie? — Le sire de
Corasse disputait quelques dîmes de son église
à un clerc de Catalogne. Il fut condamné par
le pape à Avignon. Le clerc vint avec la sentence pour se mettre en possession; mais
le chevalier n'en tint compte, et renvoya le
clerc avec menaces. Quelque temps après, une
nuit qu'il dormait, il est réveillé par un bruit
affreux dans son château; et le lendemain ses
gens lui dirent que toute sa vaisselle était brisée.
Même noise, même désordre la nuit d'après
dans la chambre du chevalier. Il ne peut se
tenir de crier : « Qu'est-ce? » et le tapageur invisible lui répond : « C'est le clerc de Catalogne
qui m'envoie : tu lui fais grand tort, car tu lui
ôtes les droits de son héritage; et je ne te lair-
ray en paix que tu lui aies fait bon compte. —
Ah! lui dit le sire de Corasse, le service d'un
clerc ne vaut rien, laisse-le en paix et me
sers. » Le malin Esprit, en effet, change de con-

dition, et se donne au chevalier, qu'il venait
visiter toutes les nuits, lui apportant nouvelles
de tous les lieux du monde. Le sire de Corasse
tenait au courant Gaston, qui approuvait fort
l'emploi d'un émissaire aussi prompt, et surtout
aussi peu dispendieux. Malheureusement, par
le conseil de Gaston, le sire de Corasse voulut
connaître la figure de son messager. Nouvel
incident conté longuement. Orton se déguise
en deux fétus de paille, puis apparaît sous la
forme d'une truie maigre. Le sire de Corasse
lâche sur elle ses chiens. Le malin Esprit, indi-
gné d'un tel procédé, ne revint plus faire de
rapport au sire de Corasse, qui mourut l'année
suivante. Voilà ce que s'est laissé conter, et ce
que redit sérieusement le bon Froissard. Villani
aurait su que Gaston de Foix entretenait des
espions dans les cours d'Europe, et l'argent que
cela lui coûtait. Froissard, endoctriné par le récit
de l'écuyer, soupçonne seulement que le comte
Gaston, depuis la mort du sire Corasse, s'est
procuré quelque autre messager diabolique.

Heureusement, de ces contes à dormir debout Froissart passe à des récits de la plus
expressive vérité.

J'ai cité la mort de Charles V; il y a beaucoup
d'autres tableaux non moins grands. Le roi

Jean, prisonnier dans la tente du prince de
Galles, offre une peinture admirable. Vous
vous souvenez de l'entrevue de Paul-Emile et
de Perse dans Tite-Live. Paul-Emile n'y paraît
qu'un vainqueur dur et dédaigneux, auquel
l'historien a prêté quelques lieux communs de
morale philosophique. Froissard est bien supérieur, en étant plus simple.

« Quand ce vint au soir, le prince de Galles donna à
souper au roi de France et à monseigneur Philippe, son
fils, à monseigneur Jacques de Bourbon, et à la plus grande
partie des comtes et des barons de France qui prisonniers
étaient. Et assit le prince le roi de France et son fils monseigneur Philippe, monseigneur Jacques de Bourbon, monseigneur Jean d'Artois, le comte de Tancarville, etc., etc.,
à une table moult haute et bien couverte; et tous les autres
barons et chevaliers aux autres tables. Et servait toujours
le prince au devant de la table du roi, et par toutes les
autres tables, si humblement comme il pouvait. Ni oncque
ne se voulut seoir à la table du roi, pour prière que le roi
lui sçut faire; ainsi disait toujours qu'il n'était encore mie
encore si suffisant qu'il appartenist de lui seoir à la table
d'un si haut prince et de si vaillant homme que le corps
de lui était, et que montré avait la journée. »

C'est que le prince de Galles, bien que vainqueur du roi Jean, se souvenait qu'il était son
vassal. Ainsi, du milieu de cette féodalité

si cruelle, si barbare, sortait une urbanité nouvelle. Le souvenir d'un certain devoir faisait que
le vassal victorieux dans une bataille servait à
table humblement son seigneur vaincu et prisonnier.

« Et toujours s'agenouillait par devant le roi, et disait
bien : « Cher sire, ne veuillez mie faire simple chère, pour
» tant si Dieu n'a voulu consentir huy votre vouloir ; car
» certainement monseigneur mon père vous fera toute l'hon-
» neur et amitié qu'il pourra, et s'accordera à vous si raison-
» nablement que vous demeurerez bons amis ensemble à
» toujours. Et m'est avis que vous avez grand'raison de vous
» réjouir, combien que la besogne ne soit tournée à votre
» gré ; car vous avez aujourd'hui conquis le haut nom de
» prouesse, et avez passé tous les mieux faisans de votre côté.
» Je ne ledis mie, cher sire, sachez, pour vous railler ; car
» tous ceux de notre partie et qui ont vu les uns et les autres,
» se sont par pleine science à ce accordés, et vous en
» donnent le prix et le chappelet, si vous le voulez
» porter. »

» A ce point commença chacun à murmurer ; et disaient
entr'eux, Français et Anglais, que noblement et à point le
prince avait parlé. Si le prisaient durement, et disaient
communément que en lui avaient et auraient encore gentil
seigneur, s'il pouvait longuement durer et vivre, et en
telle fortune persévérer. »

Dans certains récits de bataille, dans le récit
de la bataille de Crécy, Froissard est véritable-

ment homérique. On ne saurait décrire avec plus de force le choc de ces deux masses d'hommes d'armes qui se heurtent. Arrivez-vous dans le château de Gaston de Foix, il est impossible de peindre avec plus de grâce la vie oiseuse, les délices, les fêtes de cette cour. Passez-vous en Espagne, la tyrannie de Pierre le Cruel, la hardiesse de Henri de Transtamare, le génie du Prince Noir, sont devant vous. Rentrez-vous en France, la sagesse de Charles V, son activité, son administration habile et réparatrice, sont décrites avec un soin et un sérieux, que fait ressortir l'enjouement habituel de Froissard. Grands événemens, anecdotes familières, nations diverses, Anglais, Flamands, Français, tout se mêle et se succède sans confusion; et jamais les couleurs de l'historien ne sont semblables, quoiqu'il soit toujours naïf, naturel, abandonné.

DIX-HUITIÈME LEÇON.

Étude nécessairement simultanée de l'Angleterre et de la France, au moyen âge. — Faible influence de la civilisation romaine sur l'Angleterre. — Race teutonique incessamment renouvelée. — Efforts de Guillaume le Conquérant pour faire prévaloir l'idiôme français en Angleterre. — Résistance de la langue nationale. — Monumens de cette langue au XIIe siècle. — Poésies des ménestrels. — Chants populaires. — Robin Hood. — Imitation de nos romans et de nos fabliaux. — Imitation de l'Italie. — Chaucer ; de lui et de ses ouvrages.

MESSIEURS,

La France est trop mêlée à l'Angleterre dans le XIVe siècle, pour que nous puissions bien connaître la littérature de l'un de ces pays, sans étudier celle de l'autre. Avant d'aller plus loin en France, nous sommes pressés de voir quels germes la conquête de Guillaume, c'est-à-dire l'invasion guerrière et politique du génie français, avait laissés en Angleterre, et quelle influence à son tour l'Angleterre, par ses victoires, exerça sur notre patrie.

Cette réciprocité d'invasions entre la France et l'Angleterre, ce contact perpétuel d'alliances ou d'hostilités pendant plusieurs siècles, est un des grands spectacles du moyen âge. De là vint qu'une nation du Nord, une race teutonique reçut de bonne heure une forte empreinte de la civilisation *romane*; de là cette singularité qui nous montre les inventions et les formes des Troubadours et des Trouvères dans l'idiôme tout germanique de la vieille Angleterre. Ainsi, se touchent et se réunissent les diverses parties du vaste sujet que nous avons essayé de parcourir.

En effet, Messieurs, vit-on jamais deux pays, se détestant davantage, plus intimement unis? La langue, les lois, les usages, les familles françaises occupent le sol anglais avec Guillaume; la nation anglo-normande possède à son tour une partie de la France, et voit son roi couronné dans Paris.

Durant ce long intervalle et cette lutte opiniâtre qui change de terrain, les langues indi-

gènes des deux pays se sont mêlées ; le français
a d'abord prévalu comme langue du vainqueur,
et comme langue savante ; puis le vieil idiôme
anglais a refleuri sur sa souche teutonique, d'a-
bord tout ébranchée par le glaive des Ange-
vins et des Poitevins qui suivaient Guillaume.

Mais avant de suivre les époques de cette révolution, il faut chercher quel était l'ancien
dépôt de civilisation romaine laissé dans la
Grande-Bretagne. Les Romains n'avaient jamais
conquis et possédé ce pays au même point que
les contrées méridionales de l'Europe. Ils y
avaient rencontré, dans les provinces du nord,
une invincible résistance, et partout une sou-
mission incertaine et agitée. Ils n'avaient pu
y faire dominer leurs mœurs ; les Bretons re-
jetèrent long-temps l'idiôme latin : *linguam ro-
manam abnuebant;* et bien que les nobles du
pays eussent fini par l'apprendre, il n'y devint
pas d'un usage fréquent et populaire. Aussi,
à l'époque de l'affranchissement du monde par
les barbares, lorsque le joug romain fut levé,
nul peuple ne redressa la tête plus promptement
que les Bretons. Il faut entendre là-dessus leurs
vieilles chroniques. « Les Césariens, disent-el-
» les (car les Romains ne furent jamais pour les
» Bretons qu'un poste de soldats étrangers),

14.

» ayant opprimé l'île pendant 400 ans, et ex-
» torqué par an 3000 livres d'argent, reparti-
» rent pour la terre de Rome, afin de repousser
» l'invasion de la horde noire. Ils ne laissèrent,
» à leur départ, que des femmes et de petits en-
» fans, qui tous devinrent Cambriens. »

Ainsi la vieille race barbare et indigène reparaît en un moment sur le sol breton. Cet événement est accompli dès le ve siècle ; et on pourrait supposer que toute trace de la langue et de
la civilisation romaine disparut en même temps
de la Grande-Bretagne. Mais depuis la première
entrée des légions, une autre cause avait agi ; et
si elle ne servit pas là comme ailleurs à compléter et à doubler, pour ainsi dire, la prise de
possession des Romains, elle devait en mainte-
nir du moins quelques restes.

Avec les proconsuls, les généraux, les soldats, les percepteurs d'impôts, étaient venus,
dès le second siècle, les prêtres d'une religion
nouvelle. Sous le César Constance, qui com-
mandait l'armée romaine en Bretagne, ils eurent
beaucoup de puissance ; et la foi, secrètement
protégée, fit de grands progrès. Cependant leur
action n'étant pas aidée par une entière sou-
mission du pays aux usages de Rome, elle fut
moins complète que dans les Gaules. Les églises

chrétiennes qui se conservèrent dans la Grande-Bretagne, firent des schismes à leur manière, et furent de bonne heure séparées de l'Eglise de Rome.

Vous le savez, le christianisme, presque à sa naissance, avait vu les hérésies se multiplier en Orient, parce que la culture des lettres, les prétentions orgueilleuses de l'esprit et le talent sophistique y faisaient naître les disputes. L'Occident, au contraire, moins savant, avait été moins divisé. La foi était aidée par l'ignorance des peuples et la difficulté qu'ils avaient à imaginer eux-mêmes une erreur. Ce que le savoir et la métaphysique faisaient en Grèce, l'indépendance d'esprit, la haine du joug et de l'idiôme romains, l'attachement aux usages nationaux, le firent en Angleterre.

Ainsi, dès la première conquête, médiocre influence de l'esprit romain sur celui de la Grande-Bretagne, action du christianisme, tardive, inégale, indépendante de l'Église romaine : voilà ce qui doit expliquer comment ce pays, voisin de la Gaule, subjugué comme elle par les Romains, et depuis conquis par elle, a gardé dans sa langue une nationalité si distincte et si fortement marquée.

Cette nationalité ne cessa de se fortifier par les

invasions et les mélanges de peuples, qui survinrent, après l'éloignement des Romains. C'étaient
comme autant de couches homogènes, malgré
quelques variétés apparentes, qui s'amoncelaient
sur le même sol. Ainsi, les invasions saxonnes
se mêlèrent à la race cambrienne, sans l'altérer.
Ainsi, les Danois, qui succédèrent aux Saxons,
n'étaient qu'une autre famille de la même race
du nord. Ainsi les Normands, qui vinrent après
les Saxons et les Danois, n'étaient eux-mêmes
que des Danois adoucis par le ciel de France
et recrutés par des Français. A ces révolutions se rattachent trois époques du langage parlé dans la Grande - Bretagne. Dans
la première, qui dure trois cent trente ans, depuis l'invasion saxonne, ce langage est appelé
British-saxo. Les Danois parurent ensuite : c'é-
tait une variante de la première conquête. Là
commence la seconde époque de la langue, le
Danish-saxo, dans lequel furent écrits les ouvrages du roi Alfred. Puis vinrent les Normands
transformés en Français, comme des voleurs qui
auraient pris les habits de ceux qu'ils avaient
tués. A leur suite ils amenaient des hommes de
toutes les provinces de France, et se confondaient avec eux par la langue et les usages. De
là date une troisième époque dans la langue de la

Grande-Bretagne, le *Normand-Saxo*, principe de la langue actuelle.

Vous le voyez, l'Angleterre fut sans cesse ramenée à son origine par les causes mêmes qui altèrent celle des autres peuples, par les invasions étrangères. Ces invasions lui amenaient autant de nuances de sa propre nature. Elle se retrouvait toujours, en s'alliant, même par force, à des parens un peu éloignés.

Voilà comment ce fond de nationalité anglaise, sans cesse surchargé par des élémens qui, dans leur hostilité même, avaient quelque chose de sympathique avec lui, a survécu à tout, et à travers quelques influences véritablement étrangères, s'est maintenu toujours. Voilà, pour nous réduire à la question littéraire, comment la langue anglaise est encore aujourd'hui une langue tout-à-fait teutonique, malgré ce que la conquête normande devait y laisser de formes françaises.

Pendant les luttes des Saxons contre les Danois, l'Angleterre avait eu un grand homme; et soudain s'était opéré le mouvement que produira toujours un grand homme, dans un siècle barbare. Plus savant que Charlemagne, Alfred avait lui-même cultivé les lettres, et traduit en langue vulgaire Paul Orose et Boece, les deux

auteurs favoris du moyen âge. Mais ces hommes,
que la nature jette par hasard au milieu d'un siècle qui n'est pas fait pour eux, obtiennent beaucoup de gloire et n'exercent qu'une influence peu
durable. Cependant au nom d'Alfred viennent
se lier les noms d'Alcuin et du vénérable Bède.
Les lettres latines furent cultivées avec soin dans
les monastères anglais ; et la théologie servit à
ranimer le goût de l'étude. C'est une réponse à
l'opinion de ceux qui ont regardé le règne de
la théologie dans le moyen âge, comme une époque perdue pour l'intelligence humaine. La
théologie a été la forme que prenait alors la
pensée. De même que, dans un autre temps,
toutes les idées se traduiront en idées politiques,
et s'appliqueront aux grands problêmes de la
société ; ainsi, dans le moyen âge, les esprits se
faisant une occupation à la fois plus subtile et
plus désintéressée, toutes les idées, toutes les
forces du raisonnement s'appliquaient à la vie
future. Mais par cela même que cette occupation
toute métaphysique avait quelque chose de vague et d'incertain, elle avait aussi quelque
chose de grand, de hardi, de singulièrement
favorable à l'élévation et à l'originalité de la
pensée. Ne vous étonnez donc pas que sous cet
amas théologique on trouve parfois une éton-

nante sagacité, un grand esprit stérilement consumé. Le théologien d'une époque eût été le
philosophe d'une autre. Les théologiens anglo-
normands du xiie siècle nous offriraient plus
d'une marque de cette vérité. Mais ils ont écrit
en langue latine; et c'est surtout dans la langue
vulgaire que nous cherchons à constater les travaux et les progrès de l'intelligence. C'est là
qu'elle nous paraît indigène et moderne.

La langue vulgaire anglaise, telle que la conquête la trouve et la modifie, voilà notre étude.

Guillaume est arrivé; il a gagné la grande
bataille d'Hastings; tout tombe devant lui; il
fait périr plusieurs des grands d'origine saxonne
qui ont échappé au champ de bataille; il dépouille les couvens, les églises; il chasse les
évêques; il fait dresser un grand livre noir où
sont inscrits les gens suspects, c'est-à-dire les
nobles, les riches; il les dépouille, et met à
leur place des Normands, des Français, des gens
de la conquête. Tout cela, Messieurs, a été su-
périeurement retracé par un habile écrivain;
et je ne veux pas essayer une contrefaçon de
ses vives peintures. Mais ce qu'il n'a pas décrit,
ou du moins ce que l'on peut décrire avec plus
de détail, c'est la révolution du langage, après
cette invasion. C'est là, sans doute, le plus fai-

ble, le plus imperceptible des intérêts, dans
l'histoire de la conquête. Cependant ce point de
vue peut offrir aussi quelque importance historique.

Voulez-vous savoir jusqu'à quel point l'esprit
des conquérans a transformé la nation conquise ? Regardez à l'idiôme du pays. Dans un
mélange de plusieurs peuples, il y a, vous le savez, un singulier rapport entre la prédominance
des mots et celle des races. Le sang anglais
a prévalu, puisque aujourd'hui la langue anglaise est seule restée maîtresse. La grammaire
ici nous apprend l'histoire. D'abord le conquérant, un des plus impérieux dominateurs qui
aient jamais pesé sur le monde, en même temps
qu'il s'emparait des couvens, des châteaux, des
terres, de l'argent, des femmes du peuple
vaincu, en même temps qu'il s'ingérait dans
tout, réglait tout, forçait ses nouveaux sujets
d'éteindre leurs feux à six heures du soir, voulut aussi les dépouiller de leurs souvenirs, et leur
prendre leur idiôme natal.

On vit là cette naturelle résistance de
l'homme aux influences excessives, illimitées,
que la force veut exercer sur lui. Malgré tous
les efforts du vainqueur pour décréditer la
langue anglaise, elle prévalut. Un évêque, sa-

vant et pieux, était chassé de son siége parce
qu'il ne parlait point français. Des témoins dé-
posaient-ils en anglais devant les tribunaux,
c'était merveille si on les écoutait. Il ne s'agissait
pas là d'interprètes jurés; on mentait, quand
on ne parlait pas français. Aussi tous ceux
qui voulaient avoir quelque faveur ou même
quelque repos, les ambitieux, les gens paisibles parlaient français, comme ils pouvaient.
Les couvens, ou du moins tous les emplois
supérieurs des couvens étaient donnés à des
Français qui avaient importé leur langue, et exi-
geaient qu'on la parlât autour d'eux. Tant que
la main de fer de Guillaume fut là, on pro-
nonça fort mal le français en Angleterre; on y
mêla beaucoup d'incorrections; mais on le parla.
Cela se soutint encore, sous ses premiers successeurs. La vanité même finit par s'accommoder
de ce qui d'abord semblait un joug onéreux.
Beaucoup d'Anglais indigènes croyaient à ce prix
se confondre avec la race des conquérans. « Les
» hommes de province, dit un chroniqueur, ou-
» blient leurs dialectes de Cornouailles, de Galles
» et de Devonshire, et s'étudient à parler français,
» pour paraître nobles. » Le chef-lieu de ce français qu'on parlait en Angleterre, était Rouen.
C'était de là que venaient incessamment à la

cour de Londres des *Trouvères* qui entretenaient le goût de la langue et de la poésie *romane*.

La conquète de la Normandie sous Philippe-
Auguste fut le premier coup porté à cette influence; la communication des deux pays ne
fut plus aussi fréquente; le français d'Angleterre, séparé de sa souche continentale, fut
moins jeune, moins vivant; il eut bientôt quelque chose d'étrange et de suranné, dont en
France on se moquait. Cependant la cour du
roi d'Angleterre et la plupart des seigneurs
maintenaient toujours l'usage exclusif du français : et dans les écoles publiques, le français
seul était enseigné et parlé. Voilà ce qui me
paraît prouvé par un passage très-curieux d'un
auteur anglais du xive siècle.

« Les enfans à l'école, contre l'usage de toutes les autres
» nations, sont forcés d'abandonner leur propre langue, et
» de dire leurs leçons, et tout ce qui les occupe, en fran-
» çais : ainsi l'ont établi les Normands, depuis leur première
» venue en Angleterre. Les enfans de gentilshommes sont
» instruits à parler français, du jour où on les remue
» dans leur berceau, et où ils peuvent parler et jouer
» avec un hochet. Les gens du pays veulent ressembler aux
» gentilshommes, et se plaisent à parler français, pour être
» crus tels. Cette mode était fort usitée, depuis le premier

» temps; elle commence à s'affaiblir un peu : car John de
» Cornouailles, un maître de grammaire, a changé la leçon
» dans son école, et l'étude du français en celle de l'anglais.
» Richard de Laincry et d'autres ont appris de lui cette
» manière d'enseigner; de manière qu'aujourd'hui, l'an de
» N. S. 1385, et la neuvième année du roi Richard II, dans
» toutes les écoles d'Angleterre, les enfans abandonnent le
» français et apprennent l'anglais. »

Ainsi, vous le voyez, c'est seulement trois
siècles après la conquête que la loi tyrannique
de Guillaume commence à fléchir, et que les
enfans des Anglais peuvent apprendre à lire
dans leur langue.

Il faut que l'instinct national soit bien fort
pour que cette domination si longue d'un
idiôme étranger n'ait pas laissé dans la langue anglaise des traces plus nombreuses. Il est
vrai, la langue nationale, chassée des écoles
publiques, avait continué de lutter dans les familles contre l'idiôme étranger des vainqueurs.
Le maintien obstiné du langage et des mœurs
faisait partie de la résistance du peuple. Nul
doute que cette portion de l'Angleterre qui ré-
pugna si long-temps au pouvoir des Normands
ne s'attachât à la vieille langue du pays, comme
au symbole même de sa liberté et de sa défense. Il semble que ce puissant intérêt a dû pro-

duire quelques poésies, quelques chants populaires, où le vieil anglais, le *Bristish-saxo* se retrouverait d'autant plus pur, et préservé par une haine patriotique de la contagion de l'idiôme normand. Toutefois, il subsiste peu de ces monumens originaux, de ces protestations en langue nationale contre l'invasion étrangère ; je n'en connais aucune qui date des premiers jours de la conquête. Les plus anciens essais de poésie anglaise qui nous aient été conservés, offrent un tout autre caractère. En même temps que Guillaume le Conquérant employait la rigueur de ses édits pour proscrire l'idiôme national, il faisait servir la langue anglaise même à sa politique. Voici comment.

Travaillait-il à dépouiller les riches monastères saxons, ou à les transférer à des hommes de race normande, il chargeait sans doute quelque ménestrel de faire en langue anglaise des vers moqueurs contre les moines, et préparait ainsi leur spoliation aux yeux du peuple. On est fort tenté d'admettre cette conjecture, lorsqu'en remuant les plus anciens débris de l'idiôme anglais, on trouve, au lieu de chants populaires contre l'avarice et la tyrannie des vainqueurs, un conte satirique sur les moines, qui fut chanté dans un festin public, à la

cour de Guillaume. Quoi qu'il en soit, la langue de ce conte est le *British-saxo*, légère-
ment modifié par la nouvelle conquête; on y
reconnaît tous les types de l'anglais actuel, avec
des variantes d'orthographe.

« Au loin sur la mer, près l'Espagne occidentale, est une
» île de Cocagne : nulle terre sous le ciel n'abonde en au-
» tant de biens. Quoique le paradis soit joyeux et brillant,
» Cocagne est d'un plus bel aspect. Qu'y a-t-il dans le pa-
» radis, que verdure et fleurs? Malgré le plaisir qu'on y
» trouve, il n'y a pas de viande, mais seulement du fruit;
» il n'y a pas de salle à manger, mais beaucoup d'eau pour
» éteindre la soif. »

Le poète contait alors que dans cette île
de Cocagne, symbole des couvens anglais, et
supérieure au paradis, on trouvait de grands
châteaux bâtis tout en pâtés de perdrix et en
powdings, etc., etc. Voilà les plaisanteries satiriques d'un temps grossier. Elles n'ont d'autre intérêt pour nous que d'avoir servi les
projets du conquérant.

Cet idiome anglais et cette poésie populaire,
que les vainqueurs employaient contre les vaincus, devaient aussi donner aux vaincus plus
d'une arme contre leurs maîtres. Si les Nor-

mands plaisantaient les riches abbés du pays,
pour les dépouiller, les Anglo-Saxons tâchaient
de mettre leurs églises à couvert, en célébrant
la gloire et les miracles des saints qu'elles
avaient eus. De là, grand nombre de légendes
versifiées au xiiᵉ siècle. Les saints de ces légendes étaient toujours de race saxonne, de
bonne vieille race. L'imagination du pauvre
peuple semblait les invoquer contre les Normands.

Aux faits merveilleux qui remplissent ces
histoires, il se mêle parfois de touchantes anecdotes. J'aime mieux les pieuses fictions des
vaincus que les durs sarcasmes commandés par
les vainqueurs. Il est, par exemple, une légende
de Thomas Beckett, qui offre un début, sous la
rudesse du vieux style anglo-normand, plein
de charme et d'intérêt. Vous savez que Thomas
Beckett, dont l'histoire a été de nos jours habilement restaurée par la vive imagination de
M. Thierry, était un homme de race anglaise,
qui devint favori d'un roi normand, archevêque
de Cantorbéry, lutta contre ceux qui l'avaient
protégé, fût martyr de son courage ou, si l'on
veut, de son ambition. La légende raconte la
naissance de Thomas Beckett, et rapporte à ce
sujet une anecdote gracieusement romanesque.

Le père de Thomas Beckett, Gilbert, Anglais de race et homme assez obscur, était parti pour la croisade, dans l'espérance d'acquérir quelque gloire sous la bannière normande. Il fut fait prisonnier, et retenu dans la maison d'un chef sarrasin. Il intéressa vivement la fille de son maître, et par le secours de cette jeune femme, qui d'abord sacrifia son amour à la liberté de celui qu'elle aimait, il s'échappa. Mais il laissait après lui de trop puissans souvenirs. La jeune fille, ennuyée de son absence, s'enfuit aussi pour le retrouver. Elle ne savait que deux mots d'anglais, *London* et *Gilbert*, le nom de son amant et le nom de la ville où il était né. Suivant la légende, elle s'embarque avec ce secours dans un port d'Asie, et répétant toujours *London* et *Gilbert*, elle arriva jusqu'à Londres. Perdue dans cette grande ville, et redisant ces deux mots, elle attire la foule autour d'elle. Les uns voulaient l'exorciser; d'autres cherchèrent Gilbert. Enfin, l'homme qui était appelé de si loin reconnut cette voix.

Les plus graves personnages de l'Église furent consultés sur cet événement, ce voyage extraordinaire, cette persévérance; ils déclarèrent tout d'une voix qu'il fallait baptiser la jeune fille et l'épouser. Et c'est de ce mariage que

naquit le grand martyr, Thomas Beckett. Voilà
une histoire fort gracieuse, si elle n'est pas vé-
ridique. Il y a deux ballades populaires qui la
racontent, et une vie des saints qui la consacre; ainsi, n'en doutez pas.

Voilà quelques essais de l'imagination du
peuple conquis. Long-temps les vainqueurs en
firent peu d'estime. A la cour de Guillaume et
de ses premiers successeurs, on n'accueillait que
la poésie française des *Trouvères*, ou les chants
méridionaux des *Troubadours*.

Richard Cœur-de-Lion faisait, nous l'avons
dit, des vers dans les deux dialectes *romans*.
La pièce célèbre qui lui est attribuée se conserve sous les deux formes; et si Blondel, qui,
suivant la chronique, découvrit par ses chants
le roi prisonnier, était un *Trouvère*, il est
certain que Richard eut souvent à sa cour et
dans son camp des *Troubadours*, dont il était
le protecteur et le rival, tandis qu'il paraissait
au contraire négliger fort la langue et la poésie
du peuple anglais. Cependant ce prince, qui dédaignait ses sujets, et qui, dans sa vie aventureuse, habita si peu l'Angleterre, fut l'homme
dont les exploits remuèrent le plus fortement
l'imagination des Normands et des Anglais. Il
força deux peuples, divisés sur tant de choses,

à s'accorder en un point, l'admiration pour le roi Richard.

Aussi c'est surtout à dater de son règne, et à l'occasion des souvenirs de sa vie, que se manifestent les premiers signes du talent poétique en langue anglaise. Au commencement du xiie siècle, lorsqu'on écrivait un roman de chevalerie en Angleterre, on l'écrivait en français, parce que ce n'était qu'un homme de race normande, ou un protégé des Normands à qui venait une telle idée. Depuis le roi Richard, je vois le goût de la chevalerie, l'imagination chevaleresque se répandre, s'étendre à toutes les classes du peuple, et les récits d'aventures, les romans, se multiplier dans la langue du pays. Je vois alors un grand nombre de romans français traduits en anglais.

On avait en Angleterre ce roman d'Alexandre le Grand, qui se retrouve dans tous les pays de l'Europe ; on avait des romans d'Hector et d'Achille, de Jason et d'Hercule, de Charlemagne, de Roland, d'Olivier, des douze Pairs, des Chevaliers de la Table-Ronde, de l'enchanteur Merlin, de Lancelot du Lac, etc. ; les uns, traditions défigurées de la poésie antique ; d'autres imités de la France ; d'autres nés du sol anglais. Parmi ces derniers, rien n'offre plus d'intérêt et de poésie que le roman historique de Richard Cœur-de-Lion. C'est un reflet des croisades et de l'Orient. On y voit quelle vive impression le ciel de Syrie avait faite sur les guerriers septentrionaux; c'était pour eux le pays des merveilles et de la magie. Le roman de Richard est presque contemporain du héros; et cependant, les faits y sont partout altérés, pour faire place à l'Orient. Richard, vous le savez, était né du second mariage d'Eléonore de Guienne. Nul fait plus connu et plus difficile à oublier que ce mariage qui avait valu de belles provinces aux Anglais, et coûté tant de maux à la France. Le poète n'en tient compte. Il n'hésite pas à donner pour mère à Richard une princesse de Syrie, que le roi d'Angleterre a fait demander en mariage par ambassadeurs. On voit, au premier livre du roman, la fille du soudan remonter la Tamise, dans toute la pompe de son cortége oriental. Ce sont des fêtes merveilleuses, des trésors extraordinaires, des talismans, des miroirs magiques, toute la féerie des Mille et Une Nuits. Cette influence arabe, qui naissait en Espagne de la conquête, les septentrionaux allaient la chercher eux-mêmes à sa source; et elle se reproduit dans toute la littérature chrétienne qui suivit les croisades.

Parmi les poèmes chevaleresques, alors si multipliés chez les Anglais, il en est où l'on trouve un caractère de liberté qui appartient au génie particulier de cette nation. Le roi Alfred avait dit dans son testament, que les Anglais doivent être aussi libres que la pensée. La trace de ce vœu d'un bon roi se retrouve dans les plus anciens monumens de la poésie anglaise, après la conquête. Les Anglais portèrent un esprit d'indépendance politique jusque dans leurs fictions chevaleresques. Ce peuple, qui semble avoir emprunté à l'esprit litigieux des Normands, ses vainqueurs, de nouvelles forces pour défendre ses droits, et qui fit servir la procédure à la liberté, montre ce caractère dès le XIIIe siècle. Il est indocile, frondeur, peu ébloui de la pompe des cours, et très-empressé à relever les fautes des rois et les vices des évêques. Ses fictions les plus frivoles en apparence ont un but moral. Ses romans de chevalerie ont quelque chose de plus sérieux que les nôtres. L'écrivain ne se borne pas à entasser des aventures merveilleuses; il tâche d'en faire sortir quelque instruction utile et souvent hardie. Un de ces romans m'a frappé, sous ce rapport. On y raconte les infortunes d'un roi puni de son orgueil par la plus étrange mystification. Le début seul suffira pour indiquer la forme de l'ouvrage.

En Sicile était un noble roi, beau, fort et vaillant jeune homme. Il avait, dans la grande Rome, un frère, pape de toute la chrétienté, et en Allemagne un autre frère, empereur, qui battait les Sarrasins. Ce roi était appelé le roi Robert. Personne ne le vit jamais avoir peur; on le nommait le *Victorieux*. En aucun pays, il n'y avait son pareil, roi ou duc, de loin ou de près; car il était la fleur de la chevalerie. Son frère était empereur; son autre frère vicaire de Dieu, pape de Rome, comme je l'ai dit auparavant : il se nommait le pape Urbain. Il aimait également Dieu et les hommes. L'empereur s'appelait Valamon. Il n'y avait pas un plus vaillant guerrier après son frère de Sicile, dont je vais parler quelque peu.

Ce roi pensa qu'il n'avait pas d'égal dans le monde, de loin ni de près; et dans sa pensée, il eut de l'orgueil; car il n'avait d'égal nulle part. Une nuit de la Saint-Jean, il voulut aller à l'église pour entendre les vêpres; et il lui sembla qu'il était là trop long-temps : son esprit était plus occupé des honneurs du monde que de Jésus, notre Sauveur. A *Magnificat*, il entendit un vers qu'il fit répéter au clerc dans sa propre langue; car il ne savait pas ce qu'on chantait en latin. Le vers était ce que je vous dis :

« *Deposuit potentes de sede,*
» *Et exaltavit humiles.* »

Le clerc dit tout franchement : « Sire, telle est la puis-
» sance de Dieu, qu'il peut élever ce qui est bas, et abais-
» ser ce qui est élevé, en un moment. Sans mentir, Dieu

» peut faire sa volonté en un clin d'œil. » Le roi dit, avec une folle pensée : « Vous lisez et chantez des fables. Qui » pourroit me réduire à telle extrémité? Mon nom est » fleur de chevalerie. Je puis détruire mes ennemis ; il » n'est pas d'homme sur terre qui puisse tenir contre moi : » donc c'est une chanson frivole. » Il pensa follement ainsi, et, dans cette pensée, le sommeil le prit sur son siége, comme raconte le livre.

Quand les vêpres furent achevées, un roi tout semblable à lui se leva et sortit. Tout le monde le suivit, tandis que le véritable roi était oublié. Le nouveau roi, je vous le dirai, était un ange divin, envoyé pour abattre son orgueil. L'ange mena joyeux déduit dans la salle du palais. Chaque homme était content de lui. Le roi se réveilla. Il crut qu'il était arrivé un malheur à ses gens; car il était là tout seul ; et une nuit noire tombait sur lui. Il appela ses hommes : il n'y eut personne qui dit *oui*. Mais le sacristain de l'église, à la fin, vint tout doucement près de lui, et dit : « Que » fais-tu ici, mauvais larron ? Tu es ici pour commettre fé- » lonie, pour voler Dieu et la sainte église. » Le roi s'enfuit bien vite, comme un homme qui serait égaré; il s'arrêta devant son palais, et appela le concierge : « Faux traître, » ouvre les portes, vite. » Le portier dit : « Qui appelle » ainsi? » Il répondit : « Tu verras bien qui nous sommes; » tu sauras bien que je suis ton maître. Tu seras couché » bien bas en prison, et pendu comme un traître, au nom » de la loi. » Enfin le roi entre et arrive dans la salle, où il trouve sa place occupée par l'ange, qui lui fait mettre un habit de fou; et il est le fou de la salle.

Nous ne suivrons pas cette singulière histoire.

L'empereur Valamon fait inviter le roi de Sicile
à se rendre à Rome auprès de leur frère le pape.
L'ange reçoit l'invitation, et fait le voyage en
grande pompe, avec le pauvre fou à sa suite.
L'épreuve est longue et fort diversifiée; Rome
et l'Eglise ne sont pas épargnées par le malin
romancier; et le roi, transformé en fou, apprend
plus de choses dans sa nouvelle profession qu'il
n'en avait su pendant tout son règne. Enfin,
l'ange trouvant la leçon suffisante, se fait connaître, et remet le roi de Sicile sur son trône.

Voilà, ce me semble, Messieurs, dans un roman du XIII\ siècle, le germe et l'exemple de
cette sorte de gaîté maligne et sérieuse que les
Anglais s'approprient sous le nom caractéris-
tique d'*humour*, gaîté qui fait le principal
mérite de Swift et de Sterne, et semble naturellement appartenir à un peuple spirituel occupé de ses affaires, et se servant de l'esprit pour
aiguiser le bon sens, et non pour s'en passer.

Presque tous les romans de chevalerie qui
furent remaniés par les poètes anglais du XIII\
et du XIV\ siècle, reçurent quelque chose de
cette teinte ironique et hardie.

Il est une autre poésie plus indigène, mais
d'un intérêt fort limité, qui naquit alors des
suites de la conquête. Elle n'a pas le caractère

élevé, la grandeur de patriotisme que l'imagination moderne se plaît à y supposer. C'est tout simplement la poésie des braconniers et des bandits, que la rigueur des lois refoulait dans les forêts de la Grande-Bretagne.

Il y a seulement cette différence que, dans le moyen âge et dans un pays subjugé, un bandit avait quelque chose d'un chevalier et d'un proscrit, deux caractères honorables et poétiques.

On l'a bien compris de notre temps, parce que l'exemple était sous nos yeux. Nous avons lu les poésies des *Klephtes*, pendant que les *Klephtes*, de voleurs devenus citoyens, se battaient pour leur pays.

La conquête de Guillaume, la domination de ses successeurs, les insolences des seigneurs normands, avaient créé dans l'Angleterre un grand nombre de fugitifs et de mécontens, hors la loi du pays, dont ils étaient les défenseurs. Cantonnés dans les bois, les marais, les montagnes, ils faisaient la guerre au gibier du roi, et parfois aussi se vengeaient du gouvernement par le pillage des voyageurs. Le peuple, accablé de taxes et de corvées par les Normands, admirait l'audace de ces hardis braconniers, et les aidait, quand il pouvait, à échapper à la tyrannie commune.

Il est un des héros de cette vie aventureuse, dont le nom est resté très-célèbre en Angleterre : Robin Hood. C'était, vous le savez, un braconnier par état, chef de voleurs par accident. Parmi les attributs de la domination normande, un de ceux auxquels les vainqueurs tenaient le plus, c'était la chasse exclusive. Des lois terribles punissaient les infracteurs de ce privilége. Chasseur intrépide; bientôt voleur entreprenant, Robin Hood fut célébré par l'imagination populaire dans toute la Grande-Bretagne. Son nom retentissait, comme de nos jours, dans les îles de l'Archipel et dans la Morée, les noms de Nikitas, de Colocotroni et d'autres chefs, qui avaient acquis beaucoup de gloire, en enlevant des moutons et parfois des *Pachas*.

Les romances du Cid nous retracent l'Espagne héroïque et chrétienne du moyen âge. Les fabliaux de *Rudbeuf* et des autres *Trouvères* parisiens, nous montrent la sournoiserie moqueuse des mœurs bourgeoises. Les vieilles ballades sur Robin Hood et ses compagnons offrent un caractère d'originalité fort différent, et propre à l'Angleterre. Sous l'extérieur uniforme de la poésie du moyen âge, sous ce coloris identique de barbarie, tâchons de saisir ces nuances diverses, ces variantes de la situa-

tion et de l'imagination des personnages. Toute
la poésie normande et picarde ne donnerait
rien de semblable à tel chant sur les braconniers anglais du xiiie siècle. Ce n'est plus ni
l'imagination chevaleresque, ni la galanterie
provençale, ni la malice bourgeoise, bien paisible dans les rues étroites de la cité, se raillant
des prieurs et des moines. C'est la poésie du
montagnard; c'est la libre audace de l'homme
des bois qui n'a que son arc et ses flèches, et
sentiment de cette vive et fraîche nature d'Angleterre et d'Ecosse.

Marquons soigneusement ces différences dans
l'uniformité du moyen âge. Car, il faut l'avouer
en passant, Messieurs, toute cette littérature des
siècles d'ignorance est un peu monotone. Il n'y
a que l'art qui sache produire la variété. C'est le
charme de ces grandes époques de lumières et
de bon goût, que notre satiété moderne se plaît
à critiquer.

Voici une vieille ballade qui peut-être a subi
quelques corrections de siècle en siècle, et a été
plus ou moins refaite par l'imagination qui la
chantait, mais dont le fond est bien anglais,
bien montagnard.

Quand le taillis est brillant et le gazon beau, et les feuilles larges et longues, il est doux, en se promenant dans la forêt, d'écouter le chant des petits oiseaux.

Le merle chantait, perché sur une branche, si fort qu'il réveilla Robin Hood, dans le bois où il était couché.

« Ma foi, dit le gentil Robin, j'ai fait cette nuit un rêve : j'ai songé de deux robustes bourgeois qui pouvaient se battre corps à corps avec moi.

» Il m'a semblé qu'ils me frappaient, et me liaient, et me prenaient mon arc. Si je suis Robin en vie sur cette terre, je me vengerai d'eux.

— Les rêves sont légers, dit Petit-Jean, comme le vent qui souffle sur la colline. Si le vent a été plus fort que jamais cette nuit, demain il peut se tenir coi.

— Levez-vous, tenez-vous prêts, mes braves hommes; Jean viendra avec moi. Je vais chercher là-bas ces robustes bourgeois, dans la verte forêt où ils sont. »

Alors ils jetèrent sur eux leurs habits verts, et prirent chacun son arc; et ils s'avancèrent pour chasser dans la forêt, jusqu'à un bouquet de bois, où ils se plaisaient le plus d'ordinaire.

Là, ils aperçurent un robuste *yeoman* qui s'appuyait contre un arbre. Il portait à son côté une épée et une dague, qui avaient tué bien des gens; et il était enveloppé dans un manteau, qui couvrait sa tête et sa taille.

« Tenez-vous là, maître, dit Petit-Jean, sous cet arbre; et j'irai à ce robuste *yeoman* là-bas, pour savoir ce qu'il veut. — Ah! Jean, tu ne tiens pas garnison près de moi; je trouve cela singulier. Quand donc ai-je envoyé mes hommes en avant, et me suis-je tenu derrière? N'était la peur de faire éclater mon arc, Jean, je te briserais la tête.»

Comme souvent les paroles engendrent la haine, Robin

et Jean se séparèrent. Et Jean est parti pour Barnesdale. Il connaît tous les chemins. Et quand il vint à Barnesdale, il y eut grande douleur; car il trouva deux de ses compagnons tués sur une pelouse; et Scarlett fuyait à pied, à travers les troncs d'arbres et les pierres; car le fier sheriff, avec cent quarante hommes, courait après lui.

« Je vais tirer un coup, dit Jean; avec la force du Christ, je ferai que ce sheriff, qui court si vite, voudra s'arrêter. »

Alors Jean banda son arc, et le prépara pour tirer. L'arc était d'un bois tendre, et tomba à ses pieds. « Malheur à toi, maudit bois, le plus maudit qui soit jamais venu sur un arbre! tu es ma perte aujourd'hui, quand tu devrais être mon secours. »

Le coup ne fut que faiblement tiré. Cependant la flèche ne partit pas en vain; car elle rencontra un des hommes du sheriff, et William A Trent fut tué.

Il aurait mieux valu pour William A Trent d'avoir été au lit bien triste, que d'être ce jour sur la pelouse verte du bois, pour rencontrer la flèche de Petit-Jean.

Mais, comme on dit, quand les hommes viennent aux mains, cinq valent mieux que trois. Le sheriff eut bientôt pris Petit-Jean, et l'attacha contre un arbre.

« Tu seras traîné dans la plaine et pendu haut sur la colline. — Mais tu peux manquer ton dessein, dit Jean, si c'est le vouloir du Christ. »

Ne parlons plus de Petit-Jean, et pensons à Robin-Hood, comment il est allé vers le robuste *yeoman*, là où il se tenait sous le feuillage.

« Bonjour, bon compagnon, dit Robin. — Bonjour, bon compagnon, dit celui-ci. Il me semble, par cet arc que tu portes dans ta main, que tu dois être un bon archer.

» J'ai perdu mon chemin et ma matinée, dit l'*yeoman*.—
Je te conduirai à travers le bois, dit Robin; bon compagnon, je serai ton guide.

— Je cherche un banni, dit l'étranger; on l'appelle
Robin Hood; j'aimerais mieux trouver ce fier banni que
quarante bonnes livres sterling.

— Maintenant viens avec moi, vigoureux gentilhomme,
et tu verras tôt Robin. Mais d'abord prenons quelque
passe-temps sous ces arbres verts; faisons quelque épreuve
au plus fort, dans le bois. Nous avons chance de rencontrer ici Robin Hood, au premier moment. »

Ils coupèrent deux branches d'épines qui poussaient sous
un buisson, et ils les placèrent entrelacées, pour faire un
but à leurs flèches. « Commence, bon camarade, dit Robin Hood. — Non, par ma foi, bon camarade, dit l'autre;
tu seras mon guide. »

Robin tira le premier, et ne manqua le but que de la
largeur du doigt. L'homme était un bon archer; mais il ne
pouvait en faire autant. Le second coup qu'il tira, il mit
dans la guirlande; mais Robin tira beaucoup mieux que
lui; car il perça la branche du milieu.

« Bénédiction sur toi, dit l'homme, bon compagnon!
Si ton cerf était aussi bon que ta main, tu vaudrais
mieux que Robin Hood. Maintenant, dis-moi ton nom,
sous les feuilles du bois.

— Non, ma foi, dit Robin, jusqu'à ce que tu m'ayes
dit le tien. — Je demeure dans la vallée, dit celui-ci, et
j'ai juré de prendre Robin; et quand on m'appelle par mon
vrai nom, je suis Guy de Gisborn.

— Ma demeure est dans ce bois, dit Robin; je suis

Robin Hood de Barnesdale, que tu as si long-temps cherché. »

Quiconque ne leur est ni allié, ni parent, aurait eu beau spectacle, de voir ces deux hommes se rencontrer avec leurs sabres flamboyans, de voir comment ils combattirent deux heures d'un jour d'été, etc.

L'adversaire de Robin Hood est un *Yeoman*, c'est-à-dire un homme de cette riche bourgeoisie qui forme encore aujourd'hui la garde nationale de l'Angleterre, et qui monte à cheval, dans l'occasion, pour repousser les *Briseurs de métiers*. Le *yeoman* est tué, comme vous le croyez bien. Le héros braconnier, Robin Hood, sort du bois tenant à la main la tête de son ennemi, comme Rodrigue, dans les romances espagnoles, apporte celle du comte de Gormaz. Il tue le sheriff, et délivre Petit-Jean qu'on allait pendre. Et vive Robin Hood, vivent les braconniers! Mort au sheriff! Voilà la morale du poème.

Ainsi, Messieurs, dans cette revue fort incomplète, nous avons déjà noté divers genres de poésie : fabliaux satiriques, dictés par les conquérans, contre les moines du pays; poésie religieuse, pieuses légendes de saints, destinées à lutter contre l'invasion guerrière, ec-

clésiastique et civile des Normands ; poésie populaire à la gloire des braconniers hardis, et
des chefs de bandes. Nul de ces essais ne
marque encore la naissance d'une littérature.
Les romans de chevalerie, indigènes ou imités,
étaient les seuls ouvrages de quelque importance qu'eût produits la langue anglaise; mais
la poésie en était fort rude et sans aucun art.

Au XIIIe siècle, la France, comparée à l'Angleterre, était plus développée pour les lettres
et pour le goût, et bien moins avancée dans la
pratique de la liberté, et l'art du gouvernement.

Ce n'est qu'au milieu du XIVe siècle qu'enfin
la littérature anglaise possède un écrivain, un
poète, un homme en qui on ne peut méconnaître beaucoup d'esprit, l'art de conter, et ce
mélange d'érudition et de naïveté qui rend si
piquans plusieurs écrivains du moyen âge. Je
parle de Chaucer. C'est de lui que la plupart
des critiques anglais datent le premier âge de
leur poésie littéraire. Bien plus récent que les
Troubadours, venu après le Dante, Pétrarque
et Boccace, Chaucer, qui fut leur élève, ne saurait leur être comparé. Il a cependant son mérite et son tour original. Mais il est fort difficile à traduire, ou pour la langue ou pour la
bienséance. Il a de plus beaucoup écrit; et j'a-

voue qu'embarrassé souvent par son vieux style, ses idiotismes, ses allusions, je ne l'ai pas lu tout entier. Tâchons du moins de démêler quelques-uns des caractères de son époque et de son talent.

Né à Londres, en 1328, Chaucer s'éleva par l'esprit de cour et de flatterie. Il fut de bonne heure page d'Édouard III, puis confident du duc de Lancastre, puis envoyé d'Angleterre à Paris, ensuite à Gênes. Il vit, il connut Pétrarque en Italie. C'est de lui qu'il emprunta le sujet de cette touchante histoire de Grisélidis, si bien racontée par Boccace. Il en met à son tour le récit dans la bouche d'un clerc d'Oxford, avec un prologue de quelques vers à la gloire de Pétrarque :

« Je veux vous dire un conte que j'ai appris à Padoue d'un digne clerc, qui a mérité ce titre par ses discours et ses œuvres ; il est maintenant mort et cloué dans sa bierre. Je prie Dieu de donner le repos à son âme, François Pétrarque, le poète lauréat, ce clerc illustre, dont la douce éloquence illumina l'Italie d'un éclat poétique, comme Tite-Live l'avait éclairée par la philosophie, les lois et toute autre science.... »

Ainsi c'est un homme du Nord qui vient puiser à la belle civilisation du Midi. Ce n'est plus l'esprit natif de la vieille Angleterre, plus ou moins mélangé d'esprit normand; c'est un lettré anglais qui connaît bien les deux *Italies*, et a devant lui plusieurs modèles. Chaucer savait à fond la langue latine, et l'écrivait avec goût; il traduisit la *Consolation* de Boèce. On voit qu'il avait lu tous les ouvrages latins de Pétrarque; et quand il imite les poèmes italiens, où Boccace avait lui-même imité les Latins, souvent il abandonne la copie, pour s'attacher à l'original, qu'il rend avec plus d'énergie et de fidélité que ne l'avait fait Boccace. Ainsi, dans *Arcile* et *Palémon*, épisode emprunté de la *Théséide*, il reproduit d'après Stace la belle description du temple de Mars, faiblement esquissée par Boccace.

Terrarum exuviæ circùm, et fastigia templi
Captæ insignibant gentes, cœlataque ferro
Fragmina portarum, bellatricesque carinæ.

. . . .

. . . . . *Bellorum solus in aris*
Sanguis, et incensis qui raptus ab urbibus ignis. »

Tous ces traits revivent avec une grande force dans le vieil anglais de Chaucer.

Malgré cette étude et ce goût d'imitation classique, il n'est pas de meilleur peintre que

lui du moyen âge; pas d'écrivain où les mœurs,
l'esprit, le langage de ce temps soient mieux
conservés. Voilà son originalité. C'est un *Trou-*
vère anglais ; c'est un conteur de la cité de
Londres. Il imite nos fabliaux et les chants
amoureux des *Troubadours*. Mais il a son caractère propre de liberté politique et religieuse;
et son imagination savante est nourrie de fables
orientales, comme de réminiscences latines.

Aujourd'hui, Messieurs, j'effleure à peine
cette analyse sur laquelle nous reviendrons.
Indiquons seulement quelques points.

C'est Chaucer qui marque le premier développement de la poésie anglaise. Le *français* n'est
plus pour lui la langue de la conquête, mais une
langue littéraire. C'est ainsi qu'il a traduit en vers
le *Roman de la Rose*, comme il aurait imité un
ouvrage classique des anciens. Dans cette version, il lutte habilement contre le style de
ses deux modèles, et semble parfois l'emporter,
soit que son anglais paraisse moins vieilli que le
français de Jean de Meung, soit qu'il ait ajouté
quelques traits de hardiesse. Car, il faut le dire,
à ses titres d'homme de cour, de savant, d'ami
de Pétrarque, d'imitateur de Boccace, il joignait celui d'hérétique. Il fut un des premiers
disciples de Wiclef, dont la secte alors nais-

sante hâta l'émancipation de l'esprit anglais.

Rappelez-vous quelle place la religion occupait dans les esprits au moyen âge, combien elle était plus puissante même que la chevalerie. Or, tandis que dans les pays tout-à-fait catholiques l'Église de Rome retenait les vérités chrétiennes sous le voile de la langue latine, et ne permettait pas qu'elles fussent exposées en langue vulgaire, le premier signe, le premier effort de l'hérésie, fut de traduire la Bible pour tout le monde ; et la popularité de la religion accrut ainsi celle de la langue. De même que la traduction de la Bible par Luther servit puissamment à fixer l'allemand, je ne doute pas que les versions de Wiclef et de ses disciples n'aient hâté le perfectionnement et étendu l'action de la langue anglaise. Chaucer se fit le poète de cette réforme ; c'est-à-dire toutes les pensées hardies qui étaient enveloppées dans la théologie de Wiclef, toutes les inductions, toutes les conséquences que les esprits libres pouvaient tirer de la lecture immédiate de la Bible, Chaucer les exprimait vivement, et les animait par des satires contre la cour de Rome et les abus de la vie monacale.

La chevalerie même n'est pas épargnée par

le bon sens épigrammatique de Chaucer. Les
romans de chevalerie régnaient partout; eh
bien, dans Chaucer, vous trouvez, sous une
forme ironique, la protestation de la saine raison
et du goût contre ce genre d'imagination stérile
à force d'être extravagant. Son *sir Thopas* est le
précurseur de Don Quichotte. Cette parodie fait
partie des *Contes de Cantorbéry*, recueil d'his-
toriettes, dans le goût du Décameron, mais
écrites en vers, avec moins de charme et de
poésie que n'en offre la prose de Boccace.

Le cadre de ce recueil est du reste ingénieux. Chaucer ne suppose pas, comme l'a fait
Boccace, avec une insouciance immorale, des
récits amoureux, au milieu d'une peste, il rassemble à *Southwark*, dans une auberge, divers
pélerins, venus pour honorer la châsse de Thomas Becket. Dans l'inaction de la soirée, ces
pélerins se content des histoires touchantes, ou
gaies. Leur réunion seule est assez dramatique.
Elle offre tous les états, tous les personnages
du moyen âge, un chevalier, un écuyer, un
médecin, une abbesse, un moine, un huissier de
la cour ecclésiastique, un étudiant, un vendeur
d'indulgences, etc., etc. Chaucer, parlant à son
tour, commence l'histoire de *sir Thopas*. Il ac-
cumule les enchantemens et les prodiges. Mais

au milieu du récit, lorsqu'il avait déjà tué grand nombre de géans, un des auditeurs l'arrête et lui dit : « Plus de ces contes pour l'a-» mour de Dieu ; vous ne faites que perdre le » temps ; ne rimez pas davantage. Dites-nous » en prose seulement quelque chose, où il y ait » un peu de gaîté et d'instruction. » Chaucer laisse là son histoire, et commence une allégorie morale de Mélibée, qui a pour épouse la *Prudence*, et pour fille la *Sagesse*.

Toute cette histoire est assez commune ; mais elle renferme de sages conseils et une excellente morale pour un faiseur de contes, parfois licencieux, comme Chaucer. C'est un des premiers essais de la prose anglaise. Malheureusement Chaucer est peu piquant, lorsqu'il est moral.

DIX-NEUVIÈME LEÇON.

Nouveaux détails sur la poésie anglaise au xive et au xve siècles. — Poètes érudits : Gower. — *Ménestrels.* — Médiocrité de toute cette poésie. — Imitation moderne du vieux style anglais ; essais *pseudonymes* de Chatterton. — Caractère de la poésie française au commencement du xve siècle. — Charles d'Orléans. — Reproduction artificielle de notre vieille poésie ; *Clotilde de Surville.*

MESSIEURS,

Au xive siècle, la langue française, importée par les Normands, se conservait encore en Angleterre, dans tous les actes publics, comme le symbole de la conquête. Ce qui nous frappe en cela, c'est le résultat politique. Si l'on songe en effet que, peu d'années après cette époque, l'Angleterre avait à demi subjugué la France, qu'un roi d'Angleterre s'était fait l'héritier présomptif du

royaume de France, et que son fils, enfant, fût
sacré à Paris, dans l'église de Notre-Dame, on
jugera sans peine à quel point l'ancienne natu-
ralisation de la langue française en Angleterre
pouvait favoriser l'envahissement de la France,
et servir à confondre les deux peuples sous un
même joug. Cela peut expliquer aussi comment,
jusqu'à la fin du xve siècle, les actes du parlement britannique furent rédigés en langue française, et comment, aujourd'hui même, c'est en
français que le roi d'Angleterre prononce certains mots caractéristiques, certaines formules
sacramentelles de sa prérogative. Ces mots sont
là, comme le reste, le débris d'une grande ambition, celle de régner sur la France.

Mais ce français de chancellerie a peu de
rapport avec les lettres. La prononciation normande, qui déjà gâtait notre idiome parisien,
était encore gâtée par l'accent anglais. Aussi les
Anglais de race se moquaient de ce français de
conquête, implanté dans leur pays. Chaucer est
rempli d'allusions plaisantes à ce sujet. Parle-t-
il d'une abbesse, dans le prologue de ses *Contes*
de Cantorbéry, il la représente ainsi :

« La supérieure était une nonne souriant d'un air simple et doux. Elle n'avait pas de plus grand serment que

par saint Éloy. Elle parlait français, bel et bien, d'après
l'école de Stratford at Bowe ; car elle ne savait pas le français de Paris. »

Quoi qu'il en soit, un progrès de la langue
anglaise suivit cette longue influence de la
nôtre. Le style de Chaucer est en partie formé
sur le modèle du *Roman de la Rose* et de nos
meilleurs fabliaux. Non-seulement, il imite avec
art plusieurs tournures de notre langue. Souvent, par une bigarrure moins heureuse, il introduit dans son style anglais des mots, des
phrases toutes françaises ; par exemple, ce refrain, qui coupe une de ses ballades anglaises :
« J'ai tout perdu, mon temps et mon labeur. »

Ailleurs il conserve en français les noms de
nos personnages allégoriques : *Faux-Semblant*,
Bel-Accueil, etc.

On voit qu'à cette époque les hommes de
cour, les magistrats et les savans, en Angleterre, étudiaient et employaient notre langue,
presque comme le latin. On lit dans un vieux
réglement d'Oxford que les écoliers de cette
université n'avaient la permission de causer
entre eux qu'en latin ou en français. Enfin tous
les poètes anglais du XIVe siècle savaient assez
bien notre langue, pour l'écrire.

I7.

Le principal rival de Chaucer, Gower, avait fait un grand ouvrage en trois parties : *speculum meditantis; vox clamantis; confessio amantis.* C'est un poème *polyglotte.* La première partie était en vers français, la deuxième en latin, la dernière en anglais. Le livre est d'ailleurs fort ennuyeux dans les trois langues. C'est de la poésie scolastique, comme toute la poésie savante du moyen âge; et le génie du Dante n'est pas là. Gower a fait d'autres poésies françaises plus agréables et plus courtes; entre autres, un recueil de *ballades,* qui tomba jadis au pouvoir de Fairfax, général habile, et, de plus, curieux antiquaire, mais pauvre homme d'État, facilement dupé par Cromwel. En tête de ce recueil, on lit quelques vers que je vous citerai :

> « A l'université de tout le monde
> Johan Gower ceste ballade envoie;
> Et si je n'ai de François la faconde,
> Pardonnez-moi que je de ce fourvoie.
> Je suis Anglois; si quiez par telle voie
> Estre excusé; mais, quoique mal on die,
> L'amour parfait en Dieu se justifie. »

Cependant ce poète, qui fut fort goûté à la cour, qui réunissait à une facilité naturelle de

versifier en anglais, des connaissances assez
étendues, qui savait le latin, le grec, l'histoire,
la mythologie, la scolastique et l'alchimie, n'a
du reste aucun génie. On voit que la littérature
anglaise, hormis les heureuses saillies et la
verve satirique et déjà hérétique de Chaucer,
n'était alors inspirée que par la France et l'I-
talie. Le goût assez grossier des poètes anglais
distinguait du reste fort peu entre ces différens
modèles. De mauvaises compilations latines du
xiiᵉ siècle, telles que le *Gesta romanorum*, étaient
consultées avec plus de soin que les élégans
écrits de Pétrarque.

Savez-vous comment Gower parle du premier
grand poète moderne ? « Un certain poète d'I-
talie, dit-il, qui était appelé le Dante..... » Singularité de la gloire ! Comme elle est lente à se
former ! Voilà le premier hommage que le Dante
ait reçu dans la patrie de Milton ! Boccace était
surtout admiré pour son savoir et ses compilations latines. La science était si nouvelle alors,
qu'elle semblait du génie, et qu'on vous savait
gré d'un souvenir, comme d'une invention. Cela
justifie-t-il les objections répétées de nos jours
contre l'étude et l'influence des littératures classiques ? Nullement. Sans doute elles semblaient
accabler quelques esprits faibles qui, surchar-

gés tout-à-coup de tant de souvenirs, succombaient sous le poids. Leurs ouvrages, stériles d'inventions, se remplissaient de lieux communs empruntés à l'antiquité ; mais l'ignorance ne les eût pas mieux inspirés.

Il y avait dans le peuple quelques esprits plus vifs, qui, sans culture et sans lettres, étaient poètes. Nous ne parlons pas de ces Bardes gallois, qu'Édouard persécuta, et dont les vers sont perdus. Mais il y avait des *Ménestrels*, semblables à nos Troubadours. Ils étaient inviolables ; ils avaient le droit d'entrer en tous lieux ; on leur devait le vivre et le couvert ; et ils s'acquittaient en chansons. Je trouve à cet égard un édit curieux, daté du xive siècle, et rendu par ce même Édouard, destructeur des Bardes du pays de Galles :

« Édouard, par la grâce de Dieu...., aux shérifs, salut. — Attendu que beaucoup de personnes fainéantes, sous couleur de profession de *Ménestrels*, ont été, et sont reçus à boire et à manger dans les maisons des autres, et ne se sont contentés, à moins de présens des maîtres de la maison ; voulant réprimer ces procédés outrageux et cette paresse, avons ordonné que personne ne pourra s'introduire, pour boire et manger, dans les maisons des prélats, comtes et barons, à moins d'être *Ménestrel*, etc., etc., il n'en pourra venir là que trois ou quatre au plus, le même jour.

Et quant aux maisons de moindre qualité, nul n'y pourra entrer, à moins d'être demandé; et ceux qui le seront devront se contenter de boire et de manger, sans faire aucune demande; et s'ils pèchent contre cette ordonnance, ils perdront le rang de *Ménestrels.* »

Comme la liberté fut hâtive dans la vieille Albion, cette poésie des ménestrels se mêla de bonne heure à des intérêts politiques. Un jour que le roi Édouard II, tenant grande cour plénière, recevait ses prélats, ses barons, et, suivant l'usage agreste du temps, dînait sous la feuillée, une femme, habillée en ménestrel, s'approcha, sur un coursier de bataille, tout auprès du roi, et lui chanta une chanson qui renfermait la plus vive satire de tout son gouvernement. Ensuite, usant du privilége de femme et de *Ménestrel*, elle piqua des deux et se retira, laissant la cour très-ébahie et le roi très-irrité de cette adresse.

Vous pouvez croire que de bonne heure aussi les puissans s'inquiétèrent d'une pareille liberté; elle était odieuse à ceux qui gouvernaient, et chère au peuple qui croyait y voir une protection. Plusieurs édits montrent les *Ménestrels* persécutés. L'espèce de proscription qui jadis avait frappé les bardes gallois, au milieu de leurs forêts, suivit ces chantres plus civilisés qui cir-

culaient dans les cités et les villages d'Angleterre. Vous voyez se prolonger jusqu'au règne
d'Elisabeth cette lutte des chanteurs contre
les hommes puissans. Un des actes qui les
frappent date du règne de la despotique Éli-
sabeth. Par cet acte, tout *Ménestrel* errant doit
être jugé et puni comme vagabond. On n'ex-
cepte que les acteurs d'intermèdes, apparte-
nant à des barons du royaume, ou à quelque
personnage de rang plus élevé. Ainsi cette
poésie hardie et libre des premiers temps était
réduite à la domesticité. Au reste, il ne semble
pas que, même dans ses jours de liberté, elle
ait eu quelque grande inspiration. Je lis atten-
tivement l'histoire de la poésie anglaise de
Warton, le recueil de Percy; je parcours les
vieilles chroniques; je cherche, je com-
pulse; et, je l'avoue, je ne trouve aucun
génie dans les restes de cette vieille poésie anglaise. Le pur, l'académique Addisson s'est
amusé, dans quelques chapitres du *Spectateur*,
à comparer à Virgile la ballade populaire de
Chevy-Chase; mais son admiration nous semble un peu subtile. Je ne trouve donc, à cette
époque, aucun monument de l'originalité anglaise, que l'on puisse comparer à ce que faisait
alors la France ou même l'Italie dans les arts:

point de chronique comme celle de Froissart;
point de vers comme ceux de Pétrarque. Ce
n'est pas que l'on n'écrivît beaucoup en Angleterre. Toutes les inventions de France et d'Italie, au xive siècle, étaient aussitôt traduites en
anglais. La communication d'idées entre quatre
ou cinq nations de l'Europe était dès lors très-
fréquente et très-rapide. Ce degré de civilisation, qui semble le caractère de notre époque,
cette circulation littéraire, qui nous apporte si
vite un roman de Walter-Scott ou des vers de
Byron, est plus ancienne qu'on ne le croit; elle
date du xiiie et du xive siècle.

L'Angleterre, alors, empruntait beaucoup
plus qu'elle ne créait. Elle traduisait nos romans et nos fabliaux. Mais sa poésie nationale
était stérile, et sans grandeur. La fiction est
venue depuis aider à la vérité. On a supposé,
dans une époque très-récente, des compositions anglaises, dont la date se reporte au
moyen âge. C'est une ruse et un passe-temps
des littératures vieillissantes de contrefaire le
passé et d'en imiter les formes et le langage,
pour rajeunir le présent. Cette tentative fut
faite en Angleterre. Elle doit vous intéresser,
parce que le nom du contrefacteur poétique
rappelle un esprit original.

Au milieu du dernier siècle, on vit paraître, dans les journaux de Bristol, des poésies données sous le nom de Rowley, prêtre anglais du xve siècle. Ces poésies offraient beaucoup d'imagination et une vive sensibilité ; les formes, les constructions étaient surannées ; l'orthographe, plus encore. L'Angleterre savante fut fort occupée de cette découverte. On avait vu successivement paraître une description de moines passant sur le vieux pont de Bristol, un fragment prétendu de la tragédie d'Œlla, des chœurs de *Ménestrels*, un chant sur la bataille d'Hastings.

Quel était l'auteur de ces publications ? Un enfant de quinze ans, Chatterton. Il y avait dans l'âge, dans l'inexpérience d'un tel éditeur, quelque chose qui favorisait la fiction. On devait croire qu'il disait vrai ; car comment aurait-il eu l'habileté de mentir ainsi ? comment ce savant archaïsme pouvait-il appartenir à un enfant ? On admira donc beaucoup ces vieilles poésies, jusqu'au moment où Walpole, esprit fin et curieux antiquaire, découvrit la fraude.

Maintenant, comment cette fraude a-t-elle été faite ? Il faut en dire quelques mots. Nous achèverons l'esquisse de la vieille poésie anglaise, en marquant par quels artifices un homme de talent la simulait au xviiie siècle. Chatterton était fils d'un maître d'école. Rêveur et studieux dès l'enfance, il montra une sorte d'attrait et de curiosité instinctive pour les impressions gothiques et les anciennes écritures. Dans la modeste succession de son pauvre père, il se trouvait quelques vieux papiers, tirés d'un coffre autrefois déposé dans la cathédrale de Bristol. Le petit Chatterton s'applique long-temps à les déchiffrer, à les transcrire, à imiter la forme des caractères; et puis, il annonce d'un air mystérieux, à sa mère, qu'il a découvert un trésor. Peu de temps après il envoie au journal de Bristol la première pièce qui attira l'attention.

Eh bien, ces belles poésies, cet enfant de quinze ans les avait faites. C'était un génie singulier, d'une dissimulation étonnante à cet âge, et jetant une sorte de naïveté dans ces œuvres si complètement factices. Passionné de gloire et de fortune, le pauvre enfant quitte Bristol, et vient à Londres avec ses vieilles poésies, et une vivacité d'imagination qui s'intéresse à toutes les querelles politiques. Il est accueilli par les Whigs, engagé à écrire pour l'opposition. Il écrit dans les journaux des morceaux de polémique, qui ne sont pas

ennuyeux, après soixante ans, et où l'on remarque une intelligence des querelles du
temps, et une finesse de réflexion satirique,
merveilleuse dans un petit antiquaire de seize
ans, qui n'avait jamais fait autre chose qu'aller à l'école, et copier de vieux manuscrits.
Adopté avec cette faveur qui est la protection que donne le public, Chatterton s'ima-
gina qu'il allait tout obtenir. Il répétait même,
qu'avant de mourir, il aurait rétabli le peuple anglais dans ses droits. Mais cette faveur publique
s'adressait à un jeune homme sans prévoyance;
et elle était elle-même peu prévoyante. On accueillait avec empressement Chatterton; on le
comblait d'éloges; on admirait sa science, son
génie, son courage; et on ne savait pas s'il
avait dîné; et lui, fier et dissimulé, cachait sa
misère, comme il avait déguisé son talent poétique, pour le faire mieux applaudir. On le
voyait sans cesse dans les réunions brillantes;
il enchantait tout le monde par la vivacité de sa
conversation, par ce mélange de sarcasmes contre
les ministres du jour, et de prétendues découvertes sur la poésie du xv° siècle. Puis, il sortait de là;
il rentrait dans son grenier, et tâchait de dormir, parce qu'il n'avait pas de quoi manger. Ce
rôle pénible, ce mélange de misère et de célé-

brité, de souffrances physiques et de succès d'amour - propre, il le soutint quelque temps avec une singulière énergie. Puis, un jour, ce pauvre enfant, désespéré, s'empoisonna. Aussitôt qu'on apprit sa mort et tous ses malheurs, l'intérêt, l'enthousiasme prirent un caractère plus sérieux. Quand il fut mort, on s'occupa de savoir comment il aurait pu vivre. On fit une souscription. Ces paroles ne voulaient pas provoquer un rire d'ironie. Ce secours tardif ne fut pourtant pas inutile. Chatterton, au milieu de ses bizarreries, aimait tendrement sa mère et sa sœur. Lors même qu'il n'avait rien pour lui, il leur envoyait des présens et leur parlait sans cesse de sa fortune et de ses espérances. On recueillit et on publia ses œuvres au profit de sa famille : c'étaient les prétendues poésies de *Rowley* et des traductions d'originaux qui n'ont point existé ; car Chatterton avait un goût singulier pour ce genre d'imposture littéraire.

Mais cette fiction ne pouvait se soutenir devant des yeux exercés. Rien de plus malaisé que cet effort pour se transporter dans le passé, pour en prendre le costume et le langage. On imite, on emprunte quelques formes de style, quelques locutions surannées ; mais le caractère des idées vous trahit toujours. On sait combien

nos grands poètes mêmes ont manqué la vérité
des mœurs grecques et romaines. Shakspeare
est plus infidèle encore aux costumes de l'antiquité, quoiqu'il soit plus fidèle au fond même
de la nature humaine. La vérité du moyen âge
n'est pas moins difficile à saisir pour un moderne. Que serait-ce quand il s'agit, non pas
seulement d'imiter le moyen âge, mais d'en
être, de faire un ouvrage anti-daté du xve siècle? Je laisse de côté les fautes matérielles, les
confusions de style, qui décèlent l'artifice; je
ne m'arrête qu'aux idées. Dans un des préten-
dus *Chants* de Rowley, sous la vieille orthographe et les vieux mots, artistement combinés
par Chatterton, je retrouve ce que je vais traduire :

« O toi! que reste-t-il maintenant de toi, OElla, l'enfant
chéri de l'avenir? Que mon chant soit hardi comme ton
courage, et aussi durable pour la postérité! »

Je reconnais tout de suite la forme de la
pensée moderne, bien que Chatterton eût écrit
ce texte d'une écriture gothique, et sur du vieux
parchemin, qu'il avait soigneusement sali.

Mais laissons là cette fraude trop évidente
d'un rare et malheureux jeune homme. Ce

qu'il y a de sûr, c'est que la vraie poésie anglaise du xiv° et du xv° siècle n'a produit, à l'exception de Chaucer, rien de puissant et d'original. Les philologues anglais peuvent étudier, pour l'histoire de leur langue, les poëmes de Lygdate, pleins d'imitations italiennes; la vieille chronique de Hardings. Les règnes de Richard III et de Henri VII comptèrent beaucoup d'obscurs versificateurs, mais aucun qui puisse trouver place dans une revue générale et comparée des littératures. Le grand mouvement du génie anglais n'a daté que de la réforme.

Dans les recherches sur le travail et le développement des esprits, il faut tenir grand compte de l'apparition accidentelle des hommes de génie. On répète que tout homme est l'ouvrage de son temps; mais il est aussi vrai de dire que tel siècle a été l'ouvrage d'un homme. Sans cet homme le siècle continuait à cheminer dans une ornière tracée : cet homme paraît, et le pousse ailleurs et plus loin. Ce grand accident d'un homme de génie, venu à propos dans les arts, l'Italie l'éprouva dès la fin du xiii° siècle : l'Angleterre n'eut quelque chose de semblable qu'au xvi°. Jusque là, et dans le temps qui nous occupe, elle était, pour les let-

tres et la poésie, inférieure aux autres nations.
La longue durée de ses guerres civiles, les agi-
tations de son gouvernement, tout cela détour-
nait les Anglais de ces paisibles études, déjà si
florissantes en Italie, et ranimées en France,
sous Charles V et dans les dernières années
de Charles VII.

Ainsi revenons à notre France. Ce mélange
des deux peuples, commencé par la conquête
de Guillaume et tristement continué pour
nous par l'invasion de Henri V, mit, pendant soixante ans, les deux nations ennemies
dans un commerce perpétuel d'usages et d'i-
dées. Si Gower faisait des vers français, nos
plus ingénieux poètes de cette époque savaient parfaitement l'anglais. Quelques-uns
d'eux, et le premier de tous, Charles d'Orléans,
ont fait des vers en cette langue. Si on avait
parlé français à la cour de Guillaume et de ses
premiers successeurs, en revanche, à cette cour
que le duc de Bedfort, au nom de Henri VI,
tenait à Vincennes, les seigneurs français tâchaient de prononcer l'anglais. Cependant la
politique des princes anglais, comme rois et
comme vainqueurs, était toujours d'affecter
l'habitude familière de la langue française.

Du reste, les mêmes événemens étaient l'u-

nique préoccupation des deux peuples. Parcou-
rez-vous, dans les deux idiômes à cette époque,
tout ce qui n'est pas traduction ou théologie,
partout vous trouvez la bataille d'Azincourt :
c'est le grand souvenir. Les chroniqueurs racontent qu'au retour de Henri V à Londres,
après cette victoire, la salle de Westminster
était remplie de musiciens et de poètes. On
chantait :

« Ils virent saint Georges marcher devant le roi ; ils son-
» nèrent gaîment de la trompette, pour commencer la
» grande bataille. Nos archers tiraient de grand cœur, et
» firent bientôt saigner les Français ; leurs flèches passaient
» vite ; ils en perçaient nos ennemis, à travers les cuirasses
» et les heaumes...... Sept mille furent tués en rang..... Les
» Français, malgré tout leur orgueil, s'enfuirent. *Je me
» rends*, criaient-ils de toutes parts. Etc., etc. »

Je n'achève pas. Mais, rentrez-vous en France,
la même image vous poursuit. Si je parcours les
poésies d'*Alain Chartier*, il me parle de quatre
dames attachées de cœur à quatre guerriers,
qui se trouvaient à cette funeste journée. Cha-
cune d'elles raconte et son amour et sa douleur ; un des guerriers a été tué glorieusement
sur le champ de bataille, un autre fait prison-

nier et conduit en Angleterre ; on ignore le sort du troisième; un dernier est bien portant, et s'est enfui. Vous devinez sans peine des quatre dames quelle est la plus malheureuse : celle qui ne pleure que l'honneur de son amant.

Voilà, Messieurs, sous la plume du pédantesque Alain Chartier, une marque de ce qui nous intéresse le plus, l'intime union des pensées, des sentimens d'un peuple avec sa littérature. A d'autres époques, ce sont les traductions, les imitations, les systèmes qui défraient la littérature. Elle est certainement plus puissante, et plus vraie, lorsque ce sont les événemens du jour qui en deviennent le sujet et qui en font à la fois la nouveauté et la passion.

Alain Chartier, malgré l'hommage inusité que Marguerite d'Écosse lui rendit pendant qu'il dormait, était un commentateur assez lourd, un traducteur assez plat, un historien assez ennuyeux. Cependant, ce sentiment patriotique, ce regret cruel que les malheurs de la France communiquaient à tout cœur digne de les sentir, arrive jusqu'à lui; et dans son poème des *Quatre Dames*, il y a plus de talent qu'on ne devait en espérer de son nom.

Cette bataille d'Azincourt, dont nous ne faisons plus ici qu'une date littéraire, se lie pour nous au souvenir du plus heureux génie qui soit né en France, au xve siècle, d'un poète véritablement original, que Boileau ne connaissait pas, puisqu'il ne lui a pas accordé la louange réservée pour Villon,

« D'avoir su le premier, dans ces siècles grossiers,
» Débrouiller l'art confus de nos vieux romanciers. »

Ce poète était un prince, Charles d'Orléans, né d'une princesse italienne, Valentine de Milan. Cette origine et l'éducation qu'elle suppose expliquent le goût si pur de Charles d'Orléans. L'heureux reflet de la civilisation italienne était passé sur lui.

Jetée au milieu de la cour cruelle et corrompue d'Isabeau de Bavière, Valentine de Milan, par sa douceur, ses aimables vertus, était la consolatrice de l'infortuné Charles VI. Mais ses grâces mêmes et la supériorité de son esprit, mal comprises d'un siècle barbare, la faisaient accuser de magie. Vous avez présente à la mémoire l'horreur de ces temps, la misère du peuple, les assassinats de prince à prince dans les rues de Paris. Le roi était fou ; son conseil à peu près. L'époux de Valentine, Charles

18.

d'Orléans, et le duc de Bourgogne, se disputaient le pouvoir. Le duc de Bourgogne fait
tuer son rival; puis, rentré au conseil, il raconte le crime, en disant que le diable l'a
tenté. Le roi n'y peut rien; Valentine fuit avec
ses enfans. On trouve un cordelier, Jean Petit,
qui, devant les grands et le peuple assemblés à
la place Maubert, prononce un long discours
pour justifier, et célébrer l'assassinat du duc
d'Orléans. Valentine de Milan ne survécut pas
à l'année de son deuil.

Élevé sous les yeux d'une telle mère, dans le
goût des fêtes et des arts, témoin de ses vertus
et de son courage, Charles d'Orléans avait dix-
sept ans, lorsqu'il la perdit. Au lit de mort, elle
avait chargé ses enfans de poursuivre le meurtrier de leur père. Ainsi, la première pensée
de Charles d'Orléans, si fort en contraste avec
la gaîté poétique et galante de son caractère, fut la vengeance. Il s'arme, se ligue avec
les ducs de Bourbon et de Berry, et fait la guerre
à l'assassin de son père. Le duc de Bourgogne
meurt assassiné. Réuni alors à la couronne de
France, le jeune Charles d'Orléans figure à la
bataille d'Azincourt. Fait prisonnier, il est conduit en Angleterre; et il y fut gardé vingt-cinq
ans.

Cette captivité nous a valu le volume de poésie le plus original du xvᵉ siècle, le premier ouvrage où l'imagination soit correcte et naïve, où le style offre une élégance prématurée, où le poète, par la douce émotion dont il était rempli, trouve de ces expressions qui n'ont point de date, et qui, étant toujours vraies, ne passent pas de la langue et de la mémoire d'un peuple. Sans doute quelques empreintes de rouille se mêlent à ces beautés primitives; mais il n'est pas d'étude où l'on puisse mieux découvrir ce que l'idiôme français, manié par un homme de génie, offrait déjà de créations heureuses.

Ce n'est pas que l'éducation poétique de Charles d'Orléans ne paraisse se lier à cette école subtile et allégorique, dont le Roman de la Rose était le code; sans cesse *Faux-Semblant, Bel-Accueil, Dangier,* et autres personnages, figurent dans ses vers. Plus d'une fois, il altère ce qu'il sent lui-même par les choses qu'il imagine, ou plutôt par les imaginations toutes faites qu'il emprunte. L'allégorie était devenue une espèce de mythologie, dont les poètes n'osaient se départir. Mais, sous ce costume nouveau, sa démarche est gracieuse et libre. Et puis, quand il regrette la

France et les affections qu'il y conserve, il est poète de cœur.

Ce n'est pas tout; il est aussi très-spirituel. On doit le remarquer, l'esprit, qui n'est pas la plus précieuse qualité dans les lettres, est celle qui peut-être vient le plus tard. L'esprit est moins naturel, moins spontané que le talent; il se forme de tout ce qu'il entend; il suppose une société savante, habile, raffinée. Au moyen âge, ce n'est pas l'esprit qui domine dans les lettres. Il y a telle nation dont les poésies, pleines de grandeur, n'offrent aucune trace d'esprit, dans le sens moderne du mot. Charles d'Orléans a surtout de l'esprit dans l'expression et dans le tour. C'est un esprit, comme celui de La Fontaine, formé d'enjoûment, de délicatesse et de malice. Est-il rien de plus gracieux que sa première élégie sur lui-même?

« Au temps passé, quand nature me fist
En ce monde venir, elle me mist
Premièrement tout en la gouvernance
De une dame que on appeloit Enfance,
En luy faisant estroit coumandement
De moy nourrir et garder tendrement,
Sans point souffrir soing ou mélancolie
Aucunement me tenir compaignie. »

Jeunesse vient ensuite, et je ne vous dirai pas toute son histoire; mais elle conduit le poète à un manoir, où il est fort bien reçu, en disant son nom. Après beaucoup d'instructions, il reçoit là des *lettres-patentes* ainsi conçues :

« Dieu Cupidon et Vénus la déesse,
Ayant pouvoir sur mondaine lyesse,
Salut de cœur par notre grant humblesse
    A tous amants ;

Savoir faisons que le duc d'Orléans,
Nommé Charles, à présent jeune d'ans,
Nous retenons pour l'un de nos servants,
    Par ces présentes;

Et luy avons assigné sur nos rentes
Sa pension en joyeuses attentes,
Pour en jouir par nos lettres patentes,
    Tant que voldrons;

En espérant que nous le trouverons
Loyal vers nous, ainsi que fait avons
Ses devanciers, dont contents nous tenons
    Très-grandement. etc., etc. »

N'est-on pas surpris de trouver dans cette langue rude et nouvelle un si facile et si ingé-

nieux emploi des formes qui résistent le plus
à la poésie. Cette manière d'assouplir gaîment
la langue de la chancellerie, de parodier les
édits royaux, semblerait appartenir au style
de Voltaire. Et voyez d'ailleurs comme le langage est aisé, coulant, naturel, pour le xv^e
siècle.

Vous jugez bien, Messieurs, d'après les lettres patentes qui furent délivrées au duc d'Orléans, et dont il a fait grand usage, que je ne
puis pas analyser tous ses ouvrages. Je les indique avec le sang-froid d'un antiquaire, comme
avait fait M. l'abbé Sallier. Presque toutes ces
poésies, le monument le plus gracieux de notre
vïeille langue, sont très-frivoles par le sujet.

Je ne parle pas d'une chanson latine, non
publiée, mais qui se trouve dans le manuscrit
original, avec ce refrain :

« *Laudes Deo sint atque gloria.* »

Je laisse aussi de côté deux chansons anglaises, qui montrent à quel point Charles
d'Orléans avait mis à profit sa captivité ; et j'é-
tudie en grammairien ses chansons françaises.

Sous le rapport de l'art, remarquons d'abord
qu'il observe rarement le mélange alternatif

des rimes masculines et féminines. Cette règle n'était encore suivie que dans les rondeaux et dans quelques pièces en vers d'inégale mesure. Charles d'Orléans y porte une grâce singulière. Ses vers sont entrelacés habilement ; ses refrains amenés avec goût.

Charles d'Orléans n'était pas seulement poète galant et délicat ; il était guerrier, il était prince. Captif depuis cette malheureuse journée d'Azincourt, sachant les misères de la France, tant ravagée par l'Anglais, il devait exhaler sa douleur dans ses vers. Mais, je l'avouerai, ce qu'il regrette surtout, c'est le beau soleil de France, le beau mois de mai, les danses et les belles dames de France. Il a peu de mélancolie sur le reste. Il semble homme d'humeur vive et gaie, qu'un sourire et un rayon de soleil raniment tout-à-coup. Ses paroles sont charmantes, pour chanter le beau temps et les doux loisirs.

> Les fourriers d'été sont venus
> Pour appareiller son logis ;
> Ils ont fait tendre ses tapis
> De fleurs et perles tissus.
>
> Cœurs, d'ennuy pieça morfondus,
> Dieu mercy, sont sains et jolis ;

Allez-vous-en, prenez pays,
Hiver, vous ne demourez plus.

Les fourriers d'été sont venus....

. . . .

Le temps a laissié son manteau
De vent, de froidure et de pluye,
Et s'est vestu de broderye
De soleil riant, cler et beau.

Il n'y a beste, ni oyseau,
Qui en son jargon ne chante et crye;
Le temps a laissié son manteau
De vent, de froidure et de pluye.

Rivière, fontaine et ruisseau
Portent en livrée jolie
Gouttes d'argent d'orfévrerie :
Chacun s'habille de nouveau.

Le temps a laissié son manteau, etc.

Bien que Charles d'Orléans nous paraisse souvent trop distrait des maux de la France par les plaisirs qu'il trouva dans l'exil, il s'attendrit parfois, au nom de son pays; et ses vers ont alors le charme d'un demi-sourire, au milieu des pleurs.

« En regardant vers le pays de France,
Ung jour m'advint adoure sur la mer;

Qu'il me souvînt de la doulce plaisance
Que je soulois audit pays trouver.
Si commençay de cueur à souspirer;
Combien certes que grant bien me faisoit
De veoir France que mon cueur amer doit.

. . . .

Alors chargeai en la nef d'espérance
Tous mes souhaits, en les priant d'aller
Oultre la mer, sans faire demourance,
Et à France de me recommender. »

Ailleurs il plaisante avec grâce sur le bruit
de sa mort, répandu dans la France, qu'il n'a
pas vue depuis si long-temps, et il se donne à
lui-même un certificat de vie, dans une forme
poétique et gaie :

« Nouvelles ont couru en France
Par maints lieux que j'estoye mort;
Dont avoient peu desplaisance
Aulcuns qui me hayent à tort :
Aultres en ont eu desconfort,
Qui m'ayment de loyal vouloir,
Comme mes bons et vrays amis.
Si fais à toutes gens savoir
Qu'encore est vive la souris.

Je n'ay eu ne mal, ne grevance,
Dieu mercy, mais suis sain et fort;

Et passe temps en espérance,
Que paix, qui trop longement dort,
S'esveillera, et par accort
A tous fera lyesse avoir.
Pour ce, de Dieu soient maudis
Ceux qui sont dolents de veoir
Qu'encore est vive la souris. »

On remarquera que l'expression de Charles
d'Orléans est ingénue, familière, sans avoir
jamais rien de bas. C'est sa grande supériorité sur Villon, qui aurait mieux valu, nous
dit Marot, « s'il avait demeuré en la cour des
» rois et des princes, où les jugemens s'amen-
» dent et les langages se polissent. » Il y a
dans Charles d'Orléans un bon goût d'aristo-
cratie chevaleresque, et cette élégance de tour,
cette fine plaisanterie sur soi-même, qui semble
n'appartenir qu'à des époques très-cultivées. Il
s'y mêle une rêverie aimable, quand le poète
songe à la jeunesse qui fuit, au temps, à la vieillesse. C'est la philosophie badine et le tour gracieux de Voltaire, dans ses stances à madame
Du Deffant :

« Je fus en fleur au temps passé d'enfance ;
Et puis après, devins fruit en jeunesse ;
Lors m'abatit de l'arbre de plaisance,
Vert et non mûr, Folie ma maîtresse. »

Boileau se vantait d'avoir parlé poétiquement
de sa perruque : Charles d'Orléans, tout brillant chevalier qu'il est, parle de ses lunettes :

> « Par les fenestres de mes yeulx,
> Au temps passé, quant regardoye,
> Advis m'estoit, ainsi m'aid Dieu,
> Que trop plus belles veoye
> Qu'à présent ne fais; mais j'estoye
> Ravy en plaisir et lyesse,
> Es mains de madame Jeunesse.
>
> Or maintenant que deviens vieulx,
> Quant je lis au livre de joye,
> Les lunettes prens pour le mieulx;
> Par quoy la lettre me grossoye,
> Et n'y voy ce que je souloye.
> Pas n'avoye cette foiblesse
> Es mains de madame Jeunesse.'
>
> Jeunes gens vous deviendrez vieulx,
> Si vivez, et suivrez ma voye. »

Sans doute il y a dans ces poésies charmantes un reste de négligence et de dureté qui arrête quelque peu le lecteur. C'est pour nous une
épreuve, une pierre de touche certaine, pour
démêler d'avec les contrefaçons modernes ce

qui porte la date véritable du moyen âge. Quel que soit l'heureux génie d'un écrivain de ce vieux temps, il reste toujours quelque chose de gothique et d'étrange.

Ce caractère est plus adouci dans les poésies de Charles d'Orléans, que partout ailleurs, si vous les comparez aux vers d'Alain Chartier, et même aux vers de Christine de Pisan, fille d'un astrologue italien, que le sage roi Charles V avait fait venir à sa cour. Mais il y a dans le style et la pensée de ce temps, un reste de rudesse choquant pour le nôtre. Si donc jamais on vous montre des poésies du xve siècle, où le plaisir que vous éprouvez soit sans interruption et sans effort, où le style, chargé seulement, pour mémoire, de quelques mots surannés, coule du reste avec aisance et soit partout précis et clair, dites-vous bien que ce n'est pas du moyen âge ; il y a mensonge plus ou moins habile.

C'est par un nouvel exemple de ces fraudes littéraires que je terminerai cette revue comparative et trop abrégée. Nous avons eu, comme les Anglais, une contrefaçon élégante, une spirituelle mystification sur la poésie de notre xve siècle. De même que Chatterton leur a forgé le vieux Rowley, nous avons cru quelque temps à *Clotilde de Surville*. Ses poésies *retrouvées* ont fait grand bruit en France, il y a vingt ans. Le monument est curieux : c'est une petite construction gothique, élevée à plaisir par un moderne architecte. Mais le goût qui a présidé à cette œuvre factice, la vérité des sentimens qui se cache sous la combinaison du langage, tout cela mérite d'être étudié.

En 1802, on annonça les poésies inédites de Clotilde de Surville, noble dame du xv° siècle. Ce nom de Surville n'était pas inconnu dans notre histoire, et avait été récemment porté par un marquis de Surville, homme de cœur et d'esprit, qui servit en Amérique, revint en France pour émigrer, y rentra pour combattre, et fut cruellement mis à mort par une commission militaire.

Il paraît que le marquis de Surville, passionné pour la poésie, avait d'abord été poète moderne, vu qu'il était né dans le xviii° siècle. Ses essais se perdirent dans la foule. M. de Surville alors tâcha de vieillir sa muse. Une curiosité féodale qui lui faisait relire avec plaisir les vieux titres de sa famille, le portait à imiter l'ancien style. Ses amis ont prétendu qu'il avait retrouvé les poésies d'une arrière-bisaïeule, qu'il les avait déchiffrées, transcrites (car on n'a jamais montré la copie originale), et que, peu de

jours avant de mourir, il avait recommandé par
une lettre ce précieux dépôt. A-t-on supposé
cette lettre? ou bien a-t-il voulu lui-même
tromper sur une chose aussi frivole, dans un
moment si solennel et si triste? Quoi qu'il en
soit, l'authenticité de ces poésies n'en est pas
moins invraisemblable. Quand on a lu Charles
d'Orléans, on reconnaît dans les poésies de
Clotilde une fabrication moderne qui se trahit par la perfection même de l'artifice.

Les objections techniques se présentent d'a-
bord. Clotilde, dans ses poésies, est beaucoup
plus savante que son temps. Elle cite des livres
qu'on n'avait pas : elle parle des satellites de
Saturne qui n'étaient pas encore découverts :
elle observe dans sa versification des règles qui
n'existaient pas : elle est fidèle à l'entrelacement
rigoureux des rimes : elle évite avec scrupule les
hiatus de voyelles. Enfin, sous les vieux mots ac-
cumulés et sous la vieille orthographe, elle a je ne
sais quel tour d'idées modernes, et cette élégance
d'un idiôme depuis long-temps assoupli. Mais,
la fraude une fois prouvée, reste le mérite de la
fraude en elle-même. Ces poésies sont charmantes. Admettez-vous que ce soit un raisonnable
et bon travail d'écrire en vieux français, comme
on écrit en latin ou en grec, il faut goûter beau-

coup les poésies de Clotilde de Surville. Je ne dis
pas qu'un profond philologue comme M. Raynouard, ne puisse noter dans cette œuvre en
langue morte, des erreurs grammaticales, des
anachronismes de mots, des barbarismes, et
parfois une correction vraiment fautive pour le
xve siècle; mais les qualités même qui prouvent
la *supposition* de l'ouvrage, augmentent l'attrait de la lecture. C'est un certain degré de
précision et de clarté peu connu dans le moyen
âge. La justesse, l'ordre, la liaison des idées
manquaient alors. Cette netteté de l'esprit, qui
a passé des ouvrages les plus sérieux aux plus
frivoles, ne se faisait pas sentir dans les idées,
hormis en Italie, où la langue avait été subite-
ment perfectionnée par trois hommes de génie.

Quand je lis Clotilde de Surville, tout me
montre une main moderne. On a eu beau choisir
de vieux mots qu'on a eu soin d'expliquer au
bas de la page; le tour, le mouvement, la
phrase sont d'une date récente. Écoutez ces
vers charmans :

« Clotilde au sien amy doulce mande accolade,
    A son espoulx, salut, respect, amour !
Ah ! tandiz qu'esplorée et de cœur si malade,
    Te quier la nuict, te redemande au jour,
Que deviens, où cours-tu ? loing de ta bien-aymée

> Où les destins entraisnent donc tes pas ?
> Faut que le dize, hélas ! s'en croy la renommée,
> De bien long-temps ne te revoyrai pas !
>
> Bellone, au front d'arhain, ravage nos provinces ;
> France est en proye aux dents des léoparts :
> Banny par ses subjects, le plus noble des princes
> Erre, et proscript en ses propres remparts,
> De chastels en chastels et de villes en villes,
> Contrainct de fuyr lieux où devoit regner;
> Pendant qu'hommes félons, clercs et tourbes serviles,
> L'ozent, ô crime ! en jusdment assigner !...
> Non, non; ne peult durer tant coulpable vertige :
> O peuple franc, reviendraz à ton roy ! »

Cette lecture ne vous a pas laissé un moment d'embarras. C'est le français moderne, à la netteté des constructions. C'est une contrefaçon très-élégante, trop élégante peut-être.

Encore une remarque. M. de Surville était un fidèle serviteur de la cause royale. Il s'est plu, je crois, dans la solitude et l'exil, à cacher ses douleurs sous ce vieux langage. Quelques vers de ce morceau, sur les malheurs du règne de Charles VII, sont des allusions visibles aux troubles de la France à la fin du XVIIIe siècle. C'est encore une explication du grand succès de ces poésies. Elles répondaient à de touchans souvenirs; comme l'ouvrage le plus célèbre du

temps, le *Génie du Christianisme*, elles réveil-
laient la pitié, et flattaient l'opposition.

Vous êtes trop jeunes, Messieurs, pour avoir
souvenir de cela. On aimait à trouver, sous le
puissant Empereur, des souvenirs d'opposition
dans une femme poète du xve siècle. Ce plaisir
est perdu pour nous. Il reste l'œuvre ingénieuse d'un homme de talent, et, chose remarquable! quelques poésies pleines de naturel et
de sensibilité, sous un travail évidemment artificiel. Ce travail même atteste cependant l'im-
possibilité, pour une époque, d'en contrefaire
une autre. La leçon de goût qui sort de là, c'est
qu'il ne faut pas tenter sous son propre nom
ce que l'on ne peut faire non plus sous un
faux nom. Que chaque siècle écrive la langue qu'il parle. Une époque de raffinement ne
doit pas simuler la barbarie. Si on la simule
sous un nom ancien, la contrefaçon se trahira;
si on essaie de la simuler sous son propre nom,
on restera tout à la fois inférieur à son temps
et à soi-même.

VINGTIÈME LEÇON.

Suite de la poésie française. — De la chute et de la renaissance de l'art dramatique. — Premiers essais de la religieuse Hroswithe, dès le xie siècle. — De l'origine des
mystères. — Idée de ce genre d'ouvrages. — *Soties,
Moralités.* — Le Savetier. — L'Avocat patelin.

MESSIEURS,

Nous avons encore à parler de la poésie française au moyen âge; mais, quelle poésie! Nulle
élégance, nulle douceur harmonieuse; une simplicité sans charme, une grossièreté sans force.
Convenons bien de ce fait : la vraie poésie, naturelle, expressive, brillante de coloris et d'i-
mages, en France, elle ne fut jamais contempo-

raine que du bon goût; nous n'avons pas eu de
poésie à la fois rude et sublime. Il n'y en a pas
moins dans ces œuvres, faibles et barbares,
de précieux indices d'originalité nationale, et
le sujet d'une étude sur le travail de l'esprit
humain et ses lents progrès. C'est là qu'il
nous faudra chercher aujourd'hui la renaissance du plus beau des arts, du plus savant, du
plus difficile, de celui que l'antiquité grecque
avait porté si loin, qui mourut avec l'avénement du christianisme et l'invasion des barbares, qui fut seize siècles avant de reparaître,
et qui se montre alors avec tant d'éclat et de
diversité, en Espagne, en Angleterre, en France;
l'art dramatique enfin. Ce qui va nous occuper,
ce sont quelques études, les unes vulgaires, les
autres presque inédites, sur le premier débrouillement du théâtre, dans l'Europe moderne. Je ne
vous promets pas un égal intérêt dans tous les
détails. Je crains que votre attention ne soit quelquefois trompée, comme l'ont été mes recherches.
S'il est cependant une portion de la littérature
qui soit intimement liée avec toute l'existence
d'un peuple, qui serve à la fois à former ses mœurs,
et à les constater, c'est le théâtre. Ce que nous
savons le mieux de la Grèce, c'est peut-être ce
que nous a dit Aristophane, dont le drame était

pourtant si allégorique, et si fabuleux. Nous
avons perdu beaucoup d'anecdotes de la civilisation romaine, parce que chez elle le théâtre, imité du grec, était une œuvre littéraire,
plutôt qu'une expression sociale, et que les comédies vraiment romaines, ces pièces obscènes
et populaires dont parlent Tertullien, saint
Augustin, Arnobe, ont entièrement disparu
pour nous.

Le coup mortel porté au théâtre vint du
christianisme. Tandis que la philosophie grecque florissait encore et faisait dominer son langage jusque dans le palais des Césars, le théâtre, dès long-temps déchu, faute de génie, était
chaque jour avili par ses excès et par la prédication chrétienne. Il méritait cet anathême. Im-
pudique à un degré que notre imagination
moderne ne peut concevoir, ce théâtre devait
révolter les chastes regards de cette population
nouvelle, qui naissait de la fange du vieux
peuple. Parcourez les premiers écrivains du
christianisme, Athénagoras, Tertullien, Cy-
prien, et tant d'autres; vous voyez leur colère s'allumer au seul nom de théâtre : poètes,
acteurs, spectateurs, ils enveloppent tout dans
leurs âpres censures. Bien plus; Julien essaie-
t-il une restauration du paganisme, un récré-

pissement de ce vieil édifice; une de ses réformes, c'est d'interdire les théâtres païens
aux prêtres païens. « Avertissez-les, écrit-il au
» grand pontife Arsace, qu'un sacrificateur ne
» doit pas fréquenter le théâtre, ni boire dans un
» cabaret, ni exercer quelque métier vil ou hon-
» teux. » A dater du règne de Constantin, la législation porte témoignage de la sévérité du
christianisme envers le théâtre. On voit, par
divers édits, qu'il était défendu aux comédiens
convertis de remonter jamais sur la scène, aux
comédiennes de porter des pierreries et des
étoffes précieuses, aux juges de fréquenter les
théâtres, hormis les jours de fête, pour la naissance ou l'avénement de l'empereur.

On rappelle ces faits anciens, parce que c'est
là qu'il faut chercher l'origine et l'excuse de
l'anathême qui a long-temps pesé sur cette
profession de comédien, si honorée dans la
Grèce. Ce n'étaient pas des hommes récitant en
public de beaux vers et de nobles maximes, qu'a-
vait flétris la prévention chrétienne : c'étaient
des mimes, des bateleurs qui figuraient tout ce
que l'imagination impure peut rêver de plus dés-
honnête. Cependant le christianisme déshonora
le théâtre, sans le détruire; et même, ce qu'il y
eut jamais de plus infâme dans les scandales

de la scène, se vit dans Constantinople chrétienne, et y fut représenté par une femme qui
devint impératrice, Théodora.

Ainsi, le christianisme avait frappé d'ana-
thème tous les théâtres, avait confondu presque dans une haine commune, la pureté
païenne de Sophocle et les souillures des *mimes* romains ; et cependant, lorsqu'il est vainqueur, corrompu lui-même par les mœurs
d'Orient, il souffre, dans la ville bâtie pour
être chrétienne, de plus grandes turpitudes
que n'en avait vu la Grèce idolâtre. La chaire chrétienne protestait depuis long-temps,
et en vain : Constantinople était ivre de la
licence du théâtre, comme de la pompe des
cérémonies saintes. Telle est l'image qu'offrent
souvent les sociétés vieillies, où les élémens
les plus contraires subsistent à côté l'un de
l'autre, dans une égale impuissance de se supporter ou de se détruire. Ce fut, pendant quatre
siècles, le sort du monde romain.

Mais ce qui vint ajouter la ruine à l'ana-
thème, ce qui abolit enfin les théâtres, ce fut
l'invasion des barbares. Partout, dans l'Occident, où s'établissent les barbares, les jeux de
la scène ont cessé. Dans la douleur des peuples,
exprimée par quelques écrivains du temps, le

regret des théâtres perdus se place presque à
côté de tous les autres regrets de la patrie asservie et malheureuse. Un évêque, je m'en sou-
viens, reproche aux habitans de Trèves, qu'après
la désolation de leur ville, le massacre de leurs
plus illustres citoyens, l'armée barbare s'étant
retirée, leur première pensée, leur première
supplique à l'empereur fût pour le rétablisse-
ment d'un théâtre.

Mais bientôt tout fut détruit, et le prétoire
et le *cirque*. Le clocher seul de l'église sur-
monta cet amas de cendres et de décombres,
entassé par les barbares. De ces *Cirques* magnifiques, de ces théâtres découverts, qu'on
admirait dans les villes de Trèves, de Nîmes,
de Lyon, de Marseille, de Poitiers, on en
était venu à la rusticité de la cour de Clovis,
qui, pour se distraire dans sa vieillesse, avait
mandé de Rome un joueur de flûte. C'était là
toute la pompe, et toute la musique du palais.

Ainsi, Messieurs, au VIIe siècle, mettez à
part Constantinople, foyer de civilisation et de
vices, égout de la vieille société, où se conservaient sa science et ses arts, comme ces chefs-
d'œuvre de l'antiquité qu'on a retrouvés dans
la vase du Tibre ou sous les eaux croupissantes

des Marais Pontins, mettez à part Constantinople, partout ailleurs les théâtres, les jeux dramatiques étaient détruits.

Mais il semble que l'esprit de l'homme ait incessamment besoin de ces émotions qu'inspire
un spectacle tragique et majestueux, ou de
cette distraction vive et gaie que donnent la satire et la raillerie comique. A peine le théâtre
est-il tombé, bien moins sous les anathèmes du
christianisme que sous la hache des barbares,
qu'on voit, du milieu même de l'Église, sortir
un nouveau théâtre. Oui, ces cérémonies saintes, ces pompes sévères, ces commémorations
mystiques de notre foi, pendant lesquelles, d'a-
bord, on proscrivait, comme une impiété, tout
spectacle et tout jeu public, deviennent elles-
mêmes un spectacle licencieux et profane. Au
lieu de célébrer les fêtes, on les représente, on
les joue, si je puis parler ainsi. On substitue
aux symboles, à la prière, la représentation dramatique et détaillée. S'agit-il de la fête de Noël;
on figure dans l'église tout ce que raconte l'É-
vangile, la crêche, les bergers, l'adoration des
mages. Puis, ce besoin de gaîté grossière, que
les hommes éprouvent d'autant plus qu'ils
souffrent davantage, introduisit bientôt dans
ces tragédies toutes faites, que la religion don-

nait, un mélange de comique. Voici ce que rapporte Cédrene, auteur byzantin du xi° siècle :

« Théophylacte est l'auteur de cette pratique encore subsistante, d'offenser, dans les jours de fêtes, Dieu et la mémoire des saints, par des propos indécens, des rires, des cris, au milieu même des hymnes saints, que nous devons offrir à Dieu avec contrition de cœur, pour notre salut. Il avait rassemblé une multitude d'hommes déshonorés, et avait mis à leur tête un certain Euthyme, qu'il avait donné aussi pour intendant de l'église. Et il les instruisit à mêler à l'office divin des danses sataniques, des cris inconvenans, et des chansons prises dans les rues et les mauvais lieux. »

Ainsi voilà un évêque qui avait attaché un théâtre à son église. Les cérémonies saintes étaient pour lui mêlées d'intermèdes comiques, où figurait une troupe de mimes auxiliaires des prêtres. Et ce n'est pas dans les contrées ignorantes de l'Europe, c'est à Constantinople que cette innovation bizarre s'établit.

De là, sans doute, les abus qui passèrent dans nos églises d'Occident; cette fête de l'Ane : « *Adventavit asinus pulcher et fortissimus;* » cette procession du Renard, et mille autres folies grossières, devenues la *petite pièce* du culte religieux.

Ces grossières tentatives s'ignoraient elles-mêmes, ne savaient pas qu'elles étaient sur la route de l'art théâtral, et que même elles allaient à cet art sublime par un détour qu'avait suivi le génie grec. En effet, les érudits en conviennent, c'est dans les mystères d'Eleusis qu'il faut chercher la première origine de l'art théâtral. Ces mystères, où l'enseignement religieux, la révélation du dogme, la prière, étaient mêlés à des représentations riantes ou terribles qui servaient d'épreuves aux initiés, ont pu, dit-on, donner l'idée de cette tragédie grecque, dont les premiers essais gardaient encore un caractère symbolique et religieux. Ainsi, nos farces grossières du moyen âge, nos pieuses parodies de l'Évangile, jouées gravement dans les églises, devaient conduire à la tragédie, comme les initiations d'Eleusis conduisaient au *Prométhée* d'Eschyle et à l'*OEdipe* de Sophocle : seulement nous nous sommes plus écartés que les Grecs de cette origine de l'art.

Cependant, à côté de ce débrouillement si pénible et si lent des esprits, alors qu'ils repassent par tous les degrés de barbarie, et qu'ils recommencent, sans traditions et sans souvenirs, toutes les tentatives et tous les ha-

sards de la pensée ignorante, il y avait quelques études, quelques essais solitaires qui re-
montaient directement aux modèles antiques.
Ces études, presque toujours inséparables du
travail spontané des esprits dans le moyen âge,
nous devons en parler ici. Nous avons rarement fait mention des ouvrages de cette époque, écrits en langue latine, parce que le
vrai caractère des peuples ne se montre que
dans l'emploi de leur langue vulgaire. Leurs
impressions, leurs idées sont toujours altérées
par l'usage nécessairement artificiel d'une langue morte. On ne peut les bien connaître
qu'en les écoutant parler, pour ainsi dire,
à travers la distance des siècles.

Cela posé, voyons cependant si cette littérature latine du moyen âge, lien de communication entre l'antiquité classique et l'esprit moderne, n'offre pas quelques essais qui aient
préparé la renaissance de l'art dramatique
en langue vulgaire. Nous avons déjà nommé
Hroswithe. cette religieuse du monastère de
Gandersheim, au xie siècle. Dans la solitude du
cloître, elle avait lu Térence; et, sur ce modèle, elle eut la pensée d'écrire, dans la même
langue, de petits drames, consacrés à des sujets
religieux. Elle essaya, la première, ce qu'on

a renouvelé dans le xvie siècle, d'enlever aux
auteurs profanes leur style. Elle a fait six pièces
dans ce goût; personne n'en a parlé. Ces six
pièces sont fort courtes. Je ne sais si elles furent
jouées souvent : un passage me le ferait croire.

Ainsi, en Allemagne, dans un monastère qui
comptait cinquante religieuses de noble famille, il paraît que, vers 1080, on avait dressé
un petit théâtre, comme à Saint-Cyr, sous madame de Maintenon, et que là quelques jeunes
sœurs, ayant sans doute obtenu dispense pour
s'habiller en hommes, représentèrent une espèce de tragédie, la *Conversion de Gallicanus*.
Voici le sujet de la pièce : Constantin le Grand
avait promis de donner la belle Constantia, sa
fille, à un jeune Romain de haute naissance et
de grand courage, mais encore attaché au culte
des faux dieux. Une guerre suspend ce projet :
le jeune amant y vole et se couvre de gloire
dans un combat, où il est miraculeusement
sauvé. Touché de ce secours de la Providence,
il se laisse convertir à la foi par deux officiers
de l'empereur, Paul et Jean. Dans sa pieuse ferveur, il renonce à la main de la princesse, qui,
de son côté, se consacre à la vie religieuse.
Voilà le premier acte, où l'*unité de temps*,
comme vous le voyez, n'est pas fort rigoureuse.

C'est une pièce libre, qui, en tout, dure vingt-cinq ans. Au second acte, trois empereurs ont déjà passé ; c'est Julien qui règne. Julien, après avoir exilé Gallicanus, le fait tuer en Égypte. Puis sa persécution s'attache avec plus de violence et de haine aux deux officiers du palais qui avaient autrefois accompli l'heureuse conversion de Gallicanus. On ne voit pas le motif de cette colère. Mais l'auteur, dans la prose assez correcte de son drame, fait habilement parler Julien. Il y a là un sentiment vrai de l'histoire ; Julien ne paraît pas un féroce et stupide persécuteur, comme l'auraient imaginé les légendaires du vi^e siècle. La religieuse de Gandersheim avait saisi le caractère de Julien : on le voit avec sa modération apparente, son esprit impérieux et ironique. Il ne peut triompher de l'obstination chrétienne des deux officiers de l'empereur ; il les exile, en laissant prévoir leur supplice.

Je traduis cette scène. Ce qui fait l'intérêt de ce morceau, ce n'est pas le degré de talent, c'est la date ; c'est que, dans le xie siècle, au milieu de la grossièreté féodale et de l'ignorance, lorsque rien ne rappelait le souvenir de ce grand art du théâtre, une femme ait écrit, et que des femmes aient joué cet ouvrage.

JULIEN.

Je n'ignore pas, Jean et Paul, que vous avez été dès l'enfance attachés au service des empereurs.

JEAN.

Nous l'avons été.

JULIEN.

Il convient dès lors que, placés près de moi, vous serviez dans le palais, où vous avez été nourris.

PAUL.

Nous ne servirons pas.

JULIEN.

Est-ce moi que vous ne servirez pas ?

JEAN.

Nous l'avons dit.

JULIEN.

Est-ce que je ne vous parais pas un Auguste ?

PAUL.

Un Auguste, bien différent de ses prédécesseurs.

JULIEN.

En quoi ?

JEAN.

En religion et en vertu.

JULIEN.

Expliquez-vous.

PAUL.

Les glorieux empereurs Constantin, Constant et Constance, auxquels nous avons obéi, étaient très-chrétiens, et se glorifiaient de servir Jésus-Christ.

JULIEN.

Je le sais ; mais je ne veux pas les imiter en cela.

PAUL.

Tu n'imites que le mal. Ils étaient assidus à l'église ; et, ôtant leurs diadêmes, ils adoraient à genoux Jésus-Christ.

JULIEN.

Vous ne me forcez pas à la même chose, sans doute.

JEAN.

Aussi tu ne leur ressembles pas.

PAUL.

Comme ils offraient leur encens à Dieu, ils relevaient par leur vertu l'éclat du diadême impérial, et réussissaient dans toutes leurs entreprises.

JULIEN.

Et moi aussi.

JEAN.

Ce n'est pas de la même manière ; pour eux, la grâce divine les accompagnait.

JULIEN.

Niaiserie! Autrefois j'ai suivi sottement ces pratiques;
j'ai été clerc dans l'église.

JEAN.

Qu'en dis-tu, Paul? il a été clerc.

PAUL.

Chapelain du diable.

JULIEN.

Mais, lorsque j'ai vu qu'il n'y avait là rien d'utile, je me
suis tourné vers le culte des dieux, dont la faveur m'a porté
au faîte de l'empire.

JEAN.

Tu nous as interrompus, pour ne pas entendre la louange
des justes.

JULIEN.

Que me fait-elle?

PAUL.

Rien; mais ce que je vais ajouter te regarde. Comme le
monde n'était pas digne de les conserver, ces vertueux
empereurs ont été reçus parmi les anges; et la république
malheureuse a été abandonnée à ton pouvoir.

JULIEN.

Pourquoi malheureuse?

JEAN.

Par le caractère de son souverain.

PAUL.

Tu as déserté toute religion, et imité l'idolâtrie. C'est pour cela que nous nous sommes soustraits à ta présence, et à la société des tiens.

JULIEN.

Quoiqu'insulté par vous, je fais grâce encore à votre témérité, et je veux vous élever aux premiers grades du palais.

JEAN.

Ne te fatigue pas ; nous ne cèderons ni à tes menaces, ni à tes séductions.

JULIEN.

Je vous donne une trève de dix jours, pour revenir au bon sens et rentrer en grâce avec nous : sinon, ce qu'il faut faire, je le ferai ; et je ne serai plus votre risée.

PAUL.

Ce que tu dois faire, fais-le dès aujourd'hui. Tu ne pourras nous ramener ni à ton palais, ni à ton service, ni au culte de tes dieux.

JULIEN.

Allez, retirez-vous ; faites ce que je vous conseille.

Voilà, Messieurs, ce qui a précédé Corneille de six siècles. Mais ces tentatives obscures, enfermées dans un cloître, bornées à une langue morte, ne pouvaient avoir qu'une faible influence ; et surtout elles ne peuvent servir à nous faire retrouver ce que nous cherchons dans l'étude du théâtre, le témoignage expressif et vivant des mœurs contemporaines.

Par ce motif, Messieurs, je ne m'arrêterai pas sur quelques essais de même nature, tentés avec plus de talent par un poète d'Italie, qui fut en même temps historien, Mussato. Ce qui distingue une de ces compositions, c'est le choix que le poète avait fait d'un sujet tout récent, les crimes d'Excellino, un des plus odieux tyrans qui aient pesé sur les villes d'Italie. Mais l'imitation servile du style de Sénèque, la poésie factice des chœurs, une pompe déclamatoire, étrangère à l'esprit du temps, ôtent à cet ouvrage toute force et toute vérité. Il ne paraît pas d'ailleurs que cette pièce, en langue morte, ait été jouée sur un théâtre.

Voulons-nous marquer avec précision quand, pour la première fois, cette représentation d'une pièce en langue vulgaire, cette action matérielle et morale d'un drame joué devant une foule qui comprend et s'émeut, s'est vue en Europe, la chose est difficile. Fontenelle, plus ingénieux qu'érudit, a fait des bons mots sur les antiquités de notre théâtre. Il admet, au XIVᵉ siècle, l'existence d'un drame provençal, sous le titre d'*Hérésie des prêtres*. Mais le restaurateur de la langue et de la poésie *Romanes* M. Raynouard, a prouvé que les Troubadours n'eurent pas de littérature dramatique. Le Troubadour était à la fois auteur et acteur; il chantait ses propres poésies; il récitait de longs romans. Il employait la forme du dialogue dans les *jeux-partis* et les *tensons*. Mais tout cela n'était pas l'art dramatique : c'était une forme d'églogue, à l'usage des cours d'amour. Nous arrivons au milieu du xive siècle, sans trouver aucune trace évidente de compositions dramatiques en langue vulgaire.

A cette époque, cependant, toutes les fois qu'il survenait quelque solennité, un mariage royal, la présence d'un prince étranger, on donnait des spectacles dans les rues. Mais ces représentations étaient fort simples : tout le monde y jouait; on allait, on venait dans un certain ordre; on changeait deux ou trois fois de costume. Le peuple était chargé de représenter le peuple : on le divisait quelquefois en Chrétiens et en Sarrasins, en Romains et en Juifs. C'était une pantomime, à laquelle on mêlait le jeu de quelques machines.

On trouve dans une vieille chronique du

temps de Philippe le Bel quelques détails sur une de ces représentations. Le jour que Philippe le Bel arma son fils chevalier, il y eut un spectacle où paraissait la personne de Notre Seigneur, qui mangeait des pommes avec sa mère, et disait des patenôtres.

« On entendit les bienheureux chanter dans » le paradis, en la compagnie d'environ quatre- » vingt-dix anges; on entendit les damnés gé- » mir dans un enfer noir, au milieu de cent » diables, qui riaient de leurs supplices. On vit » aussi un renard habillé en clerc.... »

Voilà, Messieurs, selon toute apparence, la plus ancienne analyse d'un drame moderne en langue vulgaire.

Ces représentations allèrent se perfectionnant et se diversifiant. La comédie bouffonne naquit au milieu du drame religieux. Mais ce n'est que vers 1402, dans les premières années du xve siècle, que le théâtre prit, en France, une sorte de consistance. Quelques pélerins, dit-on, qui depuis long-temps jouaient des Mystères à Paris et dans la banlieue, étaient menacés d'interdiction par le prévôt de Paris; le roi Charles VI, mélancolique, et fort ennuyé, vint, pour juger l'affaire, voir une de leurs représentations. Il fut amusé, et, par reconnaissance, il autorisa par un édit la confrérie dramatique.

Voilà le monument le plus ancien d'une sorte de constitution régulière donnée au théâtre, *dans la prévôté et vicomté de Paris.*

Faut-il maintenant rire de pitié au souvenir assez confus de ces mystères, joués au xv° siècle, par privilége du roi? Oui, sans doute; les anachronismes monstrueux, les parodies involontaires, les absurdités font de ce théâtre une œuvre barbare et ridicule. On ne peut même en rien lire; ce qui était alors grossier ou naïf, aujourd'hui semblerait une indécence, et une bouffonnerie sacrilége.

Cependant il est fâcheux qu'à cette époque la langue n'ait pas été mieux faite, et qu'il ne se soit pas trouvé, par hasard, quelque homme de génie, parmi les confrères de la Passion. Au fond, la matière était admirable. Concevez un théâtre qui serait, dans la foi des peuples, le supplément du culte même; concevez la religion mise en scène, avec la sublimité de ses dogmes, devant des spectateurs convaincus; puis un poète d'une forte imagination, pouvant user librement de toutes ces grandes choses, non pas réduit à nous dérober quelques pleurs sur de feintes aventures, mais frappant

nos âmes avec l'autorité d'un apôtre et la
magie passionnée d'un artiste, s'adressant à ce
que nous croyons, à ce que nous sentons, et
nous faisant verser de vraies larmes sur des sujets qui nous paraissent non-seulement vrais,
mais divins : certes, rien n'aurait été plus grand
que cette poésie. Au lieu de cette curiosité à
demi indifférente, qui, dans notre siècle, conduit au théâtre des spectateurs distraits par
mille soins, supposez une assemblée attentive,
ardente, pieusement émue par le sujet seul,
indépendamment des inventions du poète;
mettez ces hommes en présence des plus
grands souvenirs qui aient formé leur croyance;
ayez un poète surtout, un poète

> . . . . . . : *Cui mens divinior atque os*
> *Magna sonaturum*

faites-lui réciter, décrire, dialoguer ce drame sublime et tout fait de la Passion ; qu'il vous montre
la persécution et les douleurs du Fils de Dieu,
la trahison du faux disciple, les hésitations de
Pilate, ce juge qui se lave les mains du crime
qu'il laisse commettre ; ces prêtres et ce peuple
égaré qui se saisissent du crime qu'on leur
abandonne, et l'achèvent ; toutes les tristesses

de la Passion, le reniement de saint Pierre, les douleurs de la mère au pied de la croix : pouvait-il exister jamais tragédie plus déchirante? Mais le poète a manqué ; et le sujet de la Passion, traité et remanié sans cesse, n'a produit que de froides et stériles absurdités, où la licence de tout dire n'a jamais inspiré quelque chose qui valût la peine d'être dit. Il y a grand nombre de manuscrits divers sur ce thême de la Passion ; vous pouvez les feuilleter, vous n'y trouverez pas, je crois, une scène, une intention, une beauté durable.

Quant à la forme de ces représentations, elle offre plus d'une remarque curieuse. Le nombre des personnages était fort grand, l'action presque illimité ; elle se partage en *journées*. On représentait successivement toute l'histoire évangélique. Quel est le type le plus ancien de ces drames? On l'indiquerait difficilement. Quintilien nous apprend que, dans les jeux dramatiques de la Grèce, on était admis à présenter au concours des pièces d'anciens auteurs, habilement retouchées, et que plus d'une remporta le prix sous cette forme nouvelle. Il n'y avait pas ces belles solennités pour les poètes de France, au xve siècle; mais il paraît qu'on retouchait fréquemment et qu'on remettait sur la scène, avec

des additions et des variantes, les drames de la
Passion. La langue changeait souvent, précisément parce qu'elle était défectueuse, et qu'il y
a, dans les idiômes, un point de maturité véritable qu'il doivent atteindre, avant de se fixer.

Mais, me dira-t-on, est-il possible que nul
éclair de génie ne brille dans ce chaos? Ces sujets, qui vous paraissent si pathétiques, et sur
lesquels vous rêviez tout-à-l'heure fort vague-
ment une espèce d'utopie théâtrale, n'au-
raient-ils, dans tout le moyen âge, avec une
application si constante des esprits, inspiré que
des productions informes, où le goût ne peut
rien découvrir? J'en suis convaincu. Il y a
peut-être quelque intention touchante dans
cette prière de Marie :

« Mon cher enfant, ma très-douce portée,
Mon bien, mon cœur, mon seul avancement,
Ma tendre fleur que j'ai long-temps portée
Et engendrée de mon sein proprement,
Mon doux enfant, mon vrai Dieu et mon père ! »

Mais tout cela est noyé dans un déluge de mots
insipides. Le dernier vers est beau peut-être, si
l'auteur s'en est douté. Tout est manqué du
reste. Cette scène, si naturellement expressive du

reniement de saint Pierre, supposez-la traitée
par un poète comme Shakspeare ou même Calderon, rien de plus dramatique. Elle est dans
nos *Mystères* si insipidement barbare, qu'il est
impossible de la lire. La douleur de la mère
au pied de la croix, ce dernier adieu qui a
inspiré à Grégoire de Nazianze, dans sa tragédie trop imitée d'Euripide, quelques expressions si touchantes, est stérile pour le versifi-
cateur français.

Parmi toutes ces compilations de *Mystères*,
ces diables, ces anges, ces personnages allégoriques, comme par exemple *Repentance*, qui
vient apporter à Judas une corde et un poignard, ce qui semble le plus supportable, c'est
un *Mystère* d'Abraham. Il y a du moins de la
simplicité. Dans ce fatigant chaos de barbarie,
lorsqu'on rencontre quelque chose qui n'est
que médiocre avec un peu de naturel, on est
tout ranimé; c'est l'impression que produit
cette scène du *Mystère* d'Abraham :

ISAAC.

Mais veuillez-moi les yeux cacher,
Afin que le glaive ne voye,
Quand de moi veudrez approcher;
Peut-estre que je fouyroye.

ABRAHAM.

Mon ami, si je te lyoye ?
Ne seroit-il point deshonneste ?

ISAAC.

Hélas ! c'est ainsi qu'une beste.

ABRAHAM,

Adieu, mon fils.

ISAAC.

. . . . . . Adieu, mon père ;
Bandé suis ; de bref je mourray,
Plus ne vois la lumière claire.

ABRAHAM.

Adieu, mon fils.

ISAAC.

. . . . Adieu, mon père ;
Recommandez-moi à ma mère,
Jamais je ne la reverray.

ABRAHAM.

Adieu, mon fils. . . . . Etc.

Malgré la faiblesse ou l'insipide démence de
toutes ces compositions, elles occupaient si vivement les esprits que, dans la durée du xve

siècle, vous voyez le théâtre attaqué sans cesse par des sermons et par des arrêts, plus d'une fois interdit au nom du parlement, réclamé par le peuple, protégé par la cour. La sottise ne prescrit jamais aux yeux de tout le monde. Quoique la grossièreté des *Mystères* fût en rapport avec le goût du temps, il y avait des esprits éclairés que ces travestissemens de la foi choquaient comme une profanation. Enfin les *Mystères* furent prohibés. On porta sur la scène d'autres sujets; on fit des drames avec toutes les histoires et même les contes. Ainsi la Grisélidis de Boccace fut représentée sur le théâtre. Mais ce même défaut de génie, cette grossièreté que rien ne rachète, cette froideur dans l'absurdité, qui déparent les *Mystères*, s'attachent à tous les autres drames sérieux de la même époque.

Il paraît que, chez nous, le sérieux, comme la poésie, ne parut qu'avec le progrès du goût et de la raison. De soi-même, et par instinct, l'esprit français n'allait qu'à la raillerie et à la satire. L'esprit français n'a toute sa force que lorsque sa justesse naturelle est developpée par l'étude. Dans la liberté d'une verve ignorante, il n'a fait que des bouffonneries; il n'a rien produit d'original dans le sérieux qu'à l'époque du goût perfectionné. Au xiv° et au xv° siècle, nulle composition n'est bonne, si elle doit être sérieuse : mais les ouvrages dont la malice fait le génie, qui vivent de saillies et de gaîté, ils devancèrent chez nous la civilisation et le goût : c'est la production vraiment indigène, et qui a poussé sans culture. Nos tragédies-mystères étaient pitoyables; le pathétique du sujet ne donnait rien au poète. Mais dans la plaisanterie, la parodie, de bonne heure nous avons eu des hommes supérieurs. Il en est même d'anonymes. Qui a fait l'*Avocat Pathelin?* Je ne sais ; c'est tout le monde, je crois, comme tant de malins fabliaux, sans auteur connu, comme tant d'épigrammes, tant de bons mots sans maîtres : c'est, pour ainsi dire, l'œuvre de l'esprit français; c'est la conversation courante du pays.

Ainsi, quittons-nous les *Mystères* dont nous ne pouvons rien tirer, et nous rabattons-nous sur les jeux de la *Basoche;* allons-nous entendre ce que disaient les clercs, qui, dans les vacances du palais, à Pâques, s'étaient mis à jouer la comédie, et inventèrent les *Sotties,* les *Moralités,* sans s'inquiéter de Plaute ou de Térence, nous trouverons parfois un excellent comique. Il n'y a que l'embarras du choix, et la difficulté des citations.

Voici, par exemple, une pièce dont le sujet et la forme devaient sembler fort piquans. L'*Ancien Monde*, qui ouvre la scène, se plaint d'aller fort mal : « C'est grand'pitié que ce pauvre » monde, » dit-il. Survient un personnage allégorique qui n'en est pas moins très-vivant, très-réel, et se rencontre partout : ce personnage s'appelle *Abus*. Il endort *Vieux Monde*, et lui promet de tout arranger. « Il ne faut pas, » lui dit-il, tant vous tourmenter; prenez vos » aises; dormez; je me charge de tout. » Le Vieux Monde se met à sommeiller; et *Abus*, resté maître du terrain, appelle ses acteurs. Il frappe à différens arbres; et l'on en voit sortir *Sot Dissolu*, habillé en homme d'église, *Sot Glorieux*, habillé en gendarme, *Sot Fripon*, avec une robe de procureur.

> « Allons, des cartes à foison;
> Vin clair et toute gourmandise;

dit le représentant du clergé.

> A l'assaut, à l'assaut,

dit le gendarme.

> A cheval, sus en point, en armes,

> Je feray pleurer maintes larmes
> A ces gros villains du village. »

Avec ce cortége, *Abus* commence par tondre et dépouiller le *Vieux Monde* endormi. Puis il en crée un nouveau, qui va plus mal encore que l'ancien, et qui tombe dans l'abîme.

Une chose digne de remarque, c'est la liberté de cette attaque contre les corps privilégiés de l'État, et cette protestation en faveur des vilains contre les hommes d'armes et les gens d'église. Aussi les *Sotties* n'eurent pas moins d'ennemis que les *Mystères* ; on voulut également les interdire. Ce fut une alternative perpétuelle de rigueur et de tolérance ; on fermait, on r'ouvrait le théâtre de la *Basoche*. Le roi lui-même n'avait pas été épargné dans la petite comédie de l'*Ancien Monde*. Un personnage disait :

> Libéralité interdite.
> Est aux nobles par avarice ;
> Le chef même y est propice.

Mais ce roi était Louis XII ; et loin de se fâcher de l'épigramme, il dit : « J'aime mieux les

» faire rire par mon avarice, que si mes dé-
» penses les faisaient pleurer. » Il ajouta même
souvent que la *Basoche* était bonne pour lui
dire bien des choses qu'on cachait à un roi, et
l'avertir de beaucoup d'abus qu'il ne pourrait
connaître autrement. Mais le privilége de la
Basoche ne survécut guère au règne de ce bon
prince. François Ier, ce roi chevalier, roi despote, ce *protecteur des lettres*, qui avait eu
forte tentation de détruire l'imprimerie, ne
tolérait pas les *Sotties*, dont la liberté aurait pu
lui dire bien des choses sur l'imprudence de ses
guerres et le luxe de ses fêtes. Mais il semble,
toute différence à part, que l'on vit alors sur
notre théâtre comique la révolution qu'avait
éprouvée celui d'Athènes. On passa d'une satire
âpre et licencieuse à une raillerie plus fine et
plus détournée. A ces allégories si directes et si
vives qui frappaient les corps privilégiés, succédèrent de petites satires des mœurs domes-
tiques.

Parmi ces pièces, il en est une excellente.
Elle n'a qu'un défaut, d'être trop connue, et,
pour ainsi dire, usée, vulgaire. Elle n'est pas
cependant connue sous sa forme primitive;
mais elle est devenue proverbe et lieu commun. Je n'en peux mais; et elle ne m'en pa-

raît pas moins digne d'être étudiée dans le texte original, altéré par Brueys.

Cet *Avocat Pathelin* est bien vieux, puisqu'il paraissait déjà très-vieux à Pasquier, dont le style est aujourd'hui si gothique pour nous. Voici comment parle ce critique du xvi⁰ siècle :

« Ne vous souvient-il point de la responce que fit Virgile à ceux qui lui impropéroient l'étude qu'il employoit en la lecture d'Ennius, quand il leur dit que, en ce faisant, il avoit appris à tirer l'or d'un fumier. Le semblable m'est advenu naguères aux champs, où étant destitué de la compaignie, je trouvay, sans y penser, la farce de maistre Pierre Pathelin, que je leu et releu avec un tel contentement, que j'oppose maintenant cet eschantillon à toutes les comédies grecques, latines et italienues. L'autheur introduit Pathelin advocat, maistre passé en tromperie, une Guillemette sa femme, qui le seconde en ce mestier, un Guillaume drapier, vray badaud, je dirois volontiers, de Paris ; mais je feroy tort à moy-même ; un Aignelet berger, lequel, discourant son fait et son lourdois, et prenant langue de Pathelin, se faict aussi grand maistre que luy. »

En effet, cette pièce est pleine de vrai comique : il y a du Molière ; il y a du Rabelais. Le sujet est peu de chose : *la farce de maistre Pierre Pathelin*, les ruses d'un avocat pauvre et fripon, pour avoir un habit. Mais le dialo-

gue est parfait de naturel, à quelques grossiè-
retés près.

La scène s'ouvre par les reproches de Guillemette à son mari.

> Je vy que chascun vous vouloit
> Avoir pour gagner sa querelle.
> Maintenant chascun vous appelle
> Partout, l'avocat dessous l'orme.

Pathelin se défend comme il peut, et promet
d'avoir un habit neuf.

> Je m'en veux aller à la foire.

GUILLEMETTE.

A la foire ?

PATHELIN.

> Par sainct Jean, voire,
> A la foire, gentil' marchande ;
> Vous desplait-il si je marchande
> Du drap, ou quelque autre suffrage
> Qui soit bon à notre mesnage ?
> Nous n'avons robe qui rien vaille.

GUILLEMETTE.

> Vous n'avez denier ni maille ;
> Que ferez-vous ?

PATHELIN.

> Vous ne sçavez ;
> Belle dame, si vous n'avez
> Du drap pour nous deux largement,
> Si me desmentez hardiment.
> Quel' couleur vous semble plus belle,
> D'un gris vert? d'un drap de Brucelle?
> Ou d'autre ? Il me le faut savoir.

GUILLEMETTE.

> Tel que vous le pourrez avoir :
> Qui empruncte ne choisit mye.

PATHELIN (en comptant sur ses doigts).

> Pour vous, deux aulnes et demye ;
> Et pour moi, trois, voire bien quatre,
> Ce sont. . . .

GUILLEMETTE.

> Vous comptez sans rabattre ;
> Qui diable vous les prestera ?

PATHELIN.

> Que vous en chault qui ce sera ?
> On me les prestera vraiement,
> A rendre au jour du Jugement. Etc.

La scène change ; Pathelin est dans la boutique du marchand ; il lui fait mille contes,

comme vous savez, lui parle de son père, de
sa tante :

> Que je la vis belle,
> Et grande, et droite, et gracieuse !
> Par la Mère Dieu précieuse,
> Vous lui ressemblez de corsage.

Et il vient très-naturellement au drap.

> Or, vrayment, j'en suis attrapé ;
> Car je n'avois intention
> D'avoir drap, par la passion
> De Nostre Seigneur, quand je vins.
> J'avois mis à part quatre-vingts
> Escus, pour retraire une rente ;
> Mais vous en aurés vingt ou trente,
> Je le voy bien ; car la couleur
> M'en plaist très tant, que c'est douleur.

Le drapier demande vingt-quatre sous de
l'aune. Pathelin s'écrie : « Vingt sous, vingt
» sous. » Le débat s'échauffe. Pathelin cède
enfin, et emporte le drap, sans payer.

Suit la visite du drapier ; la folie de Pathelin ; l'ébahissement du pauvre drapier.

Mais la maîtresse scène, comme dit Montagne, c'est la scène qui nous a enrichis de ce
proverbe si juste et si utile à rappeler parfois

aux orateurs, aux professeurs, à tous ceux qui
parlent : *Revenez à vos moutons*. Elle n'est
pas moins plaisante dans l'original que dans
Brueys. C'est la même confusion, le même en-
chevêtrement de draps et de brebis dans la
tête du pauvre marchand, deux fois volé.

LE JUGE.

Sus, revenons à nos moutons :
Qu'en fut-il ?

LE DRAPIER.

Il en prit six aulnes
De neuf francs.

Ce juge représente un véritable bailli de village du vieux temps. Il se creuse la tête pour
voir comment on peut tirer le drap des moutons, et les moutons du drap. Vient la morale;
c'est qu'un fripon, alors même qu'il a l'avantage d'être homme de loi, peut fort bien être
trompé par le fripon qu'il a défendu.

Pathelin a ordonné à son client de se défendre comme un mouton, de dire *bée* pour toute
réponse. C'est un ordre de circonstance, qui ne
doit pas durer plus long-temps que le procès.
Mais Agnelet se sert du même moyen, pour

payer l'avocat de sa peine. A ces *bée* répétés, Pathelin s'écrie, par un souvenir plaisant de sa propre friponnerie :

> . . . Me fais-tu menger de l'oie ?
> Maugrebleu, ai-je tant vécu,
> Qu'un bergier, un mouton vestu,
> Un villain paillart me rigolle ?

Ainsi, Messieurs, au xve siècle, on avait déjà trouvé la comédie. Quant au drame sérieux, nous avons encore long-temps à l'attendre.

VINGT-UNIÈME LEÇON.

Suite de la poésie française au xve siècle. — Villon; autres poètes de la même époque. — Digression sur la poésie étrangère de notre temps. — Romans de chevalerie. — *La Dame du Lac*. — Jean de Paris. — Ouvrages historiques du xve siècle. — Comines.

MESSIEURS,

Nous sortons par degrés du moyen âge, pour entrer dans la civilisation moderne. Il n'y a pas une époque précise, un jour fixe, où l'on puisse dire : Ici finit le moyen âge. Mais un mouvement, plus rapide sous quelques princes, et jamais interrompu, conduit insensiblement les esprits de cette rudesse, de cette ignorance, ou de ce confus savoir à des idées justes, à des sentimens élevés, à une sociabilité nouvelle. Le xve siècle est le temps le plus marqué de ce passage mémorable. La littérature y devient plus active et plus variée, surtout en France.

Le xve siècle ne nous offre aucun grand génie, mais beaucoup de travail et beaucoup d'esprit. C'est une difficulté dans le cadre que nous nous sommes proposé. Comment analyser une littérature à la fois stérile et féconde, citer tant de noms obscurs? Il faudra nous attacher à quelques caractères généraux de cette époque, en faire une abstraction qui nous dispense de nommer toutes les personnes, et de raconter toutes les anecdotes.

Poésie, romans, histoire, voilà ce que nous tâcherons de résumer. Sans doute, Messieurs, cette étude, qui, dans la longue série de souvenirs que nous avons retracée, a paru plus d'une fois languissante, doit prendre un nouvel intérêt, à mesure que nous approchons du terme, et que nous entrevoyons la lumière des arts. Déjà la langue, si confuse et si variable pendant plusieurs siècles, a pris plus de correction et de force. Déjà elle offre, dans la vivacité pittoresque de ses tours, un type national qu'on ne saurait trop étudier. C'est la remarque

de Fénelon et de La Bruyère, du plus naturellement élégant, et du plus savamment ingénieux
des écrivains français. On s'écarte aujourd'hui
du caractère de notre langue, par recherche et
par ignorance. L'acception primitive des mots,
leur sens natif, et partant leur vérité, leur
grâce s'est altérée, s'est effacée. On innove, non
pas dans le génie de notre langue, mais contre
son génie, toujours clair et précis. S'il est un
préservatif contre cette erreur, c'est l'étude
de l'antiquité française, en remontant jusqu'à
Froissart et à Joinville.

Je reprends, Messieurs, la division que j'indi-
quais, et je vais parcourir beaucoup de choses,
dont un petit nombre mérite d'être étudié.

Nul poète en France, au xv\ siècle, hormis
peut-être Charles d'Orléans ; le drame inférieur à tout ; la poésie légère, souvent heureuse
dans sa négligence, et pleine de saillies ; un progrès de la langue et de l'art des vers.

Nous ne nommons pas tous les poètes qui,
dans le temps, ont été les rivaux de Charles
d'Orléans, ou même lui ont été préférés, parce
qu'ils étaient plus savans. Il y avait ce malheur
que beaucoup d'hommes, qui n'étaient nés avec
aucun talent pour la poésie, trompés par leurs
études, faisaient des vers. Christine de Pisan,

par exemple, était belle, vertueuse, savante, mais nullement poète. Cependant, comme elle savait l'italien et le latin, qu'elle était personne d'étude et d'esprit, elle composa des vers toute sa vie. Ses ouvrages sont illisibles, ennuyeux ; mais ils furent admirés des contemporains.

Il n'en est pas de même d'un homme qui avait fort mal étudié, dont la vie fut misérable, déshonorée, et dont l'imagination fut abaissée souvent à ce qu'il y a de plus vil, enfin qui fut escroc, avant d'être poète, Villon. Enfant de Paris, comme on disait alors, ses idées, ses sentimens, ses images, vous montrent ce qu'était la corruption d'une grande ville. C'est un homme dont le théâtre est la petite halle, le marché, le Pré aux Clercs ; ses tours sont des friponneries ; quelques-uns de ses vers même sont en style d'argot, langue qui a vieilli comme l'autre. Marot, qui, par l'ordre de François Ier, dont le goût délicat s'amusait cependant aux poésies de Villon, fit paraître une édition plus soignée de ce poète, disait de ces pièces : « Touchant le jargon, je le laisse à » corriger et à expliquer aux successeurs de » Villon, en l'art de la pince et du croc. » Quant au reste de ces poésies, peu nombreuses, il y a bien de la rouille encore; mais elles ont parfois un caractère qui plaît, et que l'on n'attendrait pas surtout d'un pareil homme. C'est une sorte de mélancolie, un retour amer et triste sur cette vie si courte, si gâtée par le vice et par la folie.

On se demande où Villon a puisé de tels sentimens. Il est vrai qu'il a vu de près la mort, qu'il faillit deux fois être pendu, et qu'un appel extraordinaire le sauva. Mais ce n'est pas alors qu'il fut mélancolique. Les pièces faites dans la prison du Châtelet sont toutes bouffonnes; il nargue la potence avec des expressions si grossières, que le cynisme en détruit la hardiesse. Mais, quand il est libre, heureux, et que, sous la protection de quelques grands seigneurs libertins, qui aimaient en lui leur poëte, il peut mener une douce vie, c'est alors qu'il tombe dans cette étrange mélancolie, qui lui a inspiré quelques vers pleins de charme et de tristesse :

> « Où sont les gratieux gallans
> Que je suivoye au temps jadis,
> Si bien chantans, si bien parlans,
> Si plaisans en faicts et en dicts ?
> Les aucuns sont morts et roydis,
> D'eulx n'est plus rien maintenant;

Repos ayent en paradis,
Et Dieu sauve le remenant! »

Et ailleurs :

« Dictes-moy, où, ne en quel pays
Est Flora, la belle Romaine,
Archipiada, ne Thais,
Qui fut sa cousine germaine ?

. . . .

Mais où sont les neiges d'antan ¹? »

« La royne blanche comme ung lys,
Qui chantoit à voix de sireine,
Berthe au grand pied, Bietris, Allys
Harembouges qui tint le Mayne,
Et Jehanne la bonne Lorraine,
Que Anglois bruslèrent à Rouen :
Où sont-ils, Vierge souveraine ?
Mais où sont les neiges d'antan? »

C'est le charme d'Horace et d'Anacréon.
Rien de plus mélancolique et de plus aimable
que cette évocation des beautés célèbres, ces
paroles gracieuses, et cette chute uniforme qui
les renvoie toutes au néant, et les fait disparaître, comme la neige de l'an passé.

¹ De l'an dernier.

Ainsi cet escroc, ce gibier de prison, avait
une âme de poète, et, dans une vie honteuse
et un siècle grossier, il a eu quelques inspirations qui égalent ce que, dans une civilisation
éclairée, un génie délicat et pur peut exprimer de plus touchant. Cela justifie fort bien
Boileau de l'avoir mis en tête de nos vieux
poètes.

Je ne dénombrerai pas tous ses successeurs
immédiats; je ne parle pas de Pierre Mi-
chaud, de Martial de Paris, de Coquillart, de
Guillaume Cretin, de Jean Lemaire, de Jean
Bouchet; je laisse même de côté Jean Marot,
père d'un meilleur poète que lui, et Octavien de
Saint-Gelais, bien qu'il ait de la grâce et du
goût, et qu'on trouve de lui des vers d'amour
qui, malgré son évêché, lui firent, dans son
temps, beaucoup d'honneur.

Sans analyser exactement ces poètes du xv^e
siècle, je ne tirerai qu'une conséquence de leur
nombre et de leurs productions variées : il n'y
avait pas d'homme de génie, il n'y avait pas de
vraie poésie; mais, un goût très-vif des plaisirs
de l'esprit. Cela ne fait pas époque dans l'histoire des arts; mais c'est une circonstance remarquable de la civilisation du temps. Les intelligences ont gagné, le sentiment des arts se ré-

pand, le langage a quelque chose de plus correct et de plus fin ; mais rien de grand et d'original, aucune de ces créations qui nous avaient frappé si vivement en Italie, et que semblait favoriser la vivacité première d'une littérature naissante.

Aujourd'hui, Messieurs, dans notre sévérité contre nous-mêmes, nous sommes fort injustes : nous essayons de rabaisser nos grands poëtes, je ne dis pas au profit des poëtes antiques, mais en l'honneur des poëtes d'Angleterre et d'Allemagne. C'est une innovation plus facile que vraie. D'abord les modernes que l'on met si fort au-dessus de Racine, manquent précisément du caractère qui seul pourrait justifier une telle préférence, cette imagination naïve accordée à certaines époques où l'imitation, le système, le calcul, n'ont pas encore gêné les plus heureux talens. La récente et célèbre poésie du Nord est réfléchie, savante, artificielle. Goëthe, qu'un homme éloquent a proclamé le seul poëte du xviiie siècle, est, si vous voulez, le plus habile des poëtes *alexandrins* ; cette épithète explique ma pensée, et abrége ma phrase · Goëthe appartient à une école, et à une école subtilement naturelle, laborieusement téméraire, qui prémédite avec soin, qui déduit avec artifice ce que les impressions paraissent avoir de plus excentrique et de plus capricieux. Même doute sur lord Byron. Ce n'est pas dans la simplicité ardente du génie que Byron a fait ses ouvrages ; c'est avec une connaissance profonde et un dégoût savant de ce qui existait avant lui. Il y a dans sa poésie une sorte de *spleen* de la pensée, comme du cœur ; il cherche avec effort des émotions nouvelles dans l'art, comme la satiété tâche d'inventer de nouveaux plaisirs dans la vie. Si donc le grand âge littéraire de la France mérite le reproche de n'avoir pas une poésie assez simple, assez native, ce n'est pas en vertu de ce reproche qu'on devrait préférer la poésie étrangère à la nôtre.

Cette apologie m'entraîne un peu ; mais j'achève. On n'a pas objecté seulement à nos poètes ce goût d'imitation, ce soin trop visible, cet art trop régulier ; on se plaint que leur imagination s'occupe trop peu des objets réels et familiers de la vie : ils sont poètes de cabinet et poètes de cour ; ils ont affaibli la vérité par l'élégance, et l'émotion par l'étiquette ; ils n'ont pas assez emprunté soit à la solitude, soit à la vie active ; ils n'ont pas su puiser dans le mélange avec ce que la société a de moins élevé,

dans l'étude des sentimens les plus abjects du
cœur humain, des couleurs fortes et puissamment originales ; ils sont soumis à une loi
rigoureuse qui ne leur permet que ce qui
est noble, décent, régulier. Ainsi leur dia-
pason est moins étendu, leur voix a des tim-
bres moins variés. Ce reproche est plus spé-
cieux que l'autre. Il est vrai qu'une certaine
vérité rude et nue a effrayé notre poésie trop
élégante. Ce qu'il y a de plus intime dans l'âme
a été parfois dédaigné par elle, comme dé-
pourvu de dignité. Et encore que d'exceptions
à ce reproche! Corneille, Molière, La Fontaine.
Cependant il est vrai de dire qu'on trouve
quelques teintes de plus dans Shakspeare, Milton, Thompson, Schiller, et que cette poésie
faisant moins de choix dans les objets de la
nature, paraît oser plus dans l'expression.

Le xve siècle, avec sa rudesse et sa liberté,
aurait pu nous donner cet avantage ; mais
comme il n'a pas produit d'homme de génie,
il n'a pas eu d'influence décisive. Il n'a pas af-
franchi le langage, et il a légué une poésie assez
timide à des écrivains admirables.

Mais l'esprit français, un peu contraint et
réservé dans la haute poésie, avait réussi de
bonne heure dans l'art de conter. En ce genre,

le naturel, la facilité, la gaîté lui appartiennent
dès le xiie siècle. Ces dons indigènes se forti-
fièrent par l'habitude et l'exercice. On les retrouve, au xve siècle, dans le style de ces grands
romans, qui faisaient alors le passe-temps de
tout ce qui lisait. On ne peut pas nombrer ces
ouvrages. La plupart n'étaient que des copies
plus modernes d'anciens romans, des *variantes*
de langage sur un sujet connu ; mais l'art de
conter s'y renouvelait toujours. J'aurais eu peine
à traduire les premiers textes, sans les altérer :
quand je les relis dans la rédaction du xve siècle, je les retrouve plus intelligibles, et non
moins naturels.

Dans la foule de ces récits, il en est un peu
connu, je crois, et le plus ingénieux du
monde : c'est une épisode de Merlin l'Enchanteur, vieille invention du xe siècle. L'auteur
conte ici comment l'habile enchanteur perdit
sa puissance ou du moins sa liberté.

Il y avait une fée très-bienfaisante qui protégeait la fille de la comtesse Viviane, dame
du Lac. Cette bonne fée avait doté la petite
Viviane de tous les dons, de tous les charmes,
et particulièrement du pouvoir de rendre fou
l'homme le plus sage. La comtesse mourut ; et
la jeune fille resta maîtresse dans sa seigneurie.

Un jour qu'elle chassait en grand équipage, elle rencontra l'enchanteur Merlin, à pied, dans la forêt. L'enchanteur Merlin conçut une passion très-vive pour la jeune héritière, et se fit sans peine accueillir dans le château du Lac. Mais Viviane craignait de donner sa main à quelqu'un qui serait plus puissant et plus habile qu'elle. L'enchanteur demanda et obtint un an d'épreuve. Dans cet intervalle il multiplia les prodiges de sa féerie, pour embellir le château du Lac, et amuser la suzeraine. C'étaient des feux d'artifice, comme en font les enchanteurs, de merveilleux jardins plantés en un moment, des grottes illuminées, des cascades, des tournois où Merlin remportait toujours le prix, des spectacles, des comédies excellentes où Merlin jouait mieux que personne. Pendant ces agréables essais, le roi Arthus, à qui son conseil de ministres ne suffisait pas, et qui avait toujours besoin de l'enchanteur Merlin, le faisait chercher partout. Arthus, selon l'auteur, était alors attaqué par les *Romains*. Averti de son péril, l'enchanteur Merlin quitte à grand' peine le château du Lac, arrange les affaires du roi Arthus, chasse les Romains, et revient achever son temps d'épreuve. Le fêtes recommencent plus ingénieuses et plus élégantes que

jamais. Tous les génies de l'air et des eaux sont
aux ordres de l'enchanteur pour varier les amu-
semens au château du Lac.

Mais rien de tout cela ne satisfait Viviane ;
son inquiétude s'accroît avec les prodiges de
l'enchanteur. Elle voulait de lui quelque chose
de plus : c'était son art même, sa science. Elle
écoutait avec soin les paroles *mirifiques* qu'il
laissait échapper. Elle lisait furtivement dans
son grimoire, au lieu de regarder ses fêtes. Insensiblement elle apprit ou devina beaucoup
de choses ; tantôt c'était le secret d'évoquer les
génies et de s'en faire obéir, tantôt l'art de traverser les airs, ou de se transformer, tantôt
l'art d'endormir à volonté, enfin tout le bagage
d'un enchanteur. Alors la dame lui dit :

« Beau doulx ami, je veux que vous m'enseigniez comme
je pourrois un homme enclore et enserrer, sans murs,
sans tours, sans fers, mais que jamais ne yssît, sans mon
vouloir. »

Le pauvre enchanteur vit bien ce que cela
voulait dire.

« Hélas ! damoiselle, répondit-il, bien vois que vous

voulez me tollir ma liberté; mais je suis si surprins de votre amour, que à force, le veuille-je ou non, me convient octroyer votre volonté. »

Et puis, il enseigne ce secret dernier à l'intelligente Viviane. Celle-ci ne tarde pas à le mettre en usage. Ses beaux jardins du château n'étaient fermés que par une haie d'aubépine blanche, toujours en fleurs. Viviane enchante la haie, de sorte qu'elle devient une barrière infranchissable. Ce n'est pas tout; au-dessus et au-dessous de la haie un obstacle invisible ferme le passage; les oiseaux sont forcés d'arrêter leur vol; les poissons ne peuvent suivre le cours du ruisseau au-delà du parc enchanté. Merlin l'ignorait encore, ou plutôt ne voulait pas s'en apercevoir; Viviane enfin l'agréait pour époux; et il prodiguait les derniers prestiges de son art pour les fêtes de ses noces.

Mais de nouveaux embarras étaient survenus au roi Arthus. On invoque Merlin à la cour; un brave chevalier, son ami, part pour le chercher. Il arrive à la belle haie d'aubépine; et vous croyez bien qu'il ne peut pas traverser. Il se fatigue, il se désespère, et finit par tomber de sommeil. Une voix lui apprend que Merlin est captif. A son réveil, une vaste avenue se présente

devant lui ; elle conduit à une grotte magnifique, où Viviane permet que Merlin donne encore quelquefois des consultations à ses amis.
Le chevalier, accueilli d'abord par la belle Viviane, dépose tout appareil militaire, et arrive à la grotte. Il y trouve Merlin toujours
très-habile magicien, excepté pour lui-même.
Il en reçoit d'excellens conseils pour tirer le
roi Arthus d'embarras. Merlin l'accompagne
jusqu'à la fatale haie, l'embrasse, et lui dit :

« Adieu vous die, messire Gauvain, mon chier et doux
ami, qui jadis m'avez vu le plus sage des hommes, et de
maintenant me trouvez le plus fol : mais folie qui vient
d'amour est pardonnable; et telle est la mienne : ores
doncques, messire Gauvain, recommandez-moi au roy
Arthus, à Genièvre la belle royne, à tous les compagnons
de la Table-Ronde, à tous les hauts barons, et aux nobles et vertueuses dames, demoiselles et pucelles de la
Grande-Bretagne; car plus ne me verront, ni ne m'oiront
parler. »

Cet épisode bien conté plairait sans doute.
L'idée première en est infiniment spirituelle. Il
y a ce qui plaît et ce qui est rare, un mélange
d'imagination et de vérité morale, ce que Wie-
land a tant cherché et n'a pas trouvé avec son
Oberon, le secret de mettre de la malice et de

la philosophie dans des contes à dormir debout.
Rien au monde ne pique davantage le goût
et n'égaie mieux la réflexion. C'est un sujet
charmant qui méritait Voltaire ou l'Arioste.
Eh bien ! cette invention, je ne sais à qui elle
est : elle n'a pas de nom. Cela prouve beaucoup
d'esprit dans le xv° siècle.

Il est un autre roman d'un genre fort différent, dont je dois dire aussi quelques mots.
Ce n'est pas un récit chevaleresque ; c'est à la
fois un roman de mœurs, et une satire politique contre les Anglais. Sous ce rapport, il indique une préoccupation du temps. Le titre est :
Jehan de Paris. Quel est ce Jean de Paris ?
C'est un prince qui n'est pas dans l'histoire ;
car il ne s'agit point là du roi Jean, battu par
les Anglais : tout au contraire. Ce Jean de Paris,
s'il ne bat pas les Anglais, du moins se moque
d'eux. A la mort du roi son père, il projette
de réclamer la main d'une princesse d'Espagne,
qui lui était promise depuis l'enfance. Mais il
apprend que le vieux roi d'Angleterre a formé
le même dessein, qu'il est attendu par la cour
de Burgos, et qu'il fait faire ses emplettes de
noces en France. Le jeune roi s'arrange pour
que les marchands de Paris vendent aux ache-
teurs anglais ce qu'ils ont de moins beau et de

plus commun. Le roi d'Angleterre, avec son cortége et ses présens, demande permission de passer par la France. Il débarque à Calais, et se met en route pour la frontière. Mais il est bientôt rencontré par un autre voyageur, dont le train est plus brillant, la suite plus nombreuse, et qui pourtant ne se donne que pour un bourgeois de Paris. Partout ce bourgeois devance le roi. Arrive-t-on dans une auberge, Jean de Paris a loué toute l'auberge. Il veut bien en céder quelque chose au roi d'Angleterre, et l'invite même à souper. « Voilà, » lui dit-il, mes cousins du faubourg Saint-Honoré et du faubourg Saint-Denis. » C'étaient les ducs d'Orléans et de Bourbon. On sert en magnifique vaisselle d'argent : « Vaisselle de » voyage, dit Jean de Paris, que j'ai prise par » le conseil de ma bonne mère, et pour ne point » casser d'assiettes. »

On le voit, cette pauvre France, qui avait été tant pillée par les Anglais dans le xve siècle, aimait, dans ses romans, à se faire plus riche qu'eux.

Le roi d'Angleterre est ébloui, régalé, mystifié. Il manque de chevaux ; Jean de Paris lui en donne. Il est arrêté par une rivière ; Jean de Paris le fait passer sur deux bateaux, qu'il a,

dit-il, menés en route avec lui. Arrivé en Espagne, Jean de Paris, par son cortége, les belles
étoffes et le luxe de ses gens, éclipse tout-à-fait
le roi d'Angleterre. Il s'est pourvu de tout; il
donne des tournois, des bals. Le roi d'Angleterre et les seigneurs de sa suite sont les plus
gauches du monde. Jean de Paris, avec ses
garçons de boutique, fait admirablement les
honneurs de la fête. Jean de Paris étonne tout
le monde, plaît surtout à la princesse, se fait
connaître et l'épouse. Le roi d'Angleterre s'en
retourne bien moqué.

Cette analyse est très-froide aujourd'hui;
mais, vous devinez combien ce roman devait
amuser les lecteurs du xvᵉ siècle. C'est l'image
du bon ton de Paris, à cette époque; c'est une
plaisanterie qui, sans être toujours de bon
goût, est vive et nationale.

D'autres ouvrages du même temps réunissent
les aventures chevaleresques, les mœurs de
cour et les mœurs bourgeoises. Le plus piquant
de ces livres, malgré quelques longueurs, est
le *Petit Jehan de Saintré*, ou l'histoire de la
Dame aux belles Cousines. Mais le sujet est si
délicat que je n'en puis rien citer. Voilà mon
seul jugement.

Un autre roman célèbre, de la même époque, c'est l'histoire de *Gérard de Nevers et de la belle Euriant*. On sait qu'il a fourni la plus touchante situation de Tancrède, celle où le chevalier combat pour l'honneur de la femme qu'il croit infidèle. Dans le vieux roman, fort altéré par M. de Tressan, cette scène est rendue avec beaucoup de passion et d'éloquence.

De 1462 jusqu'à la fin du xvᵉ siècle, l'imprimerie, encore toute récente, reproduisit un grand nombre de romans de chevalerie. C'était la lecture favorite du temps. Le génie des romans chevaleresques était partout; il passait dans la chronique, dans l'histoire. Si je consulte Olivier de la Marche, chroniqueur exact et judicieux, j'y trouve des scènes toutes chevaleresques. Si je prends les Mémoires de Boucicaut, j'y vois ce maréchal Boucicaut, personnage historique et sérieux, soumis à toutes les épreuves de l'éducation galante des romans. Les principaux chapitres ressemblent à ceux de Gérard de Nevers, ou du Petit Jehan de Saintré. C'est le même style fleuri, le même mélange d'images guerrières et champêtres.

« Quand l'hyver fut passé, et le renouvel du doux printemps fut revenu, en la saison que toute chose meine joye, et que bois et prez se revestent de fleurs, et la terre ver-

24.

doye, quand oisillons par les boscaiges menent grand
bruit, lorsque rossignols demeinent glay [1], au temps que
amour faict aux gentils cœurs aimans plus sentir sa force,
et les embrase par plaisant souvenir, qui faict naître un
désir, qui plaisamment les tourmente en douce langueur
de savoureuse maladie, adonc au gay mois d'avril, estoit
le bel gracieux, et gentil chevalier messire Boucicaut
à la cour du roy, où festes et danses souvent se faisoient.... etc. »

Voilà comment on écrivait l'histoire.

Ces exemples, qu'il serait facile de multiplier, ne peuvent que relever, par le contraste,
le rare mérite d'un historien du même temps,
aussi judicieux, aussi politique, aussi raisonnable que les autres étaient romanesques. La
supériorité d'un homme, c'est d'être à la fois de
son temps et hors de son temps; c'est d'exprimer ce que pensent ses contemporains, et d'a-
voir une physionomie à soi. Tel fut le caractère
de Comines. C'est le personnage le plus original
de notre littérature, au xvᵉ siècle, parce que,
avec la naïveté de ce temps, il a la raison ferme
d'une autre époque. Vous en êtes à des chroniques toutes semblables, pour la forme et les
détails, aux romans de chevalerie, et vous

[1] *Glay*, chant, ramage.

voyez paraître un esprit sérieux, solide, intelligent de toutes les ruses, jugeant avec un sens merveilleux le caractère, la forme, le but des gouvernemens, plus habile que scrupuleux, mais cependant s'élevant à la probité par le bon sens, parce que, à tout prendre, elle est plus raisonnable que le reste, et qu'elle assure mieux le maintien de la puissance. Cet homme, c'est Comines. Nous arrivons à lui, comme au type le plus expressif des progrès que la raison avait faits au xve siècle, comme à un écrivain original, qui, dans un temps d'imagination vive et légère, peint avec la verve réfléchie de Tacite, les crimes du despotisme, et déjà conçoit habilement les formes diverses des États, les droits des peuples. Ce confident, ce panégyriste d'un despote habile, aimait la liberté, comme chose utile et bien entendue.

Philippe de Comines apprit le métier d'historien par la pratique des affaires ; et ce fut en faisant sa propre fortune qu'il se rendit expert à juger la politique. Vous savez qu'il était né sujet du duc de Bourgogne ; mais Philippe, tout jeune, était déjà fin et rusé. Il s'aperçut qu'il ne fallait pas être le ministre, ni le favori d'un prince *téméraire*, et que le duc de Bour-

gogne, tout riche, tout puissant qu'il était, fi-
nirait mal, parce qu'il manquait de raison et
d'entendement. Un jour que Louis XI, qui,
avec beaucoup d'artifice, avait fait une imprudence, se trouvait dans les mains du duc de
Bourgogne, Comines aida secrètement le prisonnier contre le prince, parce qu'il sentit que
Louis XI réparerait sa faute, et que Charles
perdrait l'avantage qu'il tenait du hasard.
Louis XI délivré se souvint du service, moins
par reconnaissance, que par le désir d'em-
ployer encore un homme si habile. Philippe de
Comines, rebuté par la mauvaise fortune et les
fautes de Charles le Téméraire, le quitta pour
passer à la cour de Louis XI. Il y fut comblé
de bienfaits, reçut plusieurs domaines et seigneuries; car Louis XI était libéral pour séduire,
et payait largement les services. Comines fut
négociateur de Louis XI en Angleterre, à Florence, à Venise, en Savoie. Louis XI avait-il
besoin de gagner quelqu'un dans le conseil du
roi d'Angleterre, Philippe de Comines s'en
chargeait volontiers, et s'en acquittait prudemment. Il savait fort bien marchander un ministre et même un grand chambellan, comme
vous verrez bientôt. Je regrette que le premier
de nos historiens qui ait été philosophe, ne soit

pas un homme d'État plus scrupuleux; mais souvenons-nous des habitudes du moyen âge, temps de corruption bien plus que d'innocence, où les sentimens d'humanité et de délicatesse morale étaient faibles et confus; et n'oublions pas ce qui se passe même dans nos jours de perfectionnement social. Philippe de Comines, en général assez discret sur lui-même, n'est nullement embarrassé de ses peccadilles diplomatiques. J'avoue même que les cruautés de Louis XI l'indignent peu. Il a trop de bon sens pour ne pas trouver que la tyrannie est un faux calcul : mais il n'a pas assez de vertu pour haïr le tyran. Et puis, il se plaît si fort à l'habileté, qu'il excuse volontiers une mauvaise action bien faite. A tout prendre, il préférerait, je crois, Louis XI à saint Louis. Il sait gré à Louis XI d'avoir réussi.

Et cependant, cet homme que le goût de l'habileté corrompt en quelque sorte, qui, à force d'admirer la savante astuce d'un roi, oublie les idées de justice, garde un sentiment de liberté. Certes, si c'était un admirateur du pouvoir habile, ce n'était pas un serviteur docile de tout pouvoir. Après la mort de Louis XI, il entra dans quelques intrigues assez hardies. Membre du conseil de régence, il fit avec les princes une espèce de conjuration, et un commencement de guerre civile contre Anne de Beaujeu. Exilé de la cour avec le vieux duc de Bourbon, il y revint après deux ans, pour tramer de nouvelles intrigues. Et cette fois il fut *rudement* traité. On l'enferma dans une de ces *rigoureuses prisons* qu'il a décrites : « Cages de fer, et autres de bois, couvertes de » plaques de fer par le dehors et par le dedans, » avec terribles ferrures, de quelques huict » pieds de large, et de la hauteur d'un homme, » et un pied plus. » Il resta là huit mois, et il ne paraît en avoir gardé aucun ressentiment. Il dit de ce cachot : « Plusieurs l'ont maudit, et » moy aussi, qui en ay tasté, sous le roy de » présent, l'espace de huict moi. » Il ne s'indigne pas de cette manière de traiter les prisonniers d'État. Il est à peu près comme cet officier allemand qui disait : « Quant aux coups de » bâton, j'en ai beaucoup donné, j'en ai beau- » coup reçu ; et je m'en suis toujours bien » trouvé. » C'est la même manière de raisonner.

Cela posé, Messieurs, reste le livre en lui-même. De même que les chroniques de Froissart, au xive siècle, retraçaient, pour ainsi dire, le sérieux de la chevalerie et étaient le chef-d'œuvre de cet art de conter, employé par les Trouvères, ainsi, le livre de Comines, en marquant le progrès que la raison, le gouvernement, l'art de vivre avaient fait en France au xvᵉ siècle, offre la perfection d'un récit à la fois judicieux et naïf. Au talent de conter se joint la sagacité politique; il y a la même différence entre les écrivains qu'entre les sujets : ce n'est plus un troubadour décrivant des tournois et des batailles; c'est un homme d'État expliquant des négociations et des intrigues. Comines n'est pas éloquent. Il a dans l'esprit trop de rectitude et de fermeté pour s'amuser aux phrases; et il est rarement assez ému pour trouver de vives expressions. Fait-il un portrait de Louis XI, sans doute il analyse fort bien l'esprit et les qualités de ce prince; mais il passe froidement sur ses vices, ne tenant compte que de ce qui est utile ou nuisible à la conduite des affaires.

« Entre tous ceux que j'ay jamais connus, le plus sage, pour soy tirer d'un mauvais pas, en temps d'adversité, c'estoit le roy Louis XI, nostre maistre : le plus humble en paroles et en habits, et qui plus travailloit à gagner un homme qui le pouvoit servir, ou qui luy pouvoit nuire. Et ne s'ennuyoit point d'estre refusé une fois d'un homme qu'il prétendoit gagner : mais y continuoit, en luy promettant largement, et donnant par effet argent et estats qu'il connoissoit qui luy plaisoient. Èt ceux qu'il avoit chassez et deboutez en temps de paix et de prospérité, il les rachetoit bien cher, quand il en avoit besoin, et s'en servoit : et ne les avoit en nulle haîne pour les choses passées. Il estoit naturellement ami des gens de moyen estat, et ennemy de tous grands qui se pouvoient passer de luy. »

Comparer Comines à Tacite, serait une grande méprise. Tacite ! son sang bout, à la pensée non-seulement d'un tyran, mais d'un maître ; sa justice est de l'indignation ; il hait le triomphe inique, il aime la défaite honorable ; il est pour Thraséas contre Vespasien ; il hait Tibère ; Comines aime assez Louis XI. Cependant, Messieurs, si Comines est un politique dur, indifférent, dont la probité même faiblit devant l'intérêt, ce n'est pas un esclave. Savez-vous qu'il a sur certains points des opinions de liberté que l'on pourrait croire fort modernes? Par exemple, il dit quelque part :

« Y a-t-il roy ne seigneur sur terre qui ait pouvoir, outre son domaine, de mettre un denier sur ses subjects, sans octroy et consentement de ceux qui le doivent payer, sinon par tyrannie ou violence? On pourroit respondre qu'il y a des saisons qu'il ne faut pas attendre l'assemblée, et que la chose seroit trop longue à commencer la guerre et à l'entreprendre : je responds à cela qu'il ne se faut point tant haster, et l'on a assez temps : et si vous dis que les

roys et princes en sont trop plus forts, quand ils entre-
prennent quelque affaire du consentement de leurs subjects, et en sont plus craints de leurs ennemis. »

Et ailleurs :

« Mais si nostre roy, ou ceux qui le veulent eslever et
agrandir disoient : « J'ay des subjects si bons et si loyaux
» qu'ils ne refusent chose que je leur demande, et suis plus
» craint, obey et servy de mes subjects que nul autre prince
» qui vive sur la terre, et qui plus patiemment endure
» tous maux et toutes rudesses, et à qui moins il souvient
» de leurs dommages passez ; » il me semble que cela luy
seroit grand los (et en dis la vérité) que non pas dire :
« Je prends ce que je veux, et en ay privilége : il le me
» faut bien garder. » Le roy Charles-Cinq ne le disoit pas :
aussi ne l'ai-je pas ouy dire aux roys, mais je l'ay bien ouy
dire à aucuns de leurs serviteurs, auxquels il sembloit qu'ils
faisoient bien la besogne : mais, selon mon advis, ils mes-
prenoient envers leur seigneur, et ne le disoient que pour
faire les bons valets. »

Il tient beaucoup à cette idée du libre octroi
de l'impôt. Il assure que Mahomet II, à sa
mort, « se fit conscience d'une taxe qu'il avoit
» mise nouvellement sur ses sujets. » Et il ajoute :
« . . . . Or, regardez que doit faire un prince
» chrétien, qui n'a authorité fondée en raison
» de rien imposer, sans le congé et permission
» de son peuple. »

Voilà ce qu'écrivait ce confident, cet historien, ce panégyriste de Louis XI, cet homme
qui a servi Louis XI dans quelques négociations
à demi scélérates. Cela ne donne-t-il pas bien
à réfléchir sur le caractère antique de nos libertés nationales, caractère long-temps effacé par
l'illusion que le xviie siècle fit à la France?
Ces idées qui, dans le xve siècle, étaient familières au bourgeois, à l'échevin, au bailli, au
ministre et au prince, furent ensuite suspen-
dues et comme anéanties dans ce grand in-
terrègne des libertés publiques qu'on appela
le règne de Louis XIV. Mais les anciennes
habitudes du pays avaient établi jadis ce principe aujourd'hui gravé dans nos codes; il
avait été pratiqué des siècles entiers, comme
vérité vulgaire, avant d'être écrit comme loi
fondamentale.

Ainsi, pour le sentiment du bien et du mal,
Comines n'est pas au-dessus de son siècle. Ses
idées sur les droits des peuples sont également
celles de ses contemporains. Mais, pour l'intelligence des événemens et des caractères, pour
ce mélange de bon sens et de finesse, qui dé-
mêle si bien la vérité, il est incomparable : c'est
là son génie. « Il a autorité et gravité, comme
» dit Montaigne, et sent partout son homme

» de bon lieu, élevé aux grandes affaires. »

Pour bien juger ce livre, il faudrait maintenant le citer beaucoup, ou du moins en choisir les traits distinctifs. Voulons-nous prendre une impression vraie de la morale du temps, du zèle des agens de Louis XI, du caractère des hommes avec lesquels il traitait, lisons une anecdote à laquelle j'ai déjà fait allusion. Il s'agit de ce chambellan du roi d'Angleterre que Comines entreprit de gagner pour le roi de France, après l'avoir autrefois payé pour le duc de Bourgogne. Comines commence la séduction par lettres, dit-il; ensuite il charge un agent subalterne, Pierre Claret, d'aller à la cour de Londres, et d'achever l'affaire, de la main à la main.

« Ledit Pierre Claret étoit très-sage homme, et eut communication bien privée avec ledit chambellan, en sa chambre, à Londres, seul à seul. Et après luy avoir dit les paroles qui estoient nécessaires à dire de par le roy, il lui présenta les deux mille escus en or sol : car en autre espèce ne donnoit jamais argent à grands seigneurs estrangers. Quand ledit chambellan eut reçu cet argent, ledit Pierre Claret luy supplia que, pour son acquit, il lui en signast une quittance; ledit chambellan en fit difficulté. Lors luy requist de rechef ledit Claret qu'il luy baillast seulement une lettre de trois lignes, adressante au roy, contenant comme il les avoit reçus, pour son acquit envers le roy son maistre, afin qu'il ne pensast qu'il les eust

emblez, et que ledit seigneur estoit un peu soupçonneux.
Ledit chambellan voyant que ledit Claret ne luy deman-
doit que raison, respondit : « Monseigneur le maistre, ce
» que vous dites est bien raisonnable : mais ce don vient
» du bon plaisir du roy, votre maistre, et non pas à ma re-
» queste; s'il vous plaist que je le prenne, vous me le met-
» trez ici dedans ma manche ; et n'en aurez autre lettre ne
» tesmoins : car je ne veux point que pour moi on die : « Le
» grand chambellan d'Angleterre a esté pensionnaire du roy
» de France, ne que mes quittances soient trouvées en sa
» chambre des comptes. » Ledit Claret se tint a tant, et luy
laissa son argent, et vint faire son rapport au roy qui fut
bien courroucé qu'il n'avoit apporté ladite quittance.
Mais en loua et *estima* ledit chambellan, plus que tous les
autres serviteurs du roy d'Angleterre : et depuis fut toujours payé ledit chambellan, sans bailler quittance. »

Estimer est bien ; estimer un homme pour
cela ! Il y a, dans ce mot, le gouvernement de
Louis XI, et la conscience de Philippe de Comines. Vous le voyez, Messieurs, ce bon chambellan n'a pas fléchi sur le principe ; jamais il
n'a baillé quittance. Ce n'est pas la vénalité,
c'est la quittance qui choquerait Comines ; pré-
caution de fripon vaut pour lui probité.

Je dis, Messieurs, qu'un pareil récit est trois
et quatre fois historique, et m'apprend mieux
que toutes les réflexions quelle était la naïve
corruption du temps.

L'histoire de Comines offre cependant d'autres mérites plus sérieux. Les chapitres où il explique les causes de la résistance victorieuse des Suisses et l'affaiblissement de la maison de Bourgogne, ceux où il retrace les révolutions fréquentes d'Angleterre, veulent être médités avec soin.

Vous avez dans la mémoire ces pages de Tacite, sur Tibère mourant, Tibère hypocrite et tyran jusqu'à sa dernière heure; Tibère se fardant, se mettant du rouge, prolongeant, malgré sa faiblesse, un repas auquel il ne peut prendre part, et tout cela pour tromper la croyance des hommes et régner, quand il va mourir. Les passages de Tacite sont admirables. On y sent cette haine éloquente, cette vengeance de l'homme de bien. Comines n'est pas ému à ce point, en racontant les derniers jours de Louis XI. Ses tableaux sont moins animés; mais la leçon n'est pas moins forte. La tyrannie lui paraît surtout odieuse, parce qu'elle est déraisonnable.

Il était près de Louis XI, dans les derniers temps de ce prince; il venait l'entretenir d'affaires publiques et recevoir ses ordres. Il avait même le triste honneur de coucher dans sa chambre. Quelle idée cela lui donne-t-il?

« Est-il doncques possible de tenir un roy, pour le garder plus honnestement, et en estroite prison, que luy-
même se tenoit? Les cages où il avoit tenu les autres
avoient quelques huict pieds en carré, et luy qui estoit si
grand roy, avoit une petite cour de chasteau à se pourme-
ner; encore n'y venoit-il guère : mais se tenoit en la galerie, sans partir de là, sinon par les chambres : et allait à
la messe, sans passer par ladite cour. Voudroit-on dire
que ce roy ne souffrit pas aussi bien que les autres, qui
ainsi s'enfermoit et se faisoit garder, qui estoit en peur de
ses enfans, et de tous ses prochains parens, et qui chan-
geoit et muoit de jour en jour ses serviteurs qu'il avoit
nourris, et qui ne tenoient biens ne honneur que de luy,
tellement qu'en nul d'eux ne s'osoit fier, et s'enchaisnoit
ainsi de si estranges chaînes et clostures ? »

Il fallait qu'il y eût dans ce spectacle de
Louis XI mourant quelque chose de bien tragique, et de bien misérable; car cette âme
politique de Comines finit par être remuée.
Et après nous avoir décrit les angoisses de
Louis XI, ce moine qu'il fait venir, et auquel il
demande la vie pour des reliques, ce médecin
dont il subit les insolences, dont il paie les
menaces, après nous avoir tranquillement, froidement traînés à travers les supplices anticipés,
tout l'enfer en cette vie que se faisaient Louis XI,
et d'autres princes, il arrive à cette conclusion :

« Mais, à parler naturellement, comme homme qui n'a

aucune littérature, mais quelque peu d'expérience et sens naturel, n'eut-il pas mieux valu à eux et à tous autres princes et hommes de moyen estat, qui ont véscu sous ces grands, et vivront sous ceux qui règnent, eslire le moyen chemin en ces choses ? C'est à sçavoir moins se soucier, et moins se travailler, et entreprendre moins de choses, et plus craindre à offenser Dieu, et à persécuter le peuple, et leurs voisins, par tant de voies cruelles, que j'ai assez déclarées par ci-devant, et prendre des aises et plaisirs honnestes ? Leurs vies en seroient plus longues. Les maladies en viendroient plus tard : et leur mort en seroit plus regrettée, et de plus de gens, et moins désirée : et auroient moins à douter à la mort. »

Ce dernier trait semble de Bossuet.

Comines a d'abord été le peintre le plus expressif et le plus intelligent de la politique et de l'habileté de Louis XI. Puis, s'élevant, par son bon jugement, à la haine du vice et de la tyrannie, il arrive à ces paroles dignes d'un prédicateur éloquent. On ne peut donc pas dire que l'histoire de Louis XI manque de moralité : seulement la moralité y vient un peu tard.

VINGT-DEUXIÈME LEÇON.

Dernière époque du moyen âge. — Développement de l'é-
rudition en Italie. — Papes lettrés et protecteurs des
lettres. — Action de l'Italie renaissante sur la Grèce dé-
générée. — Influence réelle des Grecs de Constantinople.
— Côme de Médicis, et Florence. — Rareté du génie ;
progrès du savoir. — Politien. — Savonarole.

MESSIEURS,

Nous touchons presque au terme du moyen
âge. Nous voyons déjà le caractère de cette
époque s'affaiblir et changer, à mesure que la
savante littérature de l'antiquité reparaît, et
que les découvertes modernes se multiplient.
Mais ce qui marque la fin du moyen âge, le
grand événement, l'hégire de la raison humaine,
c'est la découverte de l'imprimerie. Là com-

mence, avec son éclat et sa force, la civilisation moderne.

Le pays où cette influence agit le plus, n'est pas celui qui avait eu l'honneur ou le hasard de trouver l'imprimerie. En cela, l'Italie fut devancée par l'Allemagne. Cependant, l'Italie nous montre, dès le xv⁵ siècle, un développement anticipé de toutes les facultés et de tous les vices de la civilisation moderne. Et, sans réduire tous les résultats de la pensée, non plus que les événemens de l'ordre politique, à certaines fatalités rationnelles, on ne peut méconnaître cette avance que l'Italie garde long-temps sur les autres nations, parce qu'elle l'avait une première fois obtenue.

Ainsi, lorsque nous sommes encore barbares et ignorans, l'Italie a son premier âge d'inspiration et de poésie ; au temps, où notre vieille langue commence à s'animer d'un instinct poétique, l'Italie a déjà son siècle d'érudition, son xv⁵ siècle ; à l'époque où, à notre tour, nous étudions laborieusement, l'Italie a son siècle de goût et de génie perfectionné, son immortel xvi⁵ siècle. Les rapports de cette comparaison se retrouvent toujours ; et notre xvii⁵ siècle arrive, comme le xvi⁵ siècle de l'Italie, pour réunir également le goût et l'imagination, la science des formes, et l'originalité.

L'explication est facile. Cette multitude de petits États que la rivalité et que la liberté civilisent plus vite, ces princes nouveaux, qui cherchent dans la protection des lettres un moyen de séduction et de pouvoir, ce reste de culture romaine jamais détruit en Italie, enfin et surtout l'influence pontificale, voilà ce qui devait hâter les progrès de l'Italie.

La papauté, dans son admirable instinct de domination, s'était successivement appropriée à l'état des peuples; elle avait été toujours plus savante, plus habile qu'eux. Mais d'abord sa science était uniquement théologique, lorsque la théologie suffisait pour dominer, anéantir les intelligences. Plus tard, lorsque du sein de la théologie, qui se divisa comme un empire trop vaste, sortirent une foule de sciences la métaphysique, la morale, la politique, la littérature, pour garder sa primauté l'Église lui donna plusieurs formes, l'appliqua, pour ainsi dire, à tous les travaux de l'esprit humain. Ces papes, qui long-temps avaient prohibé la littérature profane, ces papes, qui avaient interdit le goût et le génie presque comme une hérésie, devinrent les promoteurs les plus zélés

26.

de la restauration des lettres antiques. Quelques-uns même furent tout-à-fait des érudits,
des écrivains.

Et c'est ici, Messieurs, que le principe d'é-
lection, qui contre-pesait seul tant de causes
d'asservissement attachées à la nature du
pouvoir ecclésiastique, se montre dans toute
sa force salutaire. Quels hommes étaient nom-
més papes? Souvent un pauvre clerc, un obscur
étudiant, élevé par hasard dans l'école de quelque église cathédrale ou collégiale. Élu pape,
cet homme aimait les lettres auxquelles il devait tout; il les protégeait avec ardeur, et préparait l'émancipation laïque par ce même éclat
de savoir et d'éloquence qui relevait en lui la
majesté pontificale. Le pape Nicolas V, dans sa
jeunesse, sous le nom obscur de Thomas de
Sarzane, avait été copiste de manuscrits grecs
et latins ; Pie II avait été le docte Æneas Sylvius.

Cependant cette même époque, où la papauté
se montra souvent protectrice si éclairée des
lettres, vit les plus grands scandales de l'Église
s'asseoir sur la chaire de saint Pierre. Je ne
parle pas de ce long schisme d'Occident qui fit
que, pendant tant d'années, il n'y avait pas de
pape qui n'eût son anti-pape, et que, grâce à
l'intervention du concile, on eût seulement

trois papes, au lieu de deux. Je ne rappelle pas qu'un de ces papes avait été corsaire dans sa jeunesse, et porta dans le sacré collége toutes les habitudes de son premier état. J'écarte le nom d'Alexandre VI, ce nom qui en dit trop pour en dire assez. Que dans un siècle, où de grands raffinemens de corruption s'alliaient à des mœurs encore à demi barbares, qu'à la faveur d'un choix illimité, au milieu des ambitions si actives de l'Italie, quelques hommes impurs aient saisi la tiare, rien de plus naturel, à moins d'un miracle permanent que l'Église même ne promettait pas.

Ainsi, Messieurs, dans un point de vue vraiment philosophique, il ne faut pas tirer une conséquence trop forte de l'apparition de quelques hommes criminels, mais semblables à leur siècle, sur la chaire de saint Pierre. On doit, au contraire, avouer que, malgré ces honteux accidens, malgré ces odieux interrègnes d'un pouvoir dit infaillible, l'action générale des papes, au xve siècle, fut puissante et salutaire, qu'elle servit à polir les mœurs, à éclairer les esprits, qu'elle prépara tout ce qui devait se faire de libre et de grand, même contre leur pouvoir.

Les autres puissances de l'Italie ne secon-

daient pas ce mouvement des esprits avec moins
d'ardeur. Ces *Sforce*, élevés par la violence sur
le trône de Milan, ces héritiers de soldats fa-
rouches ne songeaient qu'à honorer les lettres,
à encourager les savans. Un petit duc de Man-
toue avait établi dans ses États une immense
école nommée *Maison joyeuse*, parce qu'elle offrait un système d'éducation où la gymnastique la
plus salutaire, l'hygiène la plus agréable, étaient
mêlées habilement à l'assiduité de l'étude. Sans
avoir d'aussi ingénieux établissemens, toutes
les autres villes d'Italie, principautés, aristocraties, démocraties, avaient multiplié les chai-
res savantes. Le spectacle que présente aujour-
d'hui l'Allemagne était alors en Italie. Les *professeurs* de ce temps n'étaient pas inactifs et
faibles, comme nous :

« *Declamare doces, ô ferrea pectora vecti.* »

Philelphe, par exemple, donnait cinq leçons
publiques par jour. Il allait parfois, dans la
même journée, professer à Bologne et à Padoue,
et, avec une infatigable activité, distribuait
la science à des auditeurs qui se renouve-
laient sans cesse. Il y avait dans cette érudition quelque chose de la ferveur de l'apostolat;

et les disciples ressemblaient à des *Croyans*. A la vérité, toutes ces leçons n'étaient pas savantes et profondes ; souvent ce n'était qu'une lecture, une interprétation de quelque auteur grec ou latin récemment retrouvé. Mais cette lecture était faite, était accueillie avec enthousiasme : ce *mot à mot* était une découverte. Étudians et copistes à la fois, les auditeurs transcrivaient avec ardeur ces pages précieuses que le maître leur révélait.

Mais les hommes qui furent les héros de cette époque n'ont laissé que leurs noms ; on ne lit plus leurs ouvrages ; ce ne sont que des commentaires, bien surpassés depuis. Ces hommes étaient remarquables cependant ; ils avaient à la fois enthousiasme et sagacité. Cet esprit de hardiesse et d'aventure qui appartient au moyen âge, avait passé même dans de studieux compilateurs. L'érudition n'était pas alors une science timide et sédentaire, enterrée dans l'inaction d'un cabinet; elle s'exerçait par des voyages et des périls. Voulait-on devenir helléniste, on s'embarquait, on partait pour Constantinople et pour l'Asie; on allait déterrer dans quelque ville, déjà conquise par les Turcs, un savant grec qui s'y cachait; on obtenait de lui la science ; on recueillait, parmi les barbares, quelques manuscrits ; on les rapportait en Europe avec une joie inexprimable, qui éclate dans les lettres naïves de tous ces savans. Quelquefois on périssait dans ces doctes pèlerinages. Un de ces savans qui rapportait de Constantinople beaucoup de manuscrits, fit naufrage, et fut frappé de la foudre « comme Ajax Oïlée, » ne manquent pas de dire les autres savans. Ces érudits aventureux offraient une autre ressemblance avec les héros d'Homère ; c'étaient la même rudesse de paroles, la même violence injurieuse. Ces hommes remplissaient toute l'Italie du bruit de leurs querelles pour un passage, pour un mot. Un d'eux, dans sa moderne latinité, avait écrit *Turcos* ; un autre prétendait qu'il fallait dire *Turcas* ; et ce schisme de grammaire excitait, de part et d'autre, des torrens d'invectives. L'histoire de ces hommes prouverait que les lettres n'adoucissent pas toujours les mœurs. Ils s'accusent mutuellement et confusément d'adultère et de plagiat, de vol et d'hérésie. Les fautes de ces hommes, les misères de leur vanité sont maintenant oubliées, comme leurs services. Vous ne connaissez guère Ambroise le Camaldule, Jean Aurispa, Philelphe, Laurent Valla, si dignes d'estime cependant.

Nous ne pouvons, dans cette revue rapide,
que citer quelques hommes éminens, et résumer l'influence collective des autres. Parmi
ces hommes, il faut placer au premier rang les
Grecs réfugiés de Byzance. On a souvent exagéré leur influence; mais il ne faut pas la méconnaître. En face de cette société nouvelle qui
s'était lentement dégrossie, et qui, des mœurs
barbares de Clovis et de ses compagnons, était
arrivée à la piété compatissante de saint Louis,
à l'ingénieuse sagacité de Joinville, et plus tard
à la finesse et au ferme jugement de Comines,
il s'était conservé une vieille civilisation gréco-
romaine, débris fossile de l'ancien monde : c'é-
tait Constantinople. Seule, de toutes les villes
de l'Empire, Constantinople n'avait pas été
prise par les barbares, jusqu'au moment du
moins où nos Français y passèrent. Elle avait
gardé le dernier résidu de la monarchie des
Césars, et tout l'étalage de domesticité impériale. Là, les races n'avaient pas été renouvelées; elles étaient restées ce qu'avait fait Constantin, un mélange de Romains transportés et
de Grecs abâtardis. Seulement la nuance romaine s'était affaiblie; et le nom seul avait sub-
sisté sous une forme grecque. Faiblement re-
cruté par l'Occident, et resserré, emprisonné

par les Turcs, l'État byzantin s'était maintenu
dans une sorte d'immobilité, avec ses vieilles
lois, ses mœurs corrompues, ses querelles théologiques et ses pratiques monacales. Il avait peu
changé, du ve au xiie siècle; il languissait, toujours le même, dans des révolutions sans cesse
renaissantes. Sa frêle et convulsive existence
végétait dans les crises. C'étaient toujours des
conspirations de palais, des intrigues de patriar-
ches ou d'eunuques, une cour lettrée, supersti-
tieuse et vile, un peuple ingénieux et dégradé,
un reste de goût des arts sans génie, des inventions de tactique sans vertu guerrière, une
science politique sans force et sans succès.

Le pouvoir absolu d'une part, et de l'autre
un pouvoir ecclésiastique à la fois tyrannique
et dépendant, avaient abaissé les âmes. En effet,
et ceci ne sera pas une apothéose indirecte de
l'Église romaine, mais une vérité historique, à
Constantinople, le patriarche, accablé par la
présence de l'empereur, et sans cesse occupé à
des manœuvres subalternes pour servir ou con-
trarier le palais voisin de son église, ne pouvait
s'élever aux grandes vues du chef libre des prêtres italiens. Le génie même de Photius divisa
la chrétienté, sans affranchir le patriarcat de
Byzance. Tandis que le clergé romain, n'ayant

à résister qu'aux Césars lointains d'Allemagne,
croissait en puissance et embrassait la supré-
matie du monde catholique, les archevêques de
Constantinople, assez forts pour troubler l'État
et non pour le gouverner, continuèrent à vé-
géter entre les conspirations et la servitude. Cependant ces empereurs de Byzance, enfermés
dans un territoire que morcelait chaque jour
la conquête, harcelés de querelles ecclésiastiques, sans cesse attentifs à doter un couvent,
à gagner des moines, à déposer un patriarche,
n'avaient, à l'exception de Cantacuzène, de
Comnène et de quelques autres, ni la grandeur
d'âme antique, ni l'énergie des chefs nouveaux
de l'Occident.

Ainsi, ce gouvernement de Constantinople se
traînait au milieu d'un vain luxe et d'une politique laborieuse et stérile. Au XIᵉ et au XIIᵉ siècle, il était beaucoup plus éclairé par ses réminiscences que le reste de l'Europe; mais il avait
une certaine vileté de cœur et une timidité
d'esprit qui le rabaissaient au-dessous de ces
barbares, Normands, Bourguignons, Catalans,
Anglais, dont il empruntait les secours, et su-
bissait souvent les violences. A vrai dire, ce
n'est pas Constantinople qui a éclairé et civilisé
l'Europe; mais plutôt, c'est le travail spontané

de l'Europe, c'est son premier progrès hors de
la vie barbare, qui, vers la fin du xive siècle,
commençait à réagir sur Constantinople, et ré-
veillait cette civilisation pétrifiée. Dans l'empire vieilli et épuisé de Byzance, cette tentative
de renaissance fut courte, et bientôt ânéan-
tie sous les ruines, tandis que la civilisation
vraiment nouvelle des Occidentaux continua
son progrès, et s'enrichit des débris mêmes de
la Grèce.

Dès le commencement du xve siècle, plusieurs lettrés byzantins, dégoûtés des humi-
liations de leur pays, émigraient en Italie.
Leur influence fut utile : ils enseignaient la
langue de leurs aïeux ; ils faisaient connaître
leurs grands écrivains. Mais ce qu'ils trouvaient
en Italie, cette sève d'un peuple nouveau, ce
sang rajeuni et mélangé des fortes races du
Nord, cette imagination populaire répandue
dans un idiôme naissant, cet esprit d'entreprises
et d'activité commerçante, qui rendait les Génois maîtres des faubourgs de Constantinople,
tout cela ne servait pas moins aux Grecs que
leur littérature aux Occidentaux ; et si l'Empire
n'eût pas été tout-à-fait délabré, vermoulu, si
les Turcs, qui s'en emparaient pied à pied depuis un siècle, n'eussent pas été là, on eût vu

s'accomplir la régénération de la vieille Grèce, par l'Italie moderne, bien plus que celle de l'Italie par la Grèce.

Le concile de Florence favorisait ce mouvement, et pouvait rapprocher les deux peuples. Il s'agissait d'obtenir la plus utile des croisades, un secours des princes chrétiens qui sauvât l'Empire grec, et repoussât les Turcs en Asie. Un congrès théologique avait dû précéder. Ce fut un grand spectacle que cet empereur et ces évêques d'Orient, ces successeurs de Constantin et des Chrysostôme, avec leurs traditions pompeuses et monacales, leurs costumes à demi asiatiques, arrivant au milieu des villes républicaines de l'Italie. A Florence, déjà la démocratie cédait à cette popularité élégante et littéraire dont s'entouraient les Médicis. Quels étaient donc ces hommes ? des marchands. Encore un caractère de la société moderne, qui ne se retrouvait pas à Constantinople.

Jean de Médicis, fils d'un père enrichi par le commerce, et négociant lui-même, avait occupé les principales charges de l'État, en servant toujours la cause populaire. Son fils, Côme de Médicis, lui succède, avec plus d'éclat, dans la faveur publique, fondement de ce pouvoir nouveau. Il avait acheté, pour ainsi dire, ses concitoyens en leur faisant part de son immense fortune. Il bâtit pour eux des portiques, des églises, des bibliothèques. L'esprit de faction ou de liberté se soulève contre sa bienfaisante dictature; il est chassé de Florence. Rétabli bientôt par la force, son pouvoir, que les gens de lettres ont tant célébré, fut d'abord rigoureux et cruel. Le bannissement, la prison perpétuelle, la torture, la mort, frappèrent les plus hardis soutiens de l'autre parti. Mais ensuite Médicis reprit son autorité toute de munificence et de sagesse. Il emploie les nombreux vaisseaux de son commerce à recueillir des Grecs fugitifs, et à se procurer des statues et des manuscrits.

Dès la fin du XIVe siècle, Florence, patrie du Dante et de Pétrarque, avait été la ville des arts comme celle de la poésie. La peinture, la statuaire, l'orfévrerie l'avaient décorée de leurs ouvrages. Après un concours solennel, où des rivaux généreux s'étaient empressés eux-mêmes de proclamer le vainqueur, le génie de Ghiberti avait ciselé ces admirables portes du baptistaire de Saint-Jean, que plus tard Michel-Ange, dans sa ferveur de chrétien et d'artiste, appelait les *portes du paradis*.

La munificence, ou, si l'on veut, l'adroite am-

bition de Médicis avait encore hâté ce mouvement des arts; son palais, ses jardins étaient
remplis de leurs chefs-d'œuvre. Florence réunissait, en leur faveur, tout à la fois les avanta-
ges d'une cour, où le souverain récompense
avec choix, et ceux d'une démocratie, où le suf-
frage du peuple donne la gloire.

C'est au milieu de cette ville qui naissait
ainsi d'elle-même, c'est dans cette civilisation
de nouvelle race, que parurent les Grecs, et que
vint leur empereur, avec un cortége de courtisans et d'évêques. Voyez ce concile de Florence
en 1439, si peu d'années avant la chute de l'Empire et la désolation de Constantinople. Re-
présentez-vous l'impérieuse obstination des
docteurs italiens, et parmi les Grecs, les uns
théologiens inflexibles, ne voulant rien céder,
les autres politiques et prêts à transiger sur le
symbole, pour obtenir le secours de l'Europe;
et derrière eux tous, quelques lettrés, redeve-
nus d'anciens Grecs, indifférens à l'Église et à
l'Empire, et disant tout bas, pendant que l'on
dispute : « Ils ont beau faire, tout cela ne peut
» aller loin; il faudra bientôt en revenir aux
» anciens dieux de la Grèce. » Pour de tels
hommes, nous l'avons dit, la littétrature était
une religion. On conçoit avec quel zèle ils

répandirent l'étude de cette belle langue grecque, qui n'avait pas cessé pour eux d'être une
langue vivante.

Quelques années plus tard, un jeune Italien,
de haute naissance, dit-on, était saisi de la
même idolâtrie que ces savans Grecs de Byzance;
il quitte sa famille, il ne se fait pas moine, selon
l'usage, il se fait Romain, Romain des premiers
temps de la république; il prend le nom de
Pomponius Lætus, et dans sa vie, pauvre,
fière, libre, dévouée tout entière à la recherche
des monumens et de l'histoire de Rome, il célèbre avec ses amis quelques rites singuliers,
quelques commémorations savantes qui le firent accuser de conspiration et d'impiété. C'était
l'enthousiasme de l'érudition dans de jeunes
esprits; c'était une passion de l'antiquité, fervente et puérile, assez semblable à cette idolâtrie pour le moyen âge, qui s'est emparée de
quelques étudians d'Allemagne, et a passé jusque dans leur costume.

Les parens de Pomponius, au premier rang
de la noblesse de Naples, le priaient instamment de venir habiter au milieu d'eux; il leur
répondit par cette courte épître en latin : «Pom-
» ponius Lætus à ses parens et alliés, salut. Ce
» que vous demandez est impossible. Adieu. »

Pomponius avait aussi l'usage de débaptiser ses élèves, et de leur donner des noms romains. Enfin, on dit qu'il célébrait annuellement la fête de Romulus, dans cette réunion nommée l'*Académie romaine*.

Ces fantaisies de jeunes érudits étaient assez innocentes. Je suis fâché que le pape Paul II ait pris les choses si fort au sérieux, et poursuivi les membres de l'*académie* comme des conspirateurs qui voulaient renverser le christianisme, la papauté, et rétablir immédiatement la république romaine. Dans le nombre était Platina, écrivain énergique et correct en langue latine. Il fut mis à la torture, et s'en est souvenu plus tard, en écrivant l'histoire des papes.

Ces deux faits rapprochés, cette réminiscence idolâtrique de la vieille Grèce, au concile de Florence, ce paganisme littéraire de l'*académie romaine*, indiquent assez de quelle ardeur on fut saisi pour l'étude de l'antiquité. Quand ce goût allait jusqu'à la folie dans quelques esprits ardens, il était la passion de la foule. De toutes parts, on traduisait les auteurs grecs, on transcrivait les auteurs latins, on imitait, on copiait leur style.

Sous ce rapport, l'érudition devient, au xv²

siècle, un retard et une entrave pour l'esprit
humain. Cette Italie qui avait eu le Dante et
Pétrarque, cette Italie si élégante, si poétique
par la voix de ces deux grands hommes et du
conteur Boccace, elle ne parlait plus italien.
L'érudition dédaignait cette langue trouvée
d'hier, et déjà si belle. On n'écrivait plus
qu'en latin des poèmes, des histoires, des traités, des dialogues, des foules d'ouvrages, plagiats ou parodies du passé. C'est en latin qu'on
correspondait avec ses amis; c'est en latin
qu'on faisait des épigrammes ou des diatribes.
Tant cette langue était populaire! L'influence de
la littérature sur la langue nationale fut donc
indirecte, et comme insensible. C'est en passant par une langue morte ressuscitée, c'est en la
parlant avec plus de justesse et d'art, que le goût
perfectionné réagit alors sur l'idiôme vulgaire.
C'est ainsi qu'après une sorte de repos, prolongé
pendant un siècle, l'italien, sous la plume de
Machiavel, de l'Arioste, du Tasse, va se trouver
plus flexible, plus élégant, plus pur, sans avoir
rien perdu de sa vigueur et de sa grâce native.

Il y eut cependant quelques exceptions à ce
travail oiseux et paisible des savans d'Italie,
absorbés dans la contemplation de l'antiquité
renaissante. Je citerai Politien et Savonarole,

l'un esprit élégant, et tout moderne, au milieu de son exquise érudition, le poète des Médicis; l'autre tribun religieux et politique, puissant par la parole. C'est dans Politien que nous retrouvons cette ingénieuse urbanité de Florence, telle qu'on la vit briller dans le palais de Médicis, et dans ses jardins de Fésoles et de Careggi. Politien est l'orateur de l'érudition, le poète de la critique. Ce zèle d'antiquité, si fantasque et si rude chez quelques savans, se montre en lui paré de grâces, de délicatesse et d'enthousiasme. Sans lui, nous aurions peine à concevoir ces leçons qui charmaient l'imagination des Italiens et semblaient, à leurs yeux, une soudaine révélation de l'art antique.

Figurez-vous, Messieurs, la belle galerie de Médicis, ornée de ces chefs-d'œuvre de sculpture enlevés aux barbares, un auditoire de nations diverses, des Grecs réfugiés, des citoyens de toutes les villes d'Italie, et parmi eux ce Pic de la Mirandole, d'un si fabuleux savoir, des étrangers d'au-delà les Alpes, des barbares, comme on disait en Italie, des Anglais même. Politien, l'ami du modeste dictateur de Florence, dont il élève les enfans, prend la parole. Poète habile en langue vulgaire, Politien donnait ses leçons en langue la-

27.

tine. Il commence l'explication d'Homère ou la
lecture de Virgile; il y prélude par de beaux
vers en l'honneur de cés grands poètes; puis il récite, il analyse, il compare leurs beautés. Usages
antiques, principes du goût, inspirations du génie, artifices du langage, tout s'éclaircit et se
développe, à la voix du brillant interprète. Profond dans la science du droit romain, il mêle
les recherches les plus curieuses à l'attrait de la
poésie. Il fallait l'entendre s'écrier alors, dans
des vers tout vivans de vérité :

O vatum preciosa quies, ô gaudia solis
Nota piis, dulcis furor, incorrupta voluptas,
Ambrosiæque deûm mensæ! Quis talia cernens
Regibus invideat? Mollem sibi prorsùs habeto
Vestem, aurum, gemmas, tantùm hinc procul esto, malignum
Vulgus; ad hæc nulli perrumpant sacra profani!

A cette époque de renaissance, l'étude était
une initiation, le goût des lettres un culte. Voilà
ce que Politien exprime avec une vivacité
charmante. A force de goût, Politien était natu-
ralisé romain du temps d'Auguste. Cette trans-
formation était plus vraie que celle de Pomponius. Ces vers, on ne les distinguerait pas de
la poésie de Virgile; ils en ont le tour libre, le

mouvement et l'harmonie. Une passion s'y fait
sentir, et leur donne le naturel. Cette passion,
c'est l'amour des lettres, porté au point d'être
lui-même une poésie. Mais, on le sent, une
telle source est peu féconde. Le Dante, c'est
tout un monde, c'est le monde moderne; il a
ouvert un trésor de poésie nouvelle, toute une
religion, toute une société. Les images de Politien, bien qu'elles lui soient données par une
réminiscence si vive qu'elle vaut la réalité, ne
mènent à rien, et s'épuisent bientôt.

Quelquefois, dans ce langage convenu, il
exprime des sentimens vrais, avec un charme
singulier. Ainsi, après avoir retracé l'heureux
sujet des *Géorgiques*, il s'écrie, presque du
ton de Virgile :

« O Dieux puissans, accordez-moi une telle vie ; donnez-
» moi ce bonheur, ce délassement du travail, ces faciles
» richesses. Que l'ambition de mes vœux monte jusque
» là. Jamais, certes, jamais je ne demanderai que mon front
» envié brille de l'éclat du chapeau rouge, et que sur ma
» tête s'élève la mitre à triple couronne. Voilà ce que je
» rêvais paisible dans la grotte de Fésoles, au champ des
» Médicis, près Florence, sur ce mont consacré qui re-
» garde d'en haut la ville d'*Homère* et les vagues lentement
» déroulées de l'Arno, dans cet asile heureux et ce doux
» repos que me donne Laurent, une des gloires d'Apollon,

» Laurent, l'appui fidèle des muses persécutées. S'il me fait
» jamais de plus assurés loisirs, je sentirai le souffle d'un
» plus grand Dieu : ce ne sera plus la forêt et les rochers
» de la montagne qui rediront ma voix; mais toi-même, ô
» ma douce patrie, un jour peut-être tu ne dédaigneras
» pas mes vers, quoique tu sois, ô Florence, la mère de si
» grands poètes. »

Hanc, ô cælicolæ magni, concedite vitam.
Sic mihi delicias, sic blandimenta laborum,
Sic faciles date semper opes. Hàc improba sunto
Vota tenùs; nunquam certè, nunquam illa precabor,
Splendeat ut rutilo frons invidiosa galero,
Tergeminâque gravis surgat mihi mitra coronâ.
Talia Fæsuleo lentus meditabar in antro,
Rure suburbano Medicum, quà mons sacer urbem
Mœoniam, longique volumina despicit Arni,
Quà bonus hospitium felix, placidamque quietem
Indulget Laurens, Laurens haud ultima Phœbi
Gloria, jactatis Laurens fida ancora musis!
Qui si certa magis permiserit otia nobis,
Afflabor majore Deo; nec jam ardua tantum
Sylva meas voces, montanaque saxa loquentur;
Sed tu (si qua fides) tu nostrum forsitan olim,
O mea blanda altrix, non aspernabere carmen,
Quamvis magnorum genitrix, Florentia, vatum.

Nous ne sommes plus assez classiques, pour
être ravis de ces vers. Nous cherchons quelques
traits de mœurs sous ce costume de poète païen.

Mœoniam urbem, la ville d'Homère! Florence,
pleine de Grecs fugitifs, et d'admirateurs de la
Grèce antique, était devenue, pour ces savans,
la ville d'Homère.

Mais ne vivait-on à Florence qu'à deux mille
ans de soi? ne trouvait-on de l'enthousiasme
que dans les souvenirs? fallait-il se faire Romain, pour sentir palpiter quelque chose sous
la mamelle gauche?

..... *Nilne salit lœvá sub parte mamillæ?*

Oui, Messieurs, il y avait en langue vulgaire
une poésie ingénieuse, élégante, adulatrice;
celle que Politien, tout jeune encore, prodigua,
pour célébrer le tournoi, où parurent les deux
fils de Médicis. C'est le mélange le plus heureux
de l'art antique et des formes du langage moderne. C'est déjà, dans un court essaï, la manière gracieuse et brillante du Tasse. Mais
c'était dans l'Église surtout qu'il y avait une éloquence active et populaire. Pendant que ces
disciples des Grecs, ces latinistes ingénieux, s'occupaient, dans la belle galerie de Médicis, à discuter sur le souverain bien et la belle poésie;
tandis qu'ils traduisaient d'inspiration Homère
et Sophocle; tandis que Marcile Ficin, dans sa

mysticité platonique, interprétait Proclus, ou
que Politien faisait représenter sa pastorale vir-
gilienne d'Orphée, des moines franciscains, do-
minicains et autres étaient inquiets et mécontens. Avec leur latin barbare, ils dominaient
les esprits depuis neuf siècles ; cette science
nouvelle, profane et platonique les choquait
beaucoup. Ils prêchaient contre Médicis et ses
lettrés ; et ceux-ci parfois allaient les entendre.
Ces hommes avaient de l'éloquence ; car ils agi-
taient la foule. Il en est un, oublié d'ailleurs,
sur lequel nous avons le témoignage de Politien
lui-même.

« J'étais venu l'entendre, dit-il, avec une disposition de
curiosité vague, et, pour dire vrai, presque de dédain.
Mais dès que j'ai vu la taille de l'homme, sa contenance ,
et un certain caractère nullement commun, dans ses yeux
et dans son visage, j'ai attendu quelque chose digne d'ap-
probation. Il commence à parler ; je suis tout oreilles : voix
sonore, paroles élégantes, hautes pensées. Je reconnais l'habileté des *incises* ; je sens la période ; je suis charmé par le
nombre. Il commence sa division ; je suis attentif : rien
d'embarrassé, de vide, de traînant. Il tresse une série d'objections ; je suis pris : il en détache les nœuds ; je suis délivré. Il introduit çà et là de petits récits ; je me sens attiré.
Il module des vers ; je suis saisi. Il plaisante ; j'éclate de
rire. Il pousse, il presse par de fortes vérités ; je me rends.
Il essaie des sentimens plus doux ; aussitôt des larmes cou-

lent sur mon visage. Il crie avec colère ; je suis épouvanté, et je voudrais n'être pas venu. Enfin, selon la chose qu'il traite, il varie ses images et les inflexions de sa voix, et il relève toujours le débit par le geste. Il m'a toujours fait l'effet de grandir dans la chaire, au-delà, non-seulement de sa propre taille, mais de la taille humaine. Etudiant ainsi l'ensemble et le détail de ses qualités, ma raison a cédé à ce prodige. Je croyais cependant que, la nouveauté une fois épuisée, il m'attacherait moins de jour en jour. Nullement. Le lendemain il m'apparut tout autre, et meilleur que lui-même. »

Cette peinture prouve autant peut-être la mobile sensibilité de Politien que le talent du prédicateur. Il faut ajouter de plus que ce prédicateur, terrible dans la chaire, n'était pas de ceux qui faisaient la guerre aux beaux esprits profanes. Aimable et mondain comme eux, il devint l'ami de Pic de la Mirandole et de Politien, et accepta les bienfaits de Médicis.

Vous venez de voir l'ingénieux érudit, l'élégant classique vaincu, ébloui par la parole vive et variée de ce moine de Florence. Ajoutez quelque chose de plus à cette éloquence populaire ; qu'elle brave Médicis, au lieu d'être pensionnée par lui ; qu'elle soit libre, fière, factieuse, combien n'aura-t-elle pas de puissance ! Il vint ce prédicateur, au temps même où la dictature de Laurent de Médicis semblait le mieux affermie.

Jérôme Savonarole, dominicain, avait été
nommé prieur du couvent de Saint-Marc à Florence. Il entreprit de réformer les mœurs, et
l'état politique de la ville. Médicis, en proté-
geant les lettres, semblait aussi protéger les
plaisirs. Savonarole attaque vivement cette corruption, instrument de servitude, et réveille la
morale, au profit de la liberté. Une foule immense se pressait à ses sermons; et on dit même
qu'il se fit un grand changement à Florence.
Cette guerre, que Savonarole faisait au pouvoir
de Médicis, et quelquefois à sa personne, dura
quatre ans. Citoyen tout puissant d'une ville qui
se croyait libre, Médicis n'essaya jamais rien
contre le hardi prédicateur. C'était à la fois prudence et générosité. Probablement Savonarole
martyr eût été plus puissant. Au contraire, Laurent de Médicis poussa le calme et la magnani-
mité de la patience jusqu'à la fin. Au faîte de cette
puissance et de cette gloire populaire qu'il gar-
dait encore, malgré Savonarole, il est atteint d'une
maladie mortelle. C'est dans les adieux de ses
savans amis et dans leurs entretiens philosophiques, qu'il passe ses heures dernières. Savonarole se présente; il le reçoit; il écoute ses
religieux conseils, comme il avait souffert ses publiques invectives. Mais Savonarole ne deman-

dait pas seulement la conversion du pécheur ;
une autre pensée, un zèle tout républicain se
mêlait à sa foi. Il voulait de Médicis une pro-
messe d'abdication, s'il revenait à la santé. Médicis ne céda point sur ce point : il se repentit
de ses fautes, mais non pas de son pouvoir.

Dans l'anarchie qui suivit sa mort, le crédit populaire de Savonarole s'augmenta. Florence sembla devenir une espèce de démocratie théocrati-
que, dont il était le *Samuel.* Le successeur de
Laurent, quoique élevé par Politien, n'avait rien
de l'habileté et du grand jugement de son père.
Puis, les événemens de l'Italie, l'invasion française et la présence de Charles VIII, tout cela
menaçait sa débile souveraineté. Savonarole se
fit le partisan des Français; aussi Comines lui
veut beaucoup de bien. Il faut l'entendre :

« Moy estant arrivé à Florence, allant au-devant du roy,
allai visitter un frère prescheur, appelé *frère Hieronymo,*
demeurant en un couvent réformé, homme de saincte vie...
La cause de l'aller voir fut qu'il avait toujours presché en
grande faveur du roi ; et sa parole avait gardé les Florentins de tourner contre nous : car jamais prescheur n'eut
tant de crédit en cité.... avait toujours assuré la venue du
roy.... et avait presché, avant qu'elle advint, la mort de
Laurent de Médicis.... Plusieurs le blasmoient.... D'autres
y ajoutèrent foy.... De ma part, je le répute bon homme. »

Ce rôle d'allié de l'étranger ne détruisit pas son ascendant sur Florence. Il aida le départ des Français, comme il avait appelé leur présence, et il resta tout puissant par la prédication. Débarrassé de Médicis et des Français, il rétablit la république dans Florence. Ses sermons deviennent des harangues toutes politiques. Un de ses discours était divisé en quatre points, la crainte de Dieu, l'amour de la république, l'oubli des injures, l'égalité des droits entre les citoyens.

Malheureusement la chaire de saint Pierre fut occupée par l'abominable Alexandre VI. Savonarole ne l'épargna point, et attaqua dans ses discours les infamies de la cour pontificale. Alexandre VI le somma de comparaître à Rome : le peuple de Florence ne voulut pas le laisser partir. Ce prédicateur-roi était au plus haut degré de son pouvoir. Une excommunication d'Alexandre VI ne l'effraya point. Le pape prit alors un détour habile, pour l'attaquer.

Il y avait à Florence un Franciscain, éloquent comme Savonarole, et peut-être plus fanatique. Suscité secrètement, il se mit à prêcher contre Savonarole. Le peuple se partage. Peut-être la véhémence de Savonarole l'eût emporté ; mais le Franciscain imagine un autre moyen. Il promet de traverser sain et sauf un bûcher, et défie Savonarole d'en faire autant. Il y avait eu à Florence un exemple de ce défi. Au xie siècle, le moine Pierre Aldobrandini, pour justifier son couvent, avait ainsi, dit-on, traversé les flammes, et mérité le surnom d'*Igneus*, et la qualité de cardinal que lui donna Grégoire VII. Un disciple favori de Savonarole accepta l'épreuve pour son propre compte. Mais le Franciscain déclara qu'il ne pouvait entrer dans le feu qu'avec Savonarole lui-même. On assure qu'il disait : « Je ne crois pas qu'il se fasse un miracle en » ma faveur; probablement je serai brûlé; mais » vous le serez aussi, et par là j'aurai rendu un » grand service à mon pays. » Savonarole ne se pressait pas, et subtilisait. « Si vous croyez au » miracle, disait-il, je suis prêt; mais si vous » n'y croyez pas, je ne puis consentir; car » vous commettez un homicide en entrant au » bûcher avec la certitude d'être brûlé; c'est » une mauvaise action que je ne dois pas favo- » riser. » Il y avait autour de Savonarole des enthousiastes plus francs : le frère Dominique de Pescia, son disciple, demandait instamment à traverser le bûcher avec un disciple du Franciscain, tandis que celui-ci discuterait contre Savonarole. La chose fut ainsi convenue.

Le bûcher est dressé sur la place publique. Un peuple immense accourt ; beaucoup de gens voulaient encore se jeter au feu pour Savonarole. Les magistrats contiennent cet enthousiasme. La cérémonie est commencée : Savonarole paraît suivi du frère qui doit représenter pour lui au bûcher. Il entonne : *Prodeant vexilla regis.* Le disciple du Franciscain est prêt ; mais Savonarole exige que le sien, en traversant les flammes, porte dans ses mains la sainte Eucharistie. Le Franciscain déclare que ce préservatif est un sacrilége, que d'ailleurs cela n'entre pas dans le premier traité. Les discussions se prolongèrent en présence du bûcher pendant plusieurs heures, et enfin, une grande pluie qui survint, arrêta la dangereuse épreuve.

Mais le coup était porté. Il était arrivé, Messieurs, sous une autre forme, à Savonarole ce que, dans les troubles publics de divers États, ont éprouvé des chefs puissans, de grands démagogues, lorsque le cœur leur a failli, que le courage physique leur a manqué. Savonarole eut peur du bûcher ; et sa puissance tomba. En y réfléchissant, le peuple de Florence passa de son enthousiasme au mépris et à l'insulte. On était furieux d'avoir été privé d'un si beau spec-

tacle, d'avoir perdu un miracle. On le pour-
suivit d'outrages jusqu'à son couvent; et le profond et atroce Alexandre VI, qui, de loin, avait
tout disposé, et qui sans doute avait prévu que
l'esprit politique de Savonarole refuserait cette
folle épreuve, acheva bien vite l'ouvrage de la
vengeance populaire. Des commissaires du pape
arrivent; Savonarole, mis à la torture, avoue
qu'il a été un faux prophète, et qu'il a séduit le
peuple par des mensonges. Il est condamné au
feu avec son disciple et un autre frère; il est
brûlé avec eux sur la même place où il avait
évité le bûcher; et de grand chef de parti, ou
de grand martyr, il reste un obscur ambitieux,
un fanatique sans courage, qui cependant a
été, à cette époque, l'homme le plus éloquent
de l'Italie.

VINGT-TROISIÈME LEÇON.

Suite de la littérature méridionale au moyen âge. — Portugal. — Origine et caractère de sa langue. — Rapport intime des poètes portugais avec les Troubadours; exemple cité.—Instinct maritime des Portugais, marqué dans leur première poésie. — Progrès de leur littérature au XIVᵉ siècle. — Prose élégante. — Poésie mélancolique. — Esprit d'entreprise dont fut animée cette nation, et qui devait se communiquer à ses écrivains. — Annonce de sa gloire dans le XVIᵉ siècle.

MESSIEURS,

Il nous reste à suivre le dénoûment du XVᵉ siècle et du moyen âge, dans les deux contrées où s'était le plus conservée l'inspiration *romane*, le Portugal et les royaumes d'Aragon et de Castille. Jusqu'à présent, par l'ordre de mon sujet, un peu par mon ignorance, et pour

gagner du temps, j'avais ajourné l'examen de
cette littérature portugaise, si intimement unie
à notre ancien idiôme méridional, curieuse par
elle-même, illustrée au xvi⁰ siècle par un homme
de génie, et qui, même dans la stérilité de nos
jours, a produit un des meilleurs poètes de l'Europe moderne, Francisco Manoël, mort en exil,
traducteur élégant du beau poème des *Martyrs*,
et honoré d'une louange durable, dans les vers
de Lamartine.

- Si les destinées politiques d'un peuple agis-
sent puissamment sur le génie de ses écrivains,
on ne doit pas s'étonner que le Portugal, trop
négligé par les critiques européens, ait eu son
âge de gloire littéraire. Aucune nation, dans le
xv⁰ et dans le xvi⁰ siècle, n'a montré plus d'audace, n'a plus entrepris, n'a étonné les hommes par de plus grandes actions, que faisait
ressortir la faiblesse de ce petit État.

Les antiquités du Portugal se confondent avec
celles de l'Espagne ; et, c'est là notre excuse pour
n'avoir pas recherché plus tôt l'origine et les premiers progrès de sa langue. Séparé de l'Espagne par un étroit filet d'eau, le Portugal avait,
en même temps qu'elle, subi jadis la conquête
romaine. A travers les récits malheureusement
mutilés des Latins, nous voyons que le Portugal,

la *Lusitanie*, était une de leurs plus importan-
tes et de leurs plus belliqueuses provinces. Il
fut dompté avec peine, et, plus d'une fois, rebelle. Son climat, ses produits, son commerce
le rendaient précieux à Rome. Nous n'avons
point de détails sur les colonies romaines qui
vinrent se mêler aux habitans nombreux du
pays. Mais un fait historique, constaté pour nous
par la grammaire, c'est que la civilisation romaine avait profondément pénétré dans la Lusitanie; car aucune contrée de l'Europe n'a
mieux conservé dans son idiome moderne
l'empreinte du latin.

Ainsi, dans plusieurs recueils, on a cité des
passages, les uns accidentels, les autres rédigés
avec intention, qui offrent des suites de phrases
à la fois latines et portugaises. Il est donc vraisemblable que, dès les premiers siècles de notre
ère, la province entière de Lusitanie avait parlé
la langue latine, sauf peut-être quelques *dis-
tricts* de montagne où se conservaient des restes de vieux idiomes. Lorsque l'invasion barbare
vint remplacer l'invasion romaine, le Portugal
partagea le sort de l'Espagne. Il passa sous le
joug des Vandales et des Goths; et nul doute
qu'à l'époque où leur domination en Espagne
fut brisée par la conquête arabe, le Portugal

28.

n'ait aussitôt subi le même changement de
maîtres. C'était la fatalité du voisinage : Romains, Vandales, Goths, Arabes, tous ceux
qui conquirent l'Espagne assujétirent également le Portugal.

C'est donc au moment où l'Espagne renais-
sait à elle-même, et commençait à secouer le
joug arabe, qu'il faudra chercher le renouvel-
lement du Portugal, et voir cette contrée devenant à la fois indépendante des Maures, ses
vainqueurs, et de l'Espagne, dont elle avait si
long-temps supporté le joug et suivi les révolutions.

On peut s'étonner, Messieurs, que dans un
pays comme le Portugal, qui, malgré l'inquisition, a cultivé les arts, et qui a produit beaucoup d'hommes ingénieux et savans, les recherches sur la vieille littérature nationale aient été
si fort incomplètes. La preuve est là cependant.
Les meilleurs livres portugais renferment peu
de détails sur la formation et le débrouillement
de leur idiôme. On n'a rien cité de plus ancien
qu'un fragment de trente-deux vers, en style assez confus, et où M. Raynouard a le regret de
ne point retrouver les formes de sa langue
chérie. Ce morceau semble se rapporter à l'é-
poque où les vainqueurs de Tarifa envahirent

aussi la pointe occidentale de l'Europe, et tou-
chèrent le Portugal.

Du reste, le Portugal ne nous en offre pas
moins le rapport intime que nous cherchons entre les diverses parties de ce cours d'études sur
le moyen âge. Si nous avions besoin à cet égard
d'un lien historique de plus, nous pourrions le
rattacher au premier affranchissement de ce
pays. A la fin du xie siècle, le Portugal, délivré
de tant d'invasions successives, se forme en État
indépendant, sous un prince français. Veuillez
noter ce fait, Messieurs; en l'année 1072, le
roi de Castille, Alphonse VI, ayant donné sa
fille en mariage à Henri de Bourgogne, de la
maison royale de France, le fait gouverneur
de la partie du Portugal déjà délivrée des Maures. Henri de Bourgogne vient prendre possession, avec quelques chevaliers français, et
bientôt reçoit le titre de comte du Portugal :
voilà le commencement de ce royaume. Il
amène à sa suite quelques Troubadours; voilà
les premiers poètes du Portugal. Il règne, il
combat, il meurt, et laisse un fils dont le nom
devient tout portugais, Alphonse Henriquez,
prince vaillant et heureux, qui, dans une vie de
quatre-vingt-onze ans et un règne de soixante-
treize, affermit et régla cet État nouveau.

Que votre souvenir s'arrête sur cette origine française de la monarchie du Portugal. Là se rapportent de grands événemens que l'on ne peut séparer de l'histoire littéraire, plusieurs victoires sur les Maures, la convocation des cortès à Lamégo, la prise de Lisbonne, capitale et forteresse de la domination arabe. Grâce aux exploits de Henriquez, le comté de Portugal prit le nom de royaume. Ces événemens supposent quelque civilisation contemporaine. Il faut croire qu'alors, vers la fin du XIIᵉ siècle, le Portugal ne le cédait en rien à l'Espagne. La guerre et de grandes actions devaient y produire aussi des chants héroïques. Lisbonne était d'ailleurs plus commerçante et plus riche que toutes celles des cités d'Espagne qui n'étaient pas au pouvoir des Arabes.

Nul doute, Messieurs, qu'à cette époque, la langue portugaise ne fût, sous tous les rapports, et malgré l'indépendance du pays, un dialecte, un annexe de la langue espagnole. Elle se confondait surtout avec le galicien. Elle avait aussi un grand nombre de formes et de mots en commun avec notre langue *Romane*. Elle a conservé cette nuance distinctive d'être plus douce et moins pompeuse que l'espagnol, d'assouplir et d'abréger les mots par la fréquente suppression des consonnes.

Une remarque plus curieuse, c'est la conformité d'intention poétique, entre les plus vieux débris de la langue portugaise et les monumens de la poésie provençale. Ici les doctes conjectures de M. Raynouard ont le caractère de l'évidence. Il est manifeste que cette poésie provençale, qui, si elle n'était pas la seule poésie de l'occident, était la poésie dominante et privilégiée, avait, je ne sais en quel temps, tellement pénétré dans le Portugal, que tout ce qui était poète en ce pays, se disait, se sentait *Troubadour*. Mais ce n'est qu'à une époque fort récente que des témoignages décisifs sur ce point ont été recueillis. Si quelque chose pouvait faire comprendre l'ingrate insouciance du gouvernement portugais pour l'ancienne gloire du pays, il suffirait de dire que nous devons à un Anglais la plus curieuse publication des vieux monumens de la langue portugaise. Sir Charles Stuart, le même diplomate qui apporta du Brésil une constitution aux Portugais, trouva dans la bibliothèque de Coïmbre un recueil de chansons inédites. Il l'a fait transcrire avec beaucoup de soins, et imprimer à Paris. Ce recueil atteste l'intimité de la vieille poésie por-

tugaise et du génie provençal. Vous croiriez lire
de ces vieilles poésies romanes dont je vous ai
tant parlé, il y a trois mois. C'est la même imagination galante et mystique ; c'est la même abondance de sentimens gracieux, et la même rareté d'idées. C'est une civilisation élégante et
peu réfléchie, où domine heureusement la
délicatesse envers les femmes, et un point
d'honneur amoureux qui élève et adoucit des
mœurs encore barbares. Cette ressemblance
de formes n'est pas le seul témoignage qui
prouve et l'origine commune et l'étroite communication des langues provençale et portugaise ; sans cesse dans les vers des vieux poètes
du Tage, vous retrouvez le nom et l'autorité
poétique des Troubadours.

« Je voudrais, dit un de ces poètes, je vou-
» drais de grand cœur faire pour ma dame un
» chant, tel que le devrait faire un Trouba-
» dour. » Et ailleurs : « O reine et lumière de
» mes yeux ! je vois ici beaucoup de Trouba-
» dours qui *trouvent* d'amour pour leurs da-
» mes. » Et ailleurs : « Quelquefois j'ai dit dans
» mes chansons que je ne voudrais vivre sans
» dames ; et parce qu'alors je cessais de *trouver*,
» plusieurs me tiennent pour quitte de l'a-
» mour. »

Algua vex dix eu en meu cantar
  Que non querria viver sen sennor,
  E pór que m'òra quitey de *trobar*,
  Muytos me teen por quite d'amor.

Ces paroles, qui n'ont pour nous, Messieurs,
qu'une valeur grammaticale, montrent, vous
le voyez, qu'en Portugal, comme dans l'Aragon, comme dans la haute Italie, le *Trouver*
provençal était le grand modèle : heureuse expression trop oubliée, qui rattachait la poésie
au seul don d'inventer! En parcourant ces
vieilles poésies portugaises, si semblables aux
chansons provençales, j'ai remarqué cependant
cette nuance individuelle, que chaque peuple
apporte dans un travail commun, et dans l'i-
mitation d'un même modèle. Au milieu de ces
poésies, d'une galanterie assez monotone, on
voit percer l'instinct qui a fait la gloire et la
puissance des Portugais, ce goût des aventures
maritimes, cette ambition des navigateurs. Je
n'en donnerai qu'un exemple, emprunté à une
chanson d'amour assez languissante, et où il y
a plus de répétitions que de beaux vers :

« Tous ceux qui vont aujourd'hui sur mer, croient que
le monde n'a pas de plus grande souffrance que celle de la

mer; et ils ne connaissent pas d'autre mal. Mais il m'en
arrive autrement. La souffrance d'amour me fait oublier
les grandes souffrances de la mer. La plus grande des peines
est la peine d'amour pour ceux à qui Dieu veut la donner :
c'est une peine de mort, ce qu'on souffre sur mer n'est
pas tel.

» En bonne foi, c'est la plus grande peine de toutes celles
qui furent, sont, ou seront jamais. Ces autres qui ne connaissent pas l'amour, disent que non; mais moi je dirai ce
qu'elle est. C'est la plus grande peine; elle fait oublier les
maux de la mer, qui font mourir tant d'hommes. »

Pardonnez-moi d'avoir recherché dans ces
poésies assez fades un indice de l'entreprenant
génie des Portugais. C'est ce génie, marqué dès
le xiie siècle, qui a porté si haut leur grandeur
passagère, et qui, de cette petite province de
Traos-Montès, a fait un Etat si puissant aux
Indes. Quand Lisbonne fut pris, et que les Portugais purent remonter le Tage, ils héritèrent
de l'esprit hardi et commerçant des Arabes.
Sur terre, l'ambition des Portugais affranchis
n'avait plus où s'étendre; ils rencontraient sur
leurs frontières une puissance plus forte qu'eux.
La mer leur restait, libre et sans bornes.
Dès la fin du xiiie siècle, avec les extrêmes
périls rappelés dans ces vieilles poésies, ils
s'aventurèrent sur de frêles navires. Leur au-

dace est bientôt favorisée par cette belle invention de la boussole, anonyme comme presque toutes les grandes découvertes, mais qui
se rencontre précisément à l'époque où le développement simultané de plusieurs nations
de l'Europe avait besoin d'un tel secours. On
la voit, dans un espace de temps presque indi-
visible, en Italie, en France, en Angleterre, en
Portugal.

Le mariage d'une princesse anglaise avec
Jean Ier, qui régnait à la fin du XIVe siècle,
donna naissance au plus habile promoteur de
cet instinct des Portugais pour les entreprises de
mer : ce fut le prince Henri, infant toute sa vie,
sujet fidèle d'abord de son père, puis de son
frère, mais l'homme le plus utile à ses compa-
triotes, parce qu'il porta leur force vers le seul
point où elle pouvait agir et s'étendre. Il ne pouvait pas accroître le territoire de son peuple; il
lui a donné l'Océan. Doué d'un génie pénétrant
et studieux, ayant fait dans sa jeunesse une seule
expédition à Tanger, il se retira dès lors loin
de la cour de Lisbonne, à Sagrès, près du cap
Saint-Vincent. Là, entouré de quelques Juifs savans et de quelques-uns de ces Maures de Maroc et de Fez, qui étaient alors les savans du
monde, il médite sur les ouvrages géographi-

ques des anciens et sur les récits de quelques
voyageurs du moyen âge; il étudie Ptolomée
et Benjamin Tudel; il profite de quelques notions que les croisades avaient fait arriver en
Occident; de quelques récits hyperboliques et
menteurs des cosmographes arabes induit la
vérité; et enfin, dans sa retraite, il dispose, il
combine un plan certain de découvertes. Il le
suit avec persévérance, durant un grand nombre d'années. Il traçait lui-même pour ses navigateurs des instructions et des cartes. Il leur
disait, avec un vrai génie : « Allez vers le cap
Bojador, cette barrière infranchissable; vous ne
le franchirez pas ; mais vous vous élèverez au
large, et vous ferez quelques découvertes; puis
vous reviendrez ; et nous recommencerons jusqu'à ce qu'il soit franchi. » Deux capitaines,
dignes de lui, exécutèrent ses grands desseins.
A leur première navigation, ils découvrirent
l'île aujourd'hui nommée Porto-Santo. L'année
suivante, ils reconnurent, en lui donnant le
nom de Madère, une île fameuse, visitée jadis
par les vaisseaux de Carthage. Enfin, après
quinze ans d'épreuves, le cap Bojador, ce *cap*
des tempêtes qui semblait fermer l'Océan, fut
franchi. Les vaisseaux du prince Henri touchè-
rent aux îles Açores, et aux îles du cap Vert :

la route de Vasco de Gama fut préparée.
Voilà le génie, cette sagacité pleine de prévoyance et d'audace qui mesure la portée des
autres hommes, et, en leur commandant, les
élève à la hauteur de ses propres desseins. Ce
fut le caractère des plus grands hommes; et
le prince Henri, dans son observatoire du cap
Saint-Vincent, a montré cette rare puissance.
Comme il l'avait prédit, comme il le voulut, le
cap Bojador fut franchi, et les grandes découvertes commencèrent. Dans cette île que les
Portugais nommèrent *Madère*, à cause des bois
dont elle était couverte, on trouva une statue
équestre, en bronze, ayant un doigt indicateur
tourné vers l'occident. Le signal avait été donné;
et la route était désormais ouverte. Ces grandes
découvertes, ces merveilleuses nouvelles de pays
lointains, cette habitude de la hardiesse et du
succès, animaient sans cesse le génie portugais,
et lui communiquaient une ardeur utile à toutes
choses. Le prince Henri a beaucoup fait pour
son pays, et même pour l'Europe; car les hommes qui donnent ainsi le premier mouvement
sont en partie les auteurs des grandes choses
qui se font même après eux. Par la grandeur de
ces souvenirs que je retrace si faiblement, vous
devez concevoir quelle était l'impression con-

temporaine. C'est ainsi que cette petite nation portugaise eut, pendant plus d'un siècle, un degré d'enthousiasme et d'énergie, et comme un *paroxisme* de gloire d'où elle est bien tombée. C'est ainsi qu'ils avaient découvert et fréquenté par le commerce ou par la guerre cinq mille lieues de côtes, conquis Goa, Malaka, Ormus, l'île de Ceylan, fondé Macao, sur les frontières de la Chine, soumis une partie de l'Inde, devancé partout les Anglais, pris, avant eux, Ceylan : pardon, Messieurs, je me répète et me perds dans ces conquêtes. Mais enfin, les Portugais, dès le xvi siècle, avec plus d'héroïsme et de grandeur, avaient déployé ce génie habile et dominateur, qui soumet à l'île britannique tant de riches contrées et tant de millions d'hommes.

Nous avons dit souvent que la littérature est la parole écrite d'un peuple, qu'elle a nécessairement un degré de force et d'éclat proportionné aux grandes actions qu'un peuple a faites, aux grandes émotions qu'il s'est données. Ce contre-coup n'est pas toujours immédiat. Souvent c'est dans le recueillement qui suit l'activité des conquêtes, que le génie, éveillé par elles, s'exerce et se développe. Quelquefois c'est à la même heure, et sous une inspiration commune. Il n'est pas possible, et l'histoire le prouve, qu'un peuple sans courage, sans enthousiasme, ou politique ou religieux, produise de grands écrivains. Les écrivains sont les représentans de la pensée publique. Si cette pensée est faible et morte, ils ne diront rien. Tout peuple abaissé par le despotisme perd le génie des lettres. On a eu grand tort de dire que, sous le repos du pouvoir absolu, les plaisirs de l'esprit et le progrès des lettres sont un dédommagement de la liberté perdue. On n'a pas même cet avantage. Voyez, de nos jours, l'Italie, l'Espagne, le Portugal.

Au moyen âge, le Portugal jouissait de cette libre constitution établie par les cortès de Lamègo, et les entreprises, et les succès glorieux de ses navigateurs y devaient animer les esprits d'un juste orgueil. Je l'avouerai cependant, le reflet de ces événemens sur les lettres ne fut pas d'abord aussi éclatant qu'on pourrait le croire. C'est au xvie siècle que l'on trouve un Camoens, si poétique par sa vie, son caractère, ses ouvrages. Mais, dans l'époque où nous sommes renfermés, il y a plutôt un mouvement général d'imagination qu'une prééminence de génie; il n'y a rien surtout que l'on puisse comparer aux grands noms de l'Italie, dans le xive siècle. C'est plus tard, après le développement de la grandeur portugaise dans l'Inde, que le génie de la nation paraît : on le trouverait dans les lettres d'Albuquerque, comme dans les vers du Camoëns, dans les sermons de quelques missionnaires, comme dans les pages éloquentes de l'historien Barros. Les hommes d'action alors furent hommes de lettres ; et le talent d'écrire reçut de cette alliance une énergie particulière au xvie siècle. Mais, avant que ces immortelles découvertes des Portugais fussent entièrement accomplies, il semble que le génie de la nation demeurait absorbé par l'effort qu'elles lui coûtaient. Je me représente, en Portugal, tous ceux qui avaient de l'ambition, de la hardiesse d'esprit, les yeux incessamment fixés sur l'Océan, et y cherchant, à perte de vue, la grandeur et les destinées futures de leur pays : nulle distraction, nulle étude qui enlève les esprits à cet unique soin.

Cependant il y avait aussi, dans l'histoire intérieure du Portugal, des événemens, des catastrophes, des combats de passion qui devaient intéresser vivement l'imagination, et éveiller le talent. Tout le monde connaît la touchante histoire d'Inès de Castro. La froideur des vers de Lamotte n'a pu glacer le pathétique naturel d'un tel sujet. Il ne paraît pas cependant que cette tradition ait fortement inspiré la poésie contemporaine. On ne la trouve rappelée que dans peu de vers, dont quelques-uns sont attribués à don Pèdre lui-même. Mais les vieux historiens du Portugal n'ont pas omis ce fait, que l'on serait tenté de révoquer en doute.

L'histoire des premiers souverains du Portugal a été racontée par une suite de chroniqueurs. Un des plus célèbres est Fernand Lopez, gardien des archives déposées dans la *Tour du Tombeau*. Il a écrit la vie de don Pèdre, de l'époux de la malheureuse Inès. En Portugal, c'est un récit populaire que jadis régnait Alphonse, prince sévère et justicier ; que l'infant don Pèdre, son fils, veuf d'une première épouse, s'était épris de dona Inès, sa cousine, et dame d'honneur du palais. On montre même, près de Mondenégo, un ruisseau sur lequel on dit que glissaient, enfermées dans une boîte légère, les lettres des deux amans. Don Pèdre avait eu de cette union secrète deux enfans, que le cruel Alphonse fit tuer dans les bras de leur mère, qui en mourut de douleur. Don Pèdre, plein de désespoir et de fureur, prit les armes ; mais il céda, et il attendit la mort de son père et son avénement, pour donner carrière à toute sa vengeance. Alors il se fit livrer les assassins d'Inès, et les punit du dernier supplice. On dit

encore qu'il fit retirer du tombeau les restes
inanimés d'Inès, les fit revêtir d'ornemens
royaux, et présenta ce cadavre couronné aux
hommages de sa cour. Mais cette lugubre apothéose de l'amour conjugal est sans doute le
rêve des imaginations émues par le souvenir
d'Inès. Il n'y a rien de tel dans le vieil historien. Son récit, sans cette terreur théâtrale,
n'en est pas moins pathétique. On y trouve un
caractère de gravité et de simplicité.

Quatre ans après être monté sur le trône,
don Pèdre, qui n'avait pas parlé de sa douleur
et de sa vengeance, réunit un jour les Etats
de son royaume, et ses principaux officiers,
fait apporter les Évangiles, les touche *cor-
porellement*, dit le chroniqueur, et jure qu'il
avait été l'époux légitime d'Inès, qu'il l'avait
tenue pour sa femme digne et vertueuse, et
qu'il demandait qu'un acte en fût dressé. Puis un
des principaux du royaume, le comte Barcellos,
prend la parole, et prononce ce discours, rap-
porté par l'historien :

« Amis, vous devez savoir que le roi, notre seigneur, qui
règne aujourd'hui, étant encore enfant, se trouvant au
bourg de Bragance, du vivant du roi Alphonse, son père,
reçut pour femme légitime Inès de Castro, qui fut fille de

don Pèdre Fernandès de Castro ; et elle le reçut pour époux ; et ledit seigneur la tint toujours pour son épouse, remplissant tous ses devoirs, jusqu'au temps de sa mort. Et, comme ce mariage ne fut pas annoncé à tous les habitans du royaume, pendant la vie du roi Alphonse, par la crainte que son fils avait de lui, s'étant marié de telle sorte, sans son ordre et sans son aveu, par ce motif maintenant le roi, notre seigneur, pour décharger son âme, et pour dire la vérité, et ne point laisser de doute à quelques-uns qui ne savaient pas de ce mariage, s'il avait existé oui ou non, a fait serment sur les saints Evangiles et a donné foi et témoignage que la chose s'est passée, ainsi que je le dis. Vous le verrez par un acte qu'en a fait le notaire Gonzallo Perèz, ici présent ; et de plus, vous verrez le dire de l'évêque de Guarda et d'Etienne Lobato, ici présens, qui assistèrent à ce mariage. » Alors il fit lire tout haut le témoignage qu'ils avaient tous deux donné sur cela. « Et comme la volonté du roi notre seigneur, dit-il, est que cela ne reste plus caché, mais qu'il lui plaît que tous le sachent, pour faire disparaître le doute qui pouvait jusqu'à présent exister à cet égard, il m'a ordonné de vous déclarer tout cela, pour ôter le soupçon de vos cœurs. Mais parce que, s'opposant à ce que je dis et à ce qui vous a été lu et déclaré, quelques personnes pourraient dire que tout cela ne suffisait pas, s'il n'y avait eu dispense, à cause du grand empêchement qui existait entre eux, elle étant la cousine du roi notre seigneur, comme fille de son cousin germain, à cet effet il m'a chargé de vous instruire de tout, en vous montrant cette bulle, dans laquelle le pape lui permet de se marier avec toute femme, fût-elle sa parente, autant et plus que ne l'était dona Inès. »

Vous le voyez, rien de ce couronnement fu-
néraire : une déclaration d'état civil seulement.
Cette scène semble avoir pour objet, non d'é-
taler le délire de l'amour, mais de montrer,
dans tout son jour, la vertu d'Inès, et de proclamer la sainte légitimité de son union. Ce soin
d'honorer la vertu d'une femme aimée, cette
reconnaissance, après la mort, du titre qu'elle
avait caché durant sa vie, voilà tout ce que
donne la vérité historique ; et cela même a sa
grandeur et sa poésie.

Ajoutons seulement un mot, qui touche à
l'exactitude historique. La bulle que fit lire don
Pèdre, et qui renfermait l'autorisation, pour
ce prince, de contracter mariage avec toute
personne qu'il choisirait, fût-elle sa parente
ou alliée au degré prohibé, cette bulle, qui semble faite pour prévenir toute objection sur son
mariage avec Inès sa cousine, est datée d'Avignon, et de la neuvième année de Jean XXII.
Or, à cette époque, don Pèdre n'avait que cinq
ans. Faut-il supposer que le roi don Alphonse
s'était procuré par avance une bulle à toute fin,
pour le mariage futur de son fils? Il est plus
vraisemblable que cette pièce est une fraude de
l'amour de don Pèdre, pour légitimer l'union
dont le souvenir lui était si cher. Mais n'insis-

tons pas sur ce détail : qu'il nous suffise d'avoir
ramené à la vérité historique cette tradition du
couronnement d'Inès, après sa mort.

Cette cérémonie n'en est pas moins imposante
et tragique, dans le récit de Fernand Lopez.
Elle est racontée après plusieurs faits, plusieurs
traits de caractère, qui ont montré don Pèdre
comme un justicier sévère, devenu implacable
par une grande douleur. Ici, ce prince fait tran-
cher la tête à deux officiers de son palais, coupables d'une lâche concussion. Ailleurs, il en
condamne deux autres à mort, pour avoir tué un
Juif, crime souvent impuni dans le moyen âge.
Ailleurs, dans son impartiale cruauté, il fait attacher à la torture un évêque accusé d'adultère.
On sait quel était, depuis Grégoire VII, le
pouvoir abusif des juridictions ecclésiastiques.
En se réservant la connaissance de tous les dé-
lits commis par des clercs, elles les jugeaient
avec cette indulgence partiale que montrent, de
nos jours, les conseils de guerre, quand ils ont
à statuer sur les violences des militaires contre
les citoyens. Sous le règne de don Pèdre, un
prêtre avait tué un homme. L'official ecclésiastique, pour toute punition, le dégrada du sa-
cerdoce. Don Pèdre fait assassiner le meurtrier
par un maçon. On amène cet homme devant le

roi, qui, à son tour, le dégrade de l'état de maçon. Telle était, au moyen âge, la justice bizarre même d'un prince réformateur.

Quand don Pèdre eut établi ce caractère de justicier inflexible, et qu'il eut publiquement honoré la mémoire d'Inès et la pureté de leur union, il tourne ses regards vers la retraite où s'étaient réfugiés les assassins d'I-nès ; il les fait demander à don Pèdre, roi de Castille, et aussi surnommé *le Cruel*. Les assassins d'Inès sont amenés ; et voici comment le fait est raconté :

« Alvar Gonzalez et Péro Coëlo furent traînés en Portugal, et conduits à Santarem, où était le roi don Pèdre. Et le roi, dans le plaisir de sa vengeance, témoigna une grande douleur de ce que Diégo Lopez lui avait échappé par la mort. Et sans pitié, il les fit mettre de sa main à la torture, voulant qu'ils confessassent de quoi ils avaient été coupables dans la mort de dona Inès, et ce que son père avait préparé contre elle, quand ils allèrent pour le crime de sa mort. Et aucun d'eux ne répondit à ses demandes. Et le roi, comme quelques-uns disent, frappa lui-même au visage Péro Coëlo ; et celui-ci proféra contre le roi des paroles déshonnêtes, en l'appelant traître, parjure, bourreau des hommes. Et le roi enfin les fit tuer ; et il fit arracher leurs cœurs. Et il dit à celui qui les arrachait, que c'était là un agréable office. »

Voilà, Messieurs, les fidèles et épouvantables récits de Fernand Lopez : on y voit à nu la férocité du moyen âge, dans un cœur irrité par la vengeance et l'amour. Fernand Lopez, pour la simplicité rude et la gravité, n'est pas inférieur à l'historien espagnol Ayala.

Mais la littérature portugaise avait dès lors d'autres titres de gloire. Ici, Messieurs, se placeront quelques détails rapides et fort incomplets sur le second âge de la poésie en Portugal. Je n'essaierai pas de suivre la filiation des talens, à partir de ces vieilles poésies portugaises, imitées de celles des Troubadours. Il y a là, même pour les nationaux, de nombreuses lacunes, qu'un étranger ne saurait remplir. Dans cet intervalle, depuis le commencement du xiiie siècle jusqu'au xve, l'étude des anciens, l'imitation de l'Italie moderne, gagnèrent en Portugal. Des universités s'établirent; la langue latine fut écrite avec art. La langue castillane était aussi, pour les Portugais, un idiôme littéraire, dont beaucoup d'entre eux firent usage.

Cependant la poésie nationale ne cessa pas d'être cultivée. Cette lamentable histoire d'Inès de Castro inspira les poètes, comme elle avait animé le grave historien Fernand Lopez. On a

conservé, sur ce sujet, des vers attribués à don
Pèdre lui-même. J'ai peine à croire qu'ils soient
du féroce *Justicier*. Je croirai plutôt que cette
douleur de don Pèdre était un thême tout
préparé, dont s'emparait l'imagination des
poètes.

Quant au caractère langoureux et tendre de
ces poésies, cette forme, qui contraste avec les
hardis travaux des Portugais, à cette époque,
était commune à presque tous leurs ouvrages.
Rien, dans leurs chants nationaux, qui puisse
se comparer aux Romances du Cid ; mais une
langueur gracieuse et touchante, et parfois une
sorte de mélancolie moderne.

Le premier poète illustré dans ce genre de
composition, s'appelait Marcias. Sa vie est elle-
même un récit amoureux. Attaché à la cour,
ami du marquis de Villena, sa passion pour
une noble dame lui fit encourir la disgrâce du
roi. On le mit en prison ; et un jour qu'à la fe-
nêtre du donjon où il était retenu, il soupirait
sur son luth le nom de la femme qu'il aimait,
il fut tué d'un coup d'arbalète par le mari ja-
loux. On l'ensevelit dans l'église de Sainte-Ca-
therine ; et, avec ce mélange de religion et de
galanterie, familier aux méridionaux, on ne
manqua pas de graver sur la pierre tumulaire

placée près du chœur : « Ci-gît Marcias l'amoureux. » C'est l'épitaphe de ce martyre d'une
espèce nouvelle. Sa légende inspira tout une
école de poètes portugais.

Le Portugal est un charmant pays. De nos
jours, lorsqu'un grand poète, fatigué de plaisirs, ayant le spleen de la satiété et celui du
génie, quitta tristement sa nébuleuse patrie,
pour se désennuyer en courant le monde, à
peine eut-il touché le Portugal, qu'il se sentit
renaître, à la vue de ce beau climat, et de cette
terre jadis glorieuse et toujours fertile.

Au moyen âge, cette même impression des
lieux, cette molle et riche nature, ce beau ciel
sans nuages disposaient l'âme des Portugais à
des chants aussi doux que leur vie était rude et
guerrière. Oui; au-delà des mers, à Macao, à
Goa, à Ceylan, le Portugais était indomptable,
impitoyable, intolérant jusqu'à la fureur. Mais
le Portugais, sur les bords du Tage, lorsqu'il
n'était pas enflammé par l'ardeur du combat et
la rapacité de la conquête, semblait un peuple
paisible, occupé de labourage, et aimant à
chanter ses doux loisirs. Ses poésies ont quelque chose de distinct, parmi les chants méridionaux.

En général, les peuples du midi semblent

peu réfléchis ; ils sentent la vie, plutôt qu'ils n'y
songent. Je ne sais quelle cause a rapproché la
littérature portugaise de ce caractère de médi-
tation et de mélancolie, qu'on attribue surtout
aux peuples du nord. Il me vient en ce moment
à la pensée cette expression du Camoëns, dans
un de ses sonnets : « Camoëns, dont la lyre so-
» nore sera plus célèbre qu'elle ne doit être
» heureuse.... » Ce charme de tristesse ne peut
se définir. On le retrouve, sous mille formes,
dans les poètes précurseurs du Camoëns, et
effacés par sa gloire. Ce n'est pas, chez le Portugais, cette gaîté bruyante, cette folle joie des
Provençaux ; ce n'est pas non plus la gravité
austère des Espagnols, et cette fierté qui craint
de s'attendrir, et cette imagination pompeuse
qui exagère et manque le sentiment. Non ; c'est
une émotion à la fois vive et réfléchie, qui se
plaît aux images de l'amour et des champs.
De là, naquit chez les Portugais une poésie pastorale.

Je tâche, Messieurs, de distinguer les compositions originales de celles qui étaient communes aux diverses nations de l'Europe. Je
laisse de côté les romans de chevalerie, parce
que les romans de chevalerie appartenaient à
tous les peuples, et étaient un objet d'emprunt

et de commerce. Mais je m'arrête à ces poésies, à la fois idéales et naturelles, à ces *pastorales*, qui furent inspirées aux Portugais par leur beau climat et leur génie mélancolique.

Que Fontenelle, dans les rues peu poétiques de Rouen, ou dans les salons encore moins poétiques de Paris, dans sa vie scientifique et mondaine, compose des églogues, c'est une gageure de l'esprit, et une preuve qu'on peut tout faire. Mais qu'au xv° siècle un Portugais, à l'âme vive et langoureuse, errant sur les rives fleuries du Tage, sur les bords du Mondenégo, près de ce ruisseau où don Pèdre venait trouver Inès, qu'un Portugais, plein de ces souvenirs alors récens, module des pastorales dans sa langue harmonieuse, qu'il fasse dire à ses bergers leur vie douce, leurs orangers, leurs moissons presque sans culture, doutez-vous du charme de cette poésie? Ne devait-elle pas être plus simple même que celle de Virgile, dont les poésies sont imitées de Théocrite, plus que de la campagne?

Les Portugais devaient avoir, dans un rare degré, le talent descriptif. Le pays l'inspirait; les entreprises lointaines le développèrent encore. Ils quittaient les bords du Tage pour visiter les forêts de l'île de Ceylan, les rivages de Mosambique, la presqu'île du Gange. Dans les récits de leurs historiens éclatent tous les trésors, toutes les merveilles de ces riches contrées. Camoëns, l'imagination remplie de la poésie antique, a négligé les tableaux de la nature orientale étalés sous ses yeux. A cet égard, les chroniqueurs, les voyageurs, les moines portugais ont été plus fidèles et plus poètes que lui; et si, l'année prochaine, nous parlons du xviᵉ siècle, je crois que des fragmens de l'historien Barros, quelques lettres d'Albukerque et quelques pages de missionnaires portugais exciteront votre intérêt. Mais revenons au temps qui nous occupe, et cherchons les premiers exemples de cette imagination descriptive, innée dans le Portugal, et fortifiée par tant de causes étrangères. On la trouve, au xvᵉ siècle, dans les ouvrages de Bernard de Ribeiro, poète et romancier éloquent. Ces ouvrages, effacés dans son pays par l'éclat du Camoëns, offrent un caractère qui doit nous frapper, dans notre étude attentive du développement littéraire chez les différens peuples.

Indépendamment des traits distinctifs de chaque peuple, il y a des nuances qui n'appartiennent qu'à une certaine époque, dans la vie de ces peuples. Montaigne a dit : « Le temps

» attache plus de rides à l'esprit qu'au visage. » La même chose se retrouve dans les nations : leur génie s'attriste, en vieillissant. Quelquefois cependant ces règles sont interverties. Nous trouvons un peuple qui, dans sa littérature, s'avise d'être réfléchi et mélancolique, avant l'époque où tous les peuples devaient l'être. Bernard de Ribeiro avait composé un roman qui porte tout-à-fait ce caractère ; c'est l'ouvrage intitulé : *Menina e Moça*. On le croit rempli d'allusions aux événemens de la cour d'Emmanuel. Mais la forme en est tout idéale, et, comme on dirait aujourd'hui, romantique. Le peintre de Conrad et de Médora désavouerait-il ce récit, que Ribeiro met dans la bouche d'une jeune fille, arrachée à la solitude où elle avait caché sa vie ?

« C'est sur ce mont désert que je passais mes jours, comme je le pouvais. De là je regardais comment la terre va se perdre dans les flots, et comment la mer s'étend loin du rivage, pour finir où personne ne peut la voir. Et quand la nuit venait recueillir mes pensées, quand je voyais les oiseaux chercher la retraite et le sommeil, je rentrais dans ma pauvre cabane, où Dieu est témoin des nuits que je passais. Ainsi le temps coulait pour moi.

» Il y a peu de jours, en gagnant la hauteur, je vis l'aurore se lever et répandre sa lumière entre les vallées. Les

oiseaux s'appelaient par de doux chants. Les bergers conduisaient leurs troupeaux dans la prairie. Il semblait que
cette journée devait être heureuse pour tout le monde.
Mais alors mes chagrins se pressèrent d'autant plus dans
mon âme, et mirent devant mes yeux tout le bonheur que
m'aurait donné ce beau jour, si tout n'était changé pour
moi. La joie de la nature m'attrista; je voulus fuir.... »

Dans ces paroles faiblement calquées sur la
prose originale, ne reconnaissez-vous pas un
tour d'élégance et d'imagination mélancolique,
qui semble prématuré, au xve siècle, et qui appartient plutôt à l'école poétique de nos jours?
N'est-il pas singulier que ces impressions se
rencontrent dans les mœurs rudes du moyen
âge, dans ce pays de marins et de conquérans,
sur cette terre du Portugal, où la civilisation
semble si tardive, parce qu'elle a reculé devant le despotisme et l'ignorance?

VINGT-QUATRIÈME LEÇON.

Retour à l'Espagne. — Des mœurs et du génie aragonais. — Influence que dut avoir la constitution républicaine de l'Aragon. — Langue catalane. — Chronique de Ramon Muntaner. — Littérature castillane au XVe siècle. — Jean de Mena; Villena. — Poésie plus érudite qu'inspirée. — Chroniqueurs espagnols. — Développement nouveau du génie espagnol. — Quelques mots sur les écrits de Christophe Colomb. — Résumé.

MESSIEURS,

Je poursuis, et j'aurai bientôt terminé cette imparfaite revue de l'esprit méridional au moyen âge.

Nous avons à parler une seconde fois du peuple non pas le plus ingénieux, mais le plus original de cette époque, de celui qui, marqué d'un caractère distinct, aurait montré une grande force d'imagination, même sans écrire.

Il semble que, chez les Espagnols, indépendamment de la poésie qui brille dans quelques ouvrages, il y avait une poésie répandue dans les paroles, dans les mœurs et les actions, et qui tenait à la fois de la vivacité provençale et de la pompe asiatique.

Le lien qui réunissait nos provinces méridionales et une partie de l'Espagne était un des plus forts que puissent avoir deux peuples, la communauté d'idiôme.

Ainsi, sans recommencer nos recherches, un peu longues et pourtant incomplètes, sur la langue *Romane*, nous rappellerons que cette langue, à la fois savante et populaire, était parlée dans la Catalogne, dans la Navarre, dans l'Aragon, et jusque dans les îles Majorque. Elle s'y modifia sans doute, et donna naissance au dialecte catalan, dont les productions originales et nombreuses n'ont été, je le crois, appréciées, jusqu'à présent, dans aucun ouvrage d'histoire littéraire. C'est une lacune que j'indique, et ne me charge pas de remplir. Bouterweck et M. de Sismondi n'en disent mot, dans leurs ouvrages sur la littérature espagnole. Cependant il n'est pas, dans le moyen âge, de plus curieux souvenir. Depuis le xiie siècle, une constitution forte, libre, savamment éta-

blie, énergiquement et minutieusement défen-
due, régissait l'Aragon. Qui dit une constitution tempérée, suppose un degré de civilisation
assez avancée, un développement actif dans les
esprits, l'industrie commerciale, le don et
l'exercice fréquent de la parole publique. Comment donc a-t-on négligé cette portion de la littérature du moyen âge, liée de si près à des
institutions politiques?

Vers le milieu du XIIe siècle, en 1142, la
Catalogne était soumise à des comtes; plus
tard, réunie à l'Aragon, elle eut le même roi.
Mais, sous ces formes diverses, le fondement de
la constitution aragonaise était une assemblée
des *Ricos-Hombrès* et des *Idalgos*, qui avaient
le droit non-seulement de délibérer sur tous
les intérêts du royaume, mais de faire prévaloir leur volonté par la force. Plus tard s'y
réunirent les délégués des bourgs et des villes.
Jusque là, vous ne voyez peut-être que le caractère commun des assemblées féodales du
moyen âge, et l'ancienne division des trois ordres. C'est ainsi que cette assemblée luttait
contre une royauté d'abord élective, ensuite
héréditaire, et toujours rigoureusement limi-
tée. Mais une institution, particulière à ce pays,
atteste avec quel soin toutes les parties de la

constitution avaient été balancées : c'était le *Justizza*, fidèle image de cette antique magistrature des éphores, qui régnaient sur les rois de Sparte. Le *justizza* n'était pas né cependant d'une imitation savante, étrangère au libre génie de l'Aragon. C'était originairement un magistrat choisi par le roi, et comme une espèce de censeur qu'il donnait lui-même à ses ministres, pour être averti de leurs fautes. Il était souverain juge du royaume, et recevait l'appel de toutes les sentences rendues par les autres juges, seigneurs ou baillis. Ce *justizza*, auquel l'historien Zurita donne le titre de *défenseur du peuple*, devait déclarer, en toute occasion, si les actes du pouvoir étaient conformes aux lois fondamentales de l'Aragon. Cette constitution, vous le voyez, était sévère et laborieuse : l'expérience moderne a sans doute trouvé mieux. Mais, ce que nous avons voulu noter, c'est le développement moral que supposent de telles institutions.

Ce qui nous frappe surtout, c'est la prévoyance singulière avec laquelle étaient rédigées les constitutions de cet Etat. Montesquieu nous dit que, dans l'île de Crète, il y avait un droit d'insurrection, qui était le correctif et l'annexe de la loi fondamentale.

Il en était ainsi dans l'Aragon, et non par les concessions de quelque faible monarque, mais par une disposition primitive de la loi. Il existait le *droit d'union*, c'est-à-dire le droit écrit de s'assembler, de prendre les armes, et de changer la personne du souverain, quand les lois étaient violées.

Vous pouvez croire que le roi, quelque résigné qu'il fût, par l'habitude, aux étroites limites de sa puissance, devait s'indigner de cet obstacle permanent, et lutter pour le détruire. Au milieu du XIVᵉ siècle, après des soulèvemens, des victoires, et la vigoureuse résistance des nobles aragonais, nous voyons un roi anéantir le privilége de l'*union*, et faire abroger par les *Cortès* cet article de la loi fondamentale. L'imagination pittoresque du moyen âge et de l'Espagne marqua cet acte législatif. La salle des Cortès, à Sarragosse, était remplie de tous les députés des Etats. On discuta, en l'absence du roi. Quand la résolution de supprimer l'article fut adoptée, le roi parut, entouré de ses capitaines; et, s'avançant au milieu des Cortès, il tire un poignard, se fait une blessure au bras, et en laisse couler le sang sur la page du livre de la loi où était inscrit l'antique droit de la révolte. « Que cette loi séditieuse, dit-il, qui

» a fait tant d'outrage à la monarchie, soit ef-
» facée par le sang d'un roi! »

Cependant, telle était l'empreinte qu'une liberté si précoce avait laissée dans tous les cœurs
aragonais, que, malgré cette solennelle abo-
lition du droit de résistance, l'habitude en
resta toujours; seulement elle se régla et s'a-
doucit. Le *Justizza* fortifié devint le supplément
de ce droit terrible. Avec une prudence toute
moderne, les États d'Aragon substituèrent à la
garantie violente et tumultueuse de la révolte,
une sauve-garde paisible. Jusque là, le *Justizza*
était élu par le roi, et ne devenait tout puissant
qu'à l'abri d'une insurrection. Les Cortès déclarèrent que le *Justizza* serait inamovible et in-
violable; et ils balancèrent ainsi la force du
pouvoir par la force d'un principe : principe
d'autant plus remarquable dans ce siècle, qu'il
n'était emprunté à aucune sanction religieuse,
mais à la seule idée du droit et de la justice.

Il est curieux, Messieurs, de jeter un regard
sur ces efforts de la liberté civile, dans le moyen
âge, surtout si l'on réfléchit que ces efforts habiles et prématurés appartiennent au pays qui,
dans nos temps modernes, a le plus perdu ses
droits et son indépendance.

Les faits particuliers attestent à quel point

la vertu salutaire de ces libres institutions éle-
vait la condition du peuple aragonais parmi
les autres nations, et influait sur les mœurs et
les lois du pays. Jamais la torture, cet interro-
gatoire de l'ancienne Europe, cette absurde
barbarie, que l'Angleterre elle-même, malgré
de meilleures institutions, garda si long-temps,
ne fût reçue en Aragon. Les Cortès, par cette
fierté qui naît de la liberté, déclarèrent que nul
paysan aragonais ne pouvait être mis à la torture. Bien plus, quoique le zèle religieux, quoique cet amour profond du catholicisme, que
les cérémonies extérieures, que l'antiquité de
la foi, que la lutte fréquente contre les Maures
avaient si profondément enraciné dans le cœur
espagnol, fût commun à la Catalogne et à tout
l'Aragon, jamais ces deux provinces ne consen-
tirent à supporter l'Inquisition. Savez-vous par
quel raisonnement elles repoussaient l'Inquisition? Ce n'était pas, j'en conviens, par une idée de
liberté religieuse, de tolérance philosophique :
ils étaient bien loin de là. Ils n'imaginaient pas
qu'on eût tort de contraindre la foi, ou même
de brûler les hérétiques ; au contraire, ils
croyaient qu'on avait raison de les brûler. Mais,
au milieu de cette participation au fanatisme
commun du temps, ils s'étaient préservés d'en

faire l'application, par un principe de liberté civile. Ils disaient : « l'Inquisition condamne sans
confronter l'accusateur et le coupable, sans
écouter la défense; elle met les hommes libres
à la torture; elle arrache l'aveu des accusés par
un supplice qui précède la sentence; elle con-
fisque les biens des coupables : tout cela est contraire aux lois aragonaises, et détruit les libertés que nous avons reçues de nos pères : nous ne
voulons pas de l'Inquisition. » Et puis, après cette
profession de foi civile, après ce démenti donné
par leurs principes politiques à leur croyance
religieuse, les Aragonais coururent aux armes,
et brûlèrent le grand inquisiteur sur le premier
bûcher qu'il eût élevé dans Sarragosse. (*Applaudissemens.*)

Messieurs, il ne faut brûler personne. Cette
action cruelle, cette résistance indomptable fait
pressentir de combien de génie eut besoin
Charles - Quint pour assouplir insensiblement
la fierté du caractère aragonais, pour l'atteler,
comme le reste de l'Espagne, à son char, et
former, de tant d'élémens indociles, sa grande monarchie. Quoi qu'il en soit, à côté de
cette énergie violente, ce qui frappe dans le
caractère aragonais, c'est un esprit légal, né
de l'habitude des assemblées, et porté jusqu'à

cette minutie des formes et cette étiquette con-
stitutionnelle que l'on ne supposerait pas en
Espagne.

Lorsque déjà l'habileté, les victoires de Ferdinand, et les vertus douces, la popularité chrétienne d'Isabelle avaient assuré la puissance
des deux époux, Ferdinand, entraîné par un
grand intérêt de politique et de guerre, est
obligé de quitter ses États, et laisse la régence
à Isabelle. A ce titre, elle avait le droit de pré-
sider les *Cortès;* mais une vieille loi du royaume interdisait à tout étranger l'entrée de cette
assemblée. Les États délibérèrent long-temps,
avant de l'admettre; et la régente attendit leur
décision pour exercer le pouvoir qu'elle avait
reçu de Ferdinand. On s'étonnera peut-être de
trouver ce respect des formes, cette procédure
de la liberté, en Espagne, et au xve siècle.

Cependant ce peuple, si attentif à la défense
de ses droits, sans avoir les doux loisirs et la
gaie science des Troubadours, cultiva beaucoup
les lettres. Il eut, de bonne heure, non-seulement des poètes, mais des historiens.

Dès le xiiie siècle, la valeur des guerriers
catalans et aragonais était célèbre dans le
monde. Ils quittaient, par bandes, leur pays,
et s'offraient, comme auxiliaires, à l'empereur

grec, et aux petits princes chrétiens d'Asie.
C'étaient les Suisses du temps. Mais leur service,
quoique mercenaire, tenait quelque chose de
l'enthousiasme des Croisades. Un gentilhomme
catalan partait de son château, avec sa bande
bien armée. Il guerroyait, pendant longues années, en Grèce et en Orient, puis, sur ses vieux
jours, revenait en Catalogne écrire ses campagnes. Ces chroniques de combattans et de
voyageurs ont un grand charme : elles me paraissent préférables aux chroniques espagnoles,
même à celles d'Ayala. Il en est une, entre
autres, celle de *Ramon Muntaner*, la plus originale du monde. Ouvrez le livre ; vous y verrez
un vieil Espagnol, bien brave, bien pillard et
bien pieux. Tranquille, après la vie la plus
aventureuse, il est dans son château de Xi-
luella, et dort dans son lit, lorsque lui apparaît un vieillard, vêtu de blanc, qui lui dit :
« Muntaner, lève-toi, et songe à faire un livre
» des grandes merveilles dont tu as été témoin,
» et que Dieu a faites, dans les guerres où tu
» t'es trouvé. » Muntaner hésite d'abord ; mais
la vision revient une seconde fois ; et il se met
à écrire alors, « pour attirer les bénédictions
» de Dieu sur soi, sa femme et ses enfans. »
Son récit a pour nous un double intérêt : il

embrasse l'histoire d'une portion de la France. Au commencement du XIIIe siècle, le comté de Provence, le Béarn, la Gascogne, les villes de Carcassonne, de Béziers, de Montpellier, appartenaient à la couronne d'Aragon, et lui étaient fort attachés. Muntaner fait très-bien concevoir par ses récits la cause de cette vive affection. Les libertés municipales de nos villes du midi trouvaient un appui dans la libre constitution de la Catalogne. Rien n'était plus populaire que Jacques d'Aragon, à Montpellier.

Les actions de la grande *Compagnie* catalane offrent un vif intérêt. Les aventures de l'historien, le rapprochement de ses mœurs pieuses et rudes avec la finesse et la scholastique des habitans de Constantinople, sa bonne conscience de barbare, quand il pille, tourmente, insulte ceux qu'il est venu secourir, tout cela est dépeint au naturel. Mais nous n'insisterons pas sur cette chronique, récemment traduite en français.

Je ne parlerai pas des poésies aragonaises du moyen âge : d'abord, j'ai grande peine à les entendre; et n'étant pas guidé dans mon choix, j'ai mal placé cette peine, et consommé beaucoup de temps, pour expliquer des choses

qui méritaient peu d'être traduites. J'ai entre-
vu cependant quelques beautés dans un poème
d'un habitant de *Majorque*. Le dialecte de cet
ouvrage se rapproche beaucoup des formes
provençales.

Je souhaiterais qu'un homme instruit et studieux voulût bien défricher ce champ nouveau
de la littérature aragonaise ; je suis convaincu
qu'il en tirerait de précieux détails sur l'esprit
de cette nation , et qu'il y trouverait des choses
grandes et fortes ; car il est impossible qu'il
n'y en ait pas, chez tout peuple où les âmes
ont été développées par les événemens et les
institutions.

A côté de cet Aragon, si agité par ses lois,
qui a produit des talens que je ne connais
pas, et que je recommande aux recherches,
la Castille offrait des institutions plus paisibles. Cependant cette même influence de la
vieille liberté du moyen âge, entretenue par
les longues luttes des Espagnols pour regagner
pied à pied leur territoire, se montre en Castille. Il n'y a pas de *Justizza* ; les Cortès, comme
nous l'avons indiqué, d'après un passage d'Ayala, sont respectueuses et soumises. Telle est du
moins l'impression qu'en donnent la plupart
des historiens. Peut-être, écrivant sous Charles-

Quint et Philippe II, la présence du maître
leur a-t-elle interdit la liberté même des souvenirs. Je trouve dans une vieille chronique, qu'en
1457 il y avait cent quatre-vingt-deux députés
des villes aux Cortès ; puis, dans une chronique
du xv⁵ siècle, je n'en trouve que dix-huit à une
nouvelle assemblée. Rien n'explique cette différence. Les villes avaient-elles perdu leurs
chartes ? Le tiers-état avait-il en partie disparu de l'assemblée nationale ?

La royauté n'en fut pas plus paisible. L'esprit
de révolte remplaça l'esprit de liberté. Au milieu
du xv⁵ siècle, les Grands d'Espagne, de l'ordre
ecclésiastique et civil, se réunirent pour perdre
l'infortuné roi Henri IV. Une cérémonie insul-
tante et bizarre le dégrada du trône. On fit solen-
nellement le procès à une figure de cire, qui
représentait le monarque. La sentence lui fut
prononcée. L'archevêque de Tolède porte le
premier coup à cette figure ; et des coups successifs la dépouillent de ses insignes : singulier
spectacle, contraire au bon sens et à la justice, et qui, loin d'attester le progrès des institutions civiles dans la Castille, ne nous montre que le triomphe prolongé de ce même pouvoir des évêques, qui avait autrefois humilié
les fils de Charlemagne.

Mais c'est trop raconter. Cherchons maintenant quels talens sont sortis, au xve siècle,
de cette société espagnole, religieuse, guerrière, enthousiaste. Disons d'abord, pour être
vrai, que, si les vieilles Romances du Cid ont
été corrigées de mémoire, dans le xve siècle,
par ceux qui les chantaient, ce xve siècle, de
lui-même, n'a rien produit de comparable à ces
romances, première effusion héroïque et naïve
du courage espagnol. Déjà l'érudition, à laquelle
je ne reproche pas, comme on l'a fait, d'avoir
perdu l'esprit moderne, cette érudition qui a
soutenu le génie là où elle l'a trouvé, mais
qui ne le faisait pas, cette érudition qui gran-
dit le Dante, mais ne soulève pas de terre Jean
de Mena, ou tel autre, était entrée en Espagne.
Un de ses premiers promoteurs fut le marquis
de Villena. Il réunissait en lui le sang des deux
maisons royales : son père était fils naturel
d'un roi d'Aragon, et sa mère fille naturelle
d'un roi de Castille.

Il fut un généreux protecteur des lettres. Il
avait d'abord voulu naturaliser la poésie des
Troubadours, dans un pays où leur langue était
parlée. C'était lui qui avait fondé, à Sarragosse,
cette académie de la *gaie science*. Il mettait un
grand zèle à rassembler des livres en toutes

langues. Il écrivait en vers et en prose. Il fit les
mêmes efforts en Castille qu'en Aragon. Il voulait y porter aussi la langue et la poésie des
Troubadours. Mais cette tentative toute littéraire ne réussit pas. J'ai peu de choses à dire
de Villena. C'est un de ces hommes célèbres de
leur temps, qui n'intéressent guère la postérité,
parce que leur génie n'est pas resté sur le papier. Quelques poésies éparses, sous son nom,
dans le *Romancero* général, paraissent faibles
et froides. Villena était un grand seigneur, un
homme illustre; il était l'ami particulier du roi
Jean II, protecteur des lettres lui-même; et
cependant il fut sans cesse exposé aux accu-
sations des moines d'Espagne. Sa science passait pour magie, hérésie, impiété. Villena
meurt : ses livres tombent entre les mains des
moines, à qui le roi Jean n'ose les refuser.
Voici ce qu'en dit le médecin du roi, philosophe pour le temps :

« .... Deux chariots, chargés de livres qu'il a laissés, ont
été amenés au roi; et comme on dit que ce sont des ouvrages traitant de magie et d'autres arts qu'il n'est pas bien
d'étudier, le roi ordonna qu'on les portât au logis de frère
Lope de Barrientos. Frère Lope, qui se soucie moins d'ê-
tre reviseur de grimoires que de gouverner le prince, fit
brûler plus de cent volumes, qu'il n'a pas plus vus que le roi

de Maroc, et qu'il n'entend pas plus que le doyen de Ciu-
dad - Rodrigo..... Il est resté dans les mains de frère Lope
beaucoup d'autres ouvrages précieux, qui ne seront ni brû-
lés ni rendus. Si vous voulez bien m'envoyer une lettre que
je puisse montrer au roi, afin que je demande pour vous à
Sa Majesté quelques-uns des livres de D. Henri, nous sau-
verons ainsi un péché à l'âme de frère Lope; et celle de
D. Henri se réjouira de n'avoir pas pour héritier l'homme
qui lui a fait la réputation de magicien et de sorcier. »

Vous voyez, dès cette époque, commencer
en Espagne la lutte renouvelée au xviiie siècle,
entre quelques nobles éclairés et l'esprit étroit
et persécuteur des moines. Villena est le de-
vancier d'Olavidès. Le haut clergé espagnol
avait aussi la même disposition à favoriser les
travaux de l'esprit et les entreprises généreuses.
Il s'en est bien corrigé depuis.

Ce goût des lettres passa du marquis de
Villena à un autre illustre seigneur de la même
époque, Mendosa de Santillane. Toute la cour
du roi Jean II, malgré les guerres, les trahi-
sons, les conspirations perpétuelles, était pré-
occupée par la passion des lettres et le désir
d'avancer les études. De là, plusieurs acadé-
mies fort anciennes en Espagne. Ce goût des
arts ne se borna pas à la poésie. Dès le xve siècle, la peinture avait fait de grands progrès en

Espagne. Vous savez qu'à l'époque récente où la visite des armées françaises nous révéla l'Espagne, on fut tout surpris de trouver, dans les monastères de ce pays, une admirable école de peinture, et toute une suite de tableaux saints, dignes de rivaliser avec les chefs-d'œuvre des grands maîtres d'Italie. L'Europe ignorait ce génie de l'Espagne. Il avait commencé dès le xve siècle, par l'influence des princes et des grands d'Espagne, empressés de favoriser les artistes et les poètes. Ils avaient mieux réussi sur un point que sur l'autre : la poésie de cour a rarement de la grandeur. Toutes les poésies espagnoles du xve siècle, tous les vers de Jean de Mena et de ses imitateurs, sont bien loin des vieilles Romances du Cid. On y trouve des réminiscences nombreuses de l'antiquité et des plagiats du Dante, le seul poète dont le nom avait pénétré avec éclat dans l'Espagne. Déjà les esprits commençaient à s'affaiblir en imitant, et à s'emboîter dans les formes créées par un homme de génie, et qu'il aurait fallu renouveler après lui. Un poète de ce temps fit un long poème sous le titre de *Labyrinthe de la vie*. Rien de plus froid que cet ouvrage. C'est une contrefaçon du grand poème du Dante. Le poète s'est égaré dans un désert; une femme mystérieuse lui apparaît et lui montre les images diverses de la vie humaine. La forme est copiée, et le génie manque.

Mais, me direz-vous, n'y avait-il pas, à cette époque, un sujet permanent d'inspiration pour l'Espagne, quelque chose qui, indépendamment de vos protectorats littéraires et des imitations de l'Italie, devait sans cesse aviver et rajeunir la littérature nationale? C'était la présence des Maures, de cette nation ardente, poétique, grande d'abord par sa victoire, et qui, maintenant vaincue, cédant pied à pied la terre qu'elle avait conquise vendait chèrement la gloire aux Espagnols. C'était la prise de ces villes ornées et brillantes, de cette opulente Xerès, de ce magnifique Alhambra, de ces palais féeries où s'étonnaient d'entrer les rudes et vieux chrétiens des Asturies. Que de pieux enthousiasmes! quels sujets de triomphe et de poésie! De là vinrent, dans le xv siècle, beaucoup de romances pleines de grâces et d'originalité, où l'on trouve une agréable confusion du génie maure et du génie castillan. La frivolité s'y mêle à la grandeur. Elles ont quelque chose de cette architecture mauresque, où une fantaisie d'Orient a sculpté en dentelles des pierres colossales.

Cela peut-il se traduire? je ne sais. Il en est une, par exemple, dont notre grand poète, M. de Châteaubriand, a pris avec grâce quelques traits charmans.

« Le roi don Juan,
Un jour chevauchant,
Vit, sur la montagne,
Grenade d'Espagne;
Il lui dit soudain :
Cité mignonne,
Mon cœur te donne,
Avec ma main.

Je t'épouserai,
Puis apporterai
En dons à ta ville,
Cordoue et Séville.
Superbes atours
Et perles fines
Je te destine
Pour nos amours.

Grenade répond :
Grand roi de Léon,
Au Maure liée,
Je suis mariée.
Garde tes présens :
J'ai pour parure
Riche ceinture
Et beaux enfans. »

31.

Ce langage animé, cette vie donnée aux puissantes cités d'Espagne est bien orientale. Voici la romance espagnole, dans sa simplicité première :

« Abenhamar, maure de la Mauritanie, tu naquis sous des signes favorables. La mer était calme, la lune dans son croissant : un Maure qui naît sous de tels signes ne doit pas dire de mensonges. Alors lui répond le Maure (écoutez bien ce qu'il lui disait) : « Je ne t'en dirai pas, seigneur, quand cela devrait me coûter la vie ; car je suis fils d'un Maure et d'une captive chrétienne. Quand j'étais tout petit garçon, elle me disait souvent de ne pas dire de mensonges, que c'était une grande vilainie. Ainsi donc, demande, roi ; car je te dirai la vérité. — Je te remercie, Abenhamar, de cette courtoisie. Quels sont ces châteaux hauts et resplendissans ? — C'est l'Alhambra, seigneur, et l'autre est la Mosquée ; les autres, les Alijares, travaillés merveilleusement. Le Maure qui les travaillait gagnait cent doubles chaque jour ; et le jour qu'il ne travaillait pas, il en perdait autant. L'autre est le Généralif, jardin qui n'a pas son égal ; l'autre, les Tours Vermeilles, château de grande valeur. » Alors parla le roi don Juan (écoutez bien ce qu'il disait) : « Si tu voulais, Grenade, je me marierais avec toi ; je te donnerais en arrhes et dot Cordoue et Séville. — Je suis mariée, don Juan, mariée et non veuve ; le Maure qui me possède me veut grand bien..... »

Si les exploits glorieux du Cid avaient inspiré tant de belles choses à la poésie populaire, il semble que les dernières victoires des Espa-

gnols sur les Maures, la chute de Grenade, l'a-
baissement, la fuite de ces maîtres étrangers,
n'auraient pas dû moins heureusement animer
l'imagination espagnole. Quel sujet de chant
triomphal pour les Chrétiens que l'exil de
Boabdil, et ses larmes, quand, du haut des
monts Alpulaxaras, il aperçoit sa capitale au
pouvoir des Chrétiens! Le lieu où il s'arrêta est
encore appelé, dans la tradition poétique du
pays, *le dernier soupir du Maure*, *el ultimo
suspiro del Moro*. Mais aucun chant célèbre n'a
consacré ce grand souvenir. Les romances, alors
fort nombreuses, furent plus galantes qu'héroïques. Le génie des vainqueurs parut s'amol-
lir, et se modeler sur celui des vaincus.

Mais la littérature espagnole, au xve siècle,
ne se bornait pas à reproduire les grâces un peu
fardées et le luxe de l'imagination arabe : elle
se proposait aussi d'autres modèles, et tâchait
d'imiter les écrivains de Rome, dans la poésie
et dans l'histoire. On voit, par des poésies de
Jean de Mena, qu'Ovide, Properce, Tibulle,
Boèce, Tite-Live, Cicéron, Juvénal, lui sont
familiers. Il mêle leurs noms avec ceux du
Dante et de quelques auteurs de romans
de chevalerie. Ayala même traduisit Tite-
Live. La plupart des chroniqueurs espagnols

montrent cette connaissance et ce goût de
l'antiquité. Nous avons, à dater du XIIIe
siècle, les vies des rois d'Espagne et même
celles de quelques ministres, comme Alvaro
de Luna, écrites par des contemporains. Ces
chroniques ont été fort louées par Bouterweck.
Je ne sais s'il les avait bien lues. Il en vante
la précision et le naturel ; et c'est le mérite
qui me paraît y manquer le plus. Cette naïveté de mœurs, cette vive peinture que l'on
cherche dans les vieux récits, ne se trouvent
point là. Ce n'est ni Froissart, ni même Ramon
Muntaner. C'est un récit tout roide et tout solennel. Ces chroniqueurs étaient, la plupart,
hommes lettrés et doctes, qui citent beaucoup
Cicéron, Tite-Live, Sénèque, et font de grands
efforts, dans leur idiôme encore rude, pour simuler les belles formes de la langue latine. Il
en résulte que le plus grand charme des chroniques en langue vulgaire, l'unité du style et
des faits, manque à ces récits trop ornés. La
pompe uniforme des chroniques latines du xv^e
siècle, cette fausse élégance qui détruit tout-à-
fait la couleur locale du moyen âge, semble
avoir passé dans ces chroniques espagnoles.
Peut-être dira-t-on que ce langage est, pour les
Espagnols, plutôt naturel qu'imité, et que ce

faste, cette gravité de termes, ces phrases longues et emphatiques tiennent au génie même de la nation. La réponse est dans la vive simplicité des romances du Cid, et dans la simplicité austère des anciens récits d'Ayala. Rien n'est plus éloigné de l'enflure et des faux ornemens qui remplissent l'histoire des *Illustres guerriers*, et la vie d'Alvaro de Luna. Ces ouvrages, en longues et laborieuses périodes, semblent calqués sur les formes latines.

Mais le caractère unique de cette vie d'Alvaro de Luna, c'est d'être le panégyrique d'un favori, composé après sa chute, et même après sa mort. Jamais la flatterie pour un homme puissant, jamais l'enthousiasme de l'éloge ne furent poussés plus loin. Richelieu triomphant était moins loué par l'Académie. Et cette narration si pompeuse des grands services d'Alvaro de Luna est terminée par le détail de son procès et de son supplice. C'est une fidélité fort honorable pour le chroniqueur et pour le héros, premier modèle de ces ministres qui, dans la vieille Europe, essayèrent de lutter contre le pouvoir des grands, par un peu de soulagement donné aux peuples. Il ne faut pas dire cependant, comme un critique espagnol, que cet ouvrage soit écrit avec la plume de Salluste. J'en

trouve le style vague et déclamatoire. L'auteur,
qui paraît avoir été un confident intime d'Alvaro de Luna, ne rapporte pourtant aucun
de ces traits simples et familiers qui donnent
tant de vérité à l'histoire. Je ne sais, par
exemple, si le dernier entretien d'Alvaro de
Luna et du roi, son maître, est fidèlement
rendu par l'historien :

« Le roi voulant apaiser les craintes de Ruy Diaz, et
peut-être les siennes propres, d'après les choses que lui
avaient insinuées à l'oreille les personnes dont nous avons
parlé, eut un long entretien avec son loyal grand maître.
Il lui dit : « Tu sais, grand maître, quels maux amène et a
toujours amenés l'envie, depuis le premier homme jusqu'à
nos temps. On a vu toujours, et on voit la grande et heureuse
fortune avoir pour compagne l'envie; et si une personne,
quel que soit son mérite, jouit d'une fortune favorable, c'est
chose forcée qu'il se trouve des hommes, tantôt plus, tantôt moins, selon le rang, pour lui porter envie..... Aujour-
d'hui beaucoup de cavaliers de mes royaumes ont envoyé
vers moi pour m'assurer que, si je t'éloignais de ma cour,
ils viendraient tous me servir et seraient à mes ordres.
C'est pourquoi, afin de calmer et d'apaiser le royaume,
je te prie de vouloir bien te retirer; et je te promets de te
conserver dans tes honneurs, rangs, seigneuries, terres,
dignités, rentes. »

Alvaro de Luna répond à son tour par une
longue moralité, et en citant des phrases de Sé-

nèque le philosophe; ce que j'ai peine à
croire authentique. Il me semble que l'historien invente mal ou défigure ce qu'il avait
appris. Je crois qu'il a substitué son érudition latine au langage naturel d'une âme
fière et hardie, comme celle d'Alvaro de Luna.
Généralement, ces chroniques espagnoles me
paraissent empreintes d'une pompe monotone,
qui peut offrir, sous quelques rapports, l'expression du caractère espagnol, mais qui souvent ne doit pas être vraie, même chez eux,
parce qu'elle ne le serait nulle part.

Ainsi, Messieurs, le xve siècle ne nous montre en Espagne aucun de ces monumens originaux et durables qui marquent le génie d'un
peuple. La littérature fut studieuse, sans génie;
elle produisit, sans inventer.

Si, pour nous reposer de cette course longue
et stérile, nous voulons trouver enfin dans l'i-
diôme espagnol un discours, un écrit d'une
beauté durable, j'imagine qu'il faut nous adresser aux hommes qui ont agi et ont fait de
grandes choses. Un d'eux n'était pas même
Espagnol de naissance; il se servit de la langue
castillane, comme du premier instrument qu'il
trouvait là, et dont il avait besoin pour se faire
entendre : c'était le Génois Colomb. Je n'hésite

pas à le dire, cet étranger qui n'apprit l'espagnol que tard, dans ses audiences et dans ses
placets pour faire agréer la découverte d'un
nouveau monde, Colomb a été, dans son siècle, l'homme le plus éloquent de l'Espagne.
C'est qu'il avait de grandes idées, qui empor-
taient avec elles des expressions sublimes ;
c'est qu'il avait surtout de l'enthousiasme :
Spiritus Dei ferebatur super aquas. Les formes extérieures de l'art, les phrases longues
et savantes n'avaient pas manqué, jusque là,
dans les chroniqueurs espagnols. Avec lui commence le sublime, la simplicité dans la grandeur. Je voudrais avoir non-seulement tout ce
que Colomb a écrit pour s'expliquer, pour se
défendre, mais tout ce qu'il a dit pendant sa
longue attente et sa persécution, ses conjectures éloquentes, ses affirmations sublimes, ses
vives réponses aux esprits légers ou envieux
qui doutaient de son génie. Je voudrais qu'on
nous eût fait connaître, ce qui existe encore, le
procès-verbal des conférences de Colomb dans
le couvent de Simancas, avec plusieurs religieux qui opposaient à son dessein des textes
de l'Ecriture et des raisonnemens tirés de la
Cosmographie de Ptolémée. Il ferait beau voir
ce grand homme redressant par sa haute sa-

gacité les notions incomplètes de la géographie
antique, détruisant une fausse science par ses
vues hardies et nouvelles; puis s'armant à son
tour d'une foi enthousiaste contre une foi
ignorante et craintive, s'emparant aussi de
l'Ecriture, non pour arrêter, mais pour étendre
et élever l'esprit de l'homme interprétant ces
paroles du Prophète : *Multi pertransibunt, et
multiplex erit scientia*, comme une prédiction
de ses découvertes, et croyant lire dans la Bible ce qu'avait inventé son génie. Je ne sais
pourquoi Wasington Irving ne nous a pas
conservé tout ce débat, tout ce travail d'un
grand génie pour faire entrer sa pensée dans
des esprits si inférieurs à lui.

Nous avons du moins le journal de Christophe Colomb, et quelques-unes de ses défenses et de ses suppliques. Ce journal est
empreint de la plus vive émotion pour les
beautés de la nature, et de la plus fervente
piété. C'est un exemple de plus que, même
dans la science, les grandes choses se font par
l'imagination et l'enthousiasme. C'est en mêlant
la hardiesse et même la chimère des spécula-
tions aux combinaisons infinies des chiffres, que
Kepler parvint à ses belles découvertes. L'âme
a besoin de s'élancer pour atteindre au grand.

Colomb, plus que Kepler encore, avait ce tour d'imagination sublime et mystique, ce goût du merveilleux porté dans la science.

Vous le savez, pour faire avec toutes nos forces la chose que nous voulons, il faut prétendre au-delà. On a trouvé, dans le moyen âge, plusieurs secrets de chimie en poursuivant les rêves de l'alchimie. Colomb lui-même, ce n'était pas seulement la route des Indes, Si-pango, ni même tout un monde, qu'il cherchait avec tant d'efforts; c'était le paradis. Déjà sûr de sa première découverte, il affirmait, plein de joie, dans ses lettres à Ferdinand, que bientôt il allait trouver les grands fleuves dont la source est dans l'Eden, et que les nouvelles terres qu'il avait découvertes devaient, en s'élevant, aboutir à un atmosphère épuré, où la nature serait parfaite et la vie bienheureuse; et il raisonnait avec toute la logique de la science, sur ce pieux espoir. Vif sentiment de la nature, naïveté du poète, enthousiasme, qui rêve tout un monde idéal au-delà du nouveau monde découvert, voilà le journal, et les lettres de Colomb, pendant ses voyages. Rien dans la poésie descriptive n'est plus gracieux que la première impression qu'il a reçue des beaux rivages trouvés par son génie, de cette douce tempé-

rature, qu'il compare à celle du royaume de
Valence dans une matinée de printemps, de
ces brises et de ces grandes forêts qui semblaient saluer l'abord de ses vaisseaux. Bientôt
après, ses défenses montrent une grandeur
d'âme égale à son génie. .

Le plus haut degré d'éloquence ne peut se
produire de lui-même et isolé de la vie réelle.
Il faut qu'il porte sur l'énergie du caractère,
sur l'homme tout entier, et sur l'homme exercé
par de grandes épreuves. Ainsi les puissans orateurs de l'antiquité; ainsi, dans nos mœurs
plus paisibles, ces grands évêques appuyant
leur éloquence sur les œuvres d'une vie acti-
vement religieuse. Colomb, qui avait quelque
chose de plus grand, ne doit pas cependant se
comparer à ces hommes. La portion de son génie qui est tombée sur le papier, et n'est plus
que de l'éloquence, n'est pas fort étendue;
j'en détacherai quelques fragmens. Je laisse ce
qu'on a souvent admiré, et je m'attache à un
passage où paraît surtout l'exaltation mystique
de Colomb. C'est dans une lettre datée de son
quatrième voyage, où cet homme prodigieux,
avec de frêles embarcations dont notre habileté moderne n'oserait se servir, traverse des
mers si nouvelles, brave tant de périls, con-

sumé d'âge et de goutte. C'est une lettre adressée à Ferdinand et à Isabelle, et le compte rendu des dernières souffrances qu'il a éprouvées, retenu par la saison et par la détresse de ses vaisseaux sur une plage malheureuse. J'imagine que, sous l'enthousiasme rêveur et mélancolique de ses paroles, se cache une prévoyance politique et un avis pour Ferdinand. Déjà il avait éprouvé l'avare ingratitude de ce prince, la froideur d'Isabelle, les perfidies de la cour. Ecoutez son récit, dont la fin ressemble à un délire fébrile traversé par des éclairs de raison sublime :

« Mon frère et le reste des nôtres étaient sur un navire, dans le fleuve, et moi sur la côte, seul, consumé d'une fièvre ardente. Je gagnai avec effort le point le plus élevé, appelant d'une voix lamentable, en pleurant, les capitaines de Vos Altesses et les quatre vents du ciel à mon secours. Mais ils ne me répondirent rien. Epuisé de fatigues, je m'endormis, et j'entendis une voix compatissante qui disait :

« O insensé ! lent à croire et à servir ton Dieu, le Dieu de tous les hommes : que fit-il de plus pour Moïse et pour David son serviteur ? Depuis ta naissance il a toujours eu le plus grand soin de toi; lorsqu'il te vit parvenu à l'âge qu'il avait arrêté dans ses desseins, il fit retentir ton nom dans toute la terre. Il te donna les Indes, qui sont une si riche partie du monde; tu les distribuas comme il te plut, et il te donna pouvoir pour cela. Tu reçus de lui les clefs des barrières de l'Océan, fermées jusque là de chaînes si fortes; on obéit à tes ordres dans d'immenses contrées, et tu acquis une gloire immortelle parmi les chrétiens. Que fit-il de plus pour le peuple d'Israel, lorsqu'il le tira d'Egypte? et pour David même, qu'il éleva du rang de simple pasteur au trône de Judée? Reviens à ton Dieu; reconnais enfin ton erreur: sa miséricorde est infinie; ta vieillesse ne t'empêchera pas de faire de grandes choses; il tient dans ses mains les plus brillans héritages. Abraham n'avait-il pas plus de cent ans, lorsqu'il engendra Isaac, et Sara elle-même était-elle jeune? Tu réclames un secours incertain : réponds, qui t'a tant et si souvent affligé? Est-ce Dieu ou le monde? Dieu maintient toujours les priviléges qu'il a accordés, et ne viole jamais les promesses qu'il a faites; le service une fois rendu, il ne dit point que l'on n'a pas suivi ses intentions, et qu'il l'entendait d'une autre manière; il ne fait pas souffrir le martyr, pour le plaisir des bourreaux; il agit exactement comme il parle; tout ce qu'il promet, il le tient, et même au-delà : tel est son usage. Voilà ce que ton Créateur a fait pour toi, et ce qu'il fait pour tous. Montre maintenant la récompense des fatigues et des périls que tu as essuyés, en servant les autres. »

» J'étais comme à demi mort, en entendant tout cela; mais je ne pus trouver aucune réponse à des paroles si vraies; je ne pus que pleurer mes erreurs. Celui qui me parlait, quel qu'il fût, termina en disant : « Ne crains pas, prends confiance; toutes ces tribulations sont écrites sur le marbre; et ce n'est pas sans raison. » Je me levai aussitôt que cela me fut possible; et au bout de neuf jours le temps redevint favorable. »

Il faut clore le xv⁰ siècle par cette vision sublime, où rien ne manque, le génie, l'enthousiasme, et le malheur d'un grand homme.

FIN DU TOME SECOND.

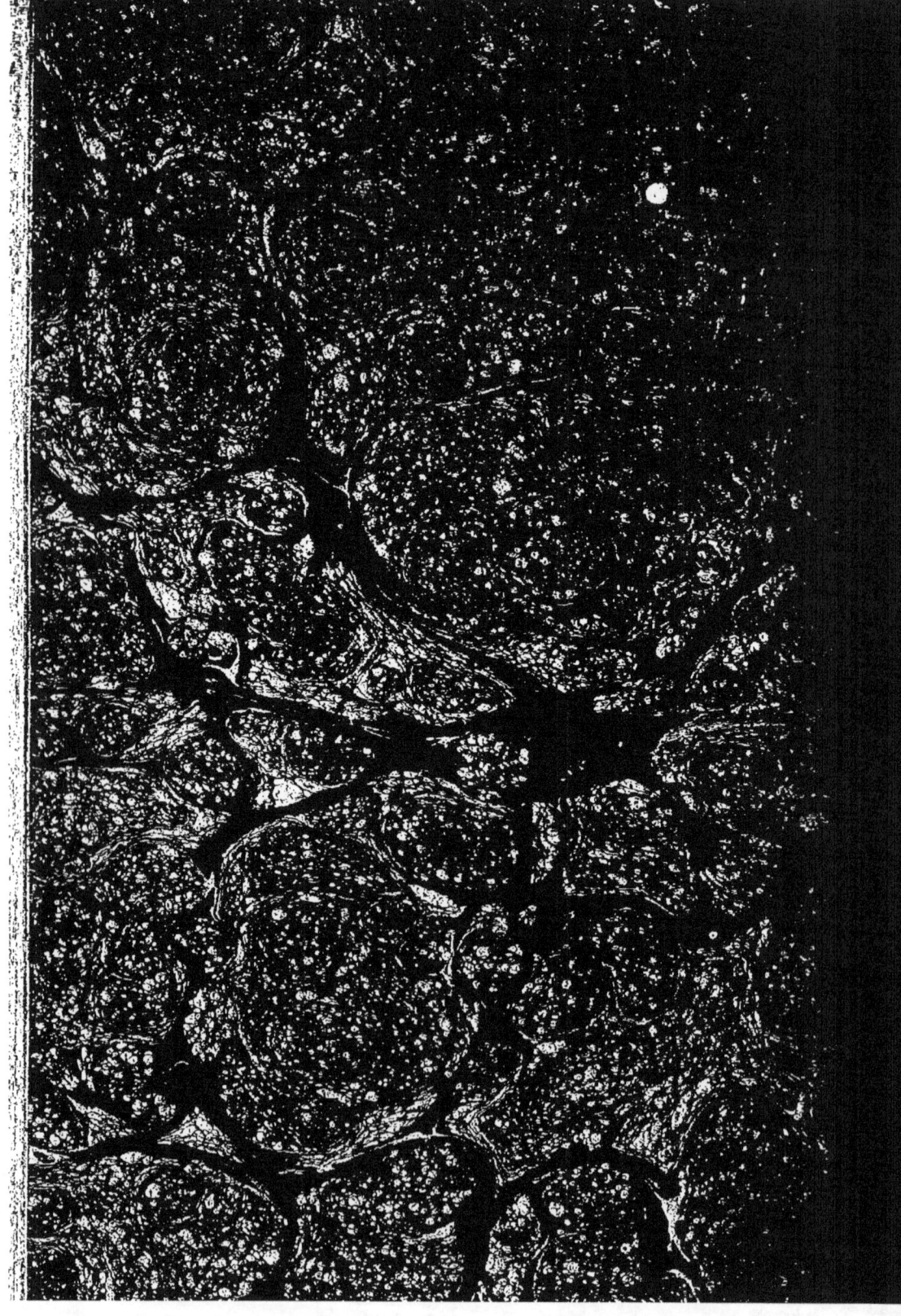

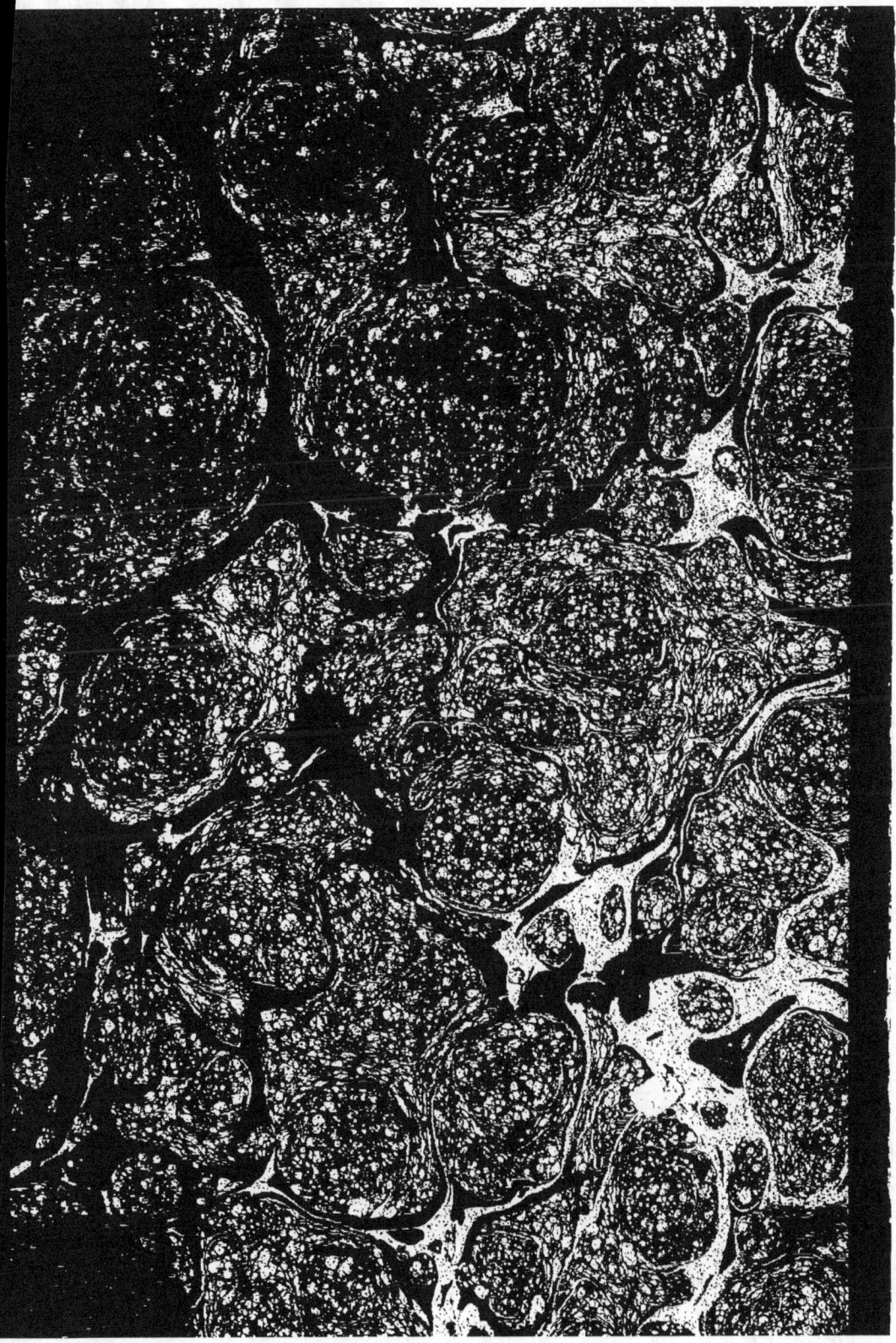

www.ingramcontent.com/pod-product-compliance
Lightning Source LLC
Chambersburg PA
CBHW050740030726
47505CB00002B/335